# 圈子·段子④

## 电商那些事儿

郭亮◎著

西南财经大学出版社
Southwestern University of Finance & Economics Press

**图书在版编目（CIP）数据**

圈子·段子4，电商那些事儿/郭亮著.
—成都：西南财经大学出版社，2013.11
ISBN 978-7-5504-1210-1

Ⅰ.①圈… Ⅱ.①郭… Ⅲ.①杂文集—中国—当代 ②电子商务—案例—中国 Ⅳ.①I267.1②F724.6

中国版本图书馆CIP数据核字（2013）第235033号

**圈子·段子4，电商那些事儿**
Quanzi · Duanzi4，Dianshang Naxie Shier
郭 亮 著

图书策划：亨通堂文化
责任编辑：冯 梅
助理编辑：林 伶
特约编辑：乔小桥
封面设计：李尘工作室
责任印制：封俊川

| | |
|---|---|
| 出版发行 | 西南财经大学出版社（四川省成都市光华村街55号） |
| 网　　址 | http://www.boookcj.com |
| 电子邮件 | bookcj@foxmail.com |
| 邮政编码 | 610074 |
| 电　　话 | 028-87353785　87352368 |
| 印　　刷 | 北京合众协力印刷有限公司 |
| 成品尺寸 | 145mm×210mm |
| 印　　张 | 8.5 |
| 字　　数 | 213千字 |
| 版　　次 | 2013年11月第1版 |
| 印　　次 | 2013年11月第1次印刷 |
| 书　　号 | ISBN 978-7-5504-1210-1 |
| 定　　价 | 29.00元 |

# 目　录

# 第二部　眼红却心虚 / 101

# 引子

## 我们是电商[①]

与人类历史上那些改变世界的新生事物一样，电商注定位列其中。技术层面的彻底变革，当然不是它的全部——人类的存在模式随之改变，这才是最重要的。

——题记

如果你一厢情愿地认为，电子商务这个圈子无比庄严，圈子里的人们个个天赋异禀、肩负为众生开太平的英雄使命，那只能说，你太怪力乱神了。

不是我哗众取宠，讲个小故事你就明白：一旅游车，在路上平稳行驶，天色渐晚。车上一乘客从梦中醒来，蓦然惊觉，车中只有自己，车却依旧向前行驶。乘客大叫："鬼啊！"此时窗外传来一个声音："鬼个毛线，车坏了，所有人下车推，就你在睡。"

呵呵，所有人都看见了电商圈子里的事情，结论很简单：这事与英雄无关。就你认为他们是英雄，就好比姚明当了中国作协主席，很怪（虽然这事儿很可能发生）。

电商与英雄，即便不是完全不搭，也是相去千万里。

---

① 电商，电子商务的简称，通常用来代指从事该行业的人。该行业的通常形式为通过互联网销售产品，国内电商的代表是刘强东（京东商城）、马云（淘宝）、李国庆（当当网）等。

## 圈子·段子4——电商那些事儿

毋庸置疑，这个圈子以及这种商务模式，用“了不起”来形容一点都不为过。事实上，更夸张一点，用“人类文明的伟大进步”来形容也很恰当。可是，请不要忽略，这行当在全球范围内的历史不过十余年：1993年，美国新总统克林顿初掌权杖，从此美国资本市场一飞冲天，只涨不跌的神话一直延续到克林顿卸任。[①]期间，所有高科技概念炒得比北京房价的飙升还迅猛，一大批在美的中国留学生都沾了光，捞到了人生第一桶金。

除此之外，此事最重要的意义还在于，这些来自东方的年轻技术流，由此进入IT圈子，不知不觉就为很多年后远在东方的祖国埋下伏笔，正是这些人，主导了日后的中国互联网江湖。

历史的瞬间只在弹指间，用不了几年，互联网之风吹到中国。虽然此事不算头一遭，但要说电子商务的兴盛，却实在是这近几年的事情。

现如今，电商圈子可谓青出于蓝，一代更比一代强。可是，电商有一个问题，就好比两个商人，如果你卖水我卖饼咱们都能生存，如果都卖水或者都卖饼，那估计生意都得黄。

我国电商正是这样，别人有的我也要有，我有的别人也有……

同质竞争还是其次，等到过了大酬宾的几日，买家就随着商家的偃旗息鼓而各自奔天涯了。买家很难留住客人，说到这里，消费者都是功利的，哪有好处上哪，可是电商总不能一直赔本赚吆喝，总要赚钱的嘛，一想到赚钱，“哄”的一声，人群就散将去也。

电商们百结愁肠，想不通为什么麦当劳和肯德基这么同质的商家都能活得好好的？为什么做电子商务，都是同样的模式，同样的策略，却无法共同繁荣呢？

---

① 关于2001年互联网泡沫的著作很多，推荐阅读美国经济学家迈克尔·曼德尔的《即将到来的互联网大萧条》，由光明日报出版社于2001年出版。

症结所在，电子商务这圈子的门槛太低了，随便找个程序员，简单弄个网页，找一笔资金，谈一些货源，就是一家电子商务企业了。正因如此，每天成立和破产的电商，都得数以百计。

再加上，互联网本身的盈利模式尚且模糊不清，在这个以免费为立足之本的圈子里，你想要用户老实掏钱，基本上很难。

目前来看，运作电商就是个游戏，游戏的谜底谁也不知道。这还只是以单纯的零售为定位的电子商务企业，如果算上广义的电商，什么微博、SNS社交网站、门户网站，这个圈子就更说不清了。

当然了，我们要说的圈子，名为电商圈，诸如淘宝、京东、当当、卓越以及形形色色的团购网站，但这个圈子里的故事，又实在没法和互联网上的其他东东割裂，比如开心网、新浪微博、腾讯QQ、优酷、土豆网；以及传统企业的电子商务化，比如手机、电脑等厂商的在线商城。广义的电子商务，其母体都一样，都是互联网，大家的目标也一样，都是赚钱。这没什么丢人的，一切不以盈利为目的的公司都是在　空了吹”。

话虽如此，本书要讲的电商圈子，还是限定一个范围吧：以发生买卖经营行为、有实体产品销售的电子商务企业为主，外加其他有趣好玩的互联网行业里的段子为辅。

盘点这圈子有何目的？

首先，这圈子，确实很逗，搏人一笑。某人在淘宝买了个床垫，结果送货的物流公司是京东的，就是价格稍微比京东自营的床垫多了5块钱。原来，这位淘宝卖家是个“皮包公司”，他接到订单之后，再通过京东“买货”，比京东多卖几块钱，赚的就是这个差价。买家很不爽啊，但是去淘宝投诉，去京东投诉，两家都表示“毫无压力”，因为大家都做了生意。至于具体怎么运作，只要在合法合规的前提下，那么买卖双方都有自由。这很逗，就是买家估计下次再也不会在淘宝这家店里买东西了，还要给个差评……

除此之外，这圈子还有更现实的意义：面对12306订票网站[①]的崩溃，有人说要是让淘宝之类的民营电商来代理，效果会更好。原因有三：其一，互联网的精髓在于，“用户就是上帝哦亲”，你要啥我就弄啥；其二，互联网企业之间是你死我活的较量，但12306这个一夜之间成为“最牛电商”的网站，和当年的铁道部一样，只此一家；其三，民营企业，打的就是亲民牌，而且是那种真的亲民，不是代表某官方给你打个99折的那种“亲民”。显然，政府部门，不管是理论上还是实践中，都不具备民企的这种“劣势”。

最后一个重要的盘点目的：有个圈子很有意思，总是有层出不穷的故事，而且很热闹，里面的人个个是主角，时而面红耳赤，时而亲密无间。不管搞出多大的动静，他们有一条最有价值的属性——商业精神。这是我们的时代最稀缺的东西。此外还有一点要说明，虽然他们是商人，可是他们很难赚到钱……

你说，这样的圈子，该怎么盘点？

我觉得怎么着也要从2011年的电商风云说起吧？

2011年？那只是个开始，要说就得从十年前说起……

（注：此句仿电影《大腕》的台词）

① 12306是全国铁路统一客服电话号码，12306网是铁道部客户服务官方网站，2011年6月12日上线。

# 前传

## 1999年前的那些事儿

中国电商今日之格局，大致可概括为“北有京东、南有腾讯、中间有阿里”。各派之间又各有不同。

就北派电商而言，技术为王，实用至上。君不见“中国硅谷”中关村汇聚着形形色色“程序猿”①，他们的中国梦自然是“建一个网站、卖一些东西、赚一些钱财、娶一位女神”。由此可见，北派电商是相当务实的，京东的创始人刘强东即是佐证，之初，以编程高手身份步入江湖，至今日，更以“没有最贱，只有更贱”为噱头，引无数以“花最少钱买最好货”为毕生消费准则的买家尽折腰。再说南派，雄心壮志，无所不包，规模第一。腾讯以一款移动通信软件起家，之后一发不可收，进入电商时代，再度发力，砸钱、码货、招人、扩店……充分发挥其“有人的地方就有QQ”的用户优势，不失为互联网江湖里的“万能钥匙”。再说中间的阿里巴巴，集南北之优势，又有技术、又有规模，还有理念和计划。不得不说，马云是个天生的企业家，也是中国电商的实际领路人。当然，阿里巴巴所在的长三角地区，向来具有市场化的基因，走街串巷做买卖的优良传统与分布遍地的商业涓流都深刻影响着阿里巴巴的商业梦想——“让天下没有难做的生意”，这一句看似简单的口号，恐怕令无数来自祖国大陆的小商贩们热泪盈眶——倘若真的存在一个

① “程序员”的谐音，流行于网络。

买卖双方自由公平的交易环境，则果真是善莫大焉，在那个叫做阿里巴巴的商业世界中，没有无故的刁难、没有地痞流氓的捣乱、没有有苦难言的心酸。

由此可见，中国电商的发展，无外乎基于三个因素：技术、规模、理念。以地域为代表的划分或许不够精确，但能够道出这个行业一路走来的脉络和前路走去的点滴希望。当然，代表只是代表，代表之外，尚有汩汩细流，百家争鸣。

我们的故事，将围绕这三个电商的终极因素，看他们如何一点点地把这个圈子画完整。其间将往来缠织着金钱、八卦、传奇、恩怨、梦想，蔚为大观。

## 出场

与今时今日动辄雾霾漫天的骇人场景不同，那年三月，北京一片艳阳，只是偶尔有风徐徐吹过。

此时在金山供职的年轻IT人雷军感到最幸运之处：最好的年纪，最好的时代，最好的城市。即使多年以后，这种感觉也从未改变。很快，他会碰到一个叫陈年的山西人，他们因为卓越网成为同事。

同在北京的刘强东，却没这么好的兴致。概因穷学生也分很多种：不由分说，脸上写满开心的是大多数；只有少数人没个学生样，似乎世事洞明，人情练达，全无学生的怯生生模样。刘强东是后一种，你也知道，这样的人被我们称为早熟。就像老话说的，早熟的孩子，放哪儿都会闪光。

先撇下穷学生刘强东，看看另一个人：已过而立之年的李国庆，在中央书记处农村政策研究室工作了十年，他准备创业了。年岁与李国庆相差无几的另一个北大毕业生，李彦宏，则在美国读书工作，并且在硅谷混得不错，还在国内出了一本叫《硅谷商战》的书。

此时的深圳，年轻的软件工程师马化腾扮演着骨灰级网友的角色，虽然远没有形成今日互联网的胜景，但家里的四条电话线和八台电脑已经让这位玩家在当地小有名气。他年幼时候在海南生活，后来随父母迁入深圳，从此再未离开这个城市。

南北两地，多年后汇聚这个圈子里最有权势的两队人，绝非偶然。现在看来，一切都不是偶然。

## 不只是巧合

位于南北之间的浙江，倒是看起来很偶然，出了一个叫马云的怪才，他的事情不用多说，这个名字足以代表中国电子商务的一切。可是，他的浙江老乡丁磊、陈天桥，几乎和他同时创业，多年后，三人都成为互联网上最能赚钱的老板。

让我们先看看这些人的履历，你就会发现，这些都不是巧合。

马云，1964年生，浙江人，杭州师范学院毕业，职业生涯：大学讲师、外经贸部技术人员、阿里巴巴创始人。

李国庆，1964年生，北京人，北京大学毕业，职业生涯：中央书记处“打酱油”、当当网创始人。

雷军，1969年生，湖北人，武汉大学毕业，职业生涯：金山程序员、CEO、天使投资人、小米科技创始人。

陈年，1969年生，山西人，辍学生，职业生涯：北漂文青、卓越网高管、凡客诚品创始人。

马化腾，1971年生，广东人，深圳大学毕业，职业生涯：公司小职员、腾讯创始人。

丁磊，1971年生，浙江人，电子科技大学毕业，职业生涯：电信局职工、IT公司职员、网易创始人。

陈天桥，1973年生，浙江人，复旦大学毕业，职业生涯：证券公司职员、盛大集团创始人。

刘强东，1974年生，江苏人，中国人民大学毕业，职业生涯：某日企小员工、中关村小贩、京东网上商城创始人。

……

出生年岁从1964—1974年，相差十年，但是在互联网这个圈子里，他们算得上一代人，更有决定意义的是，创业时期集中在1999年前后的几年时间。除了李彦宏，其他几人都没有出国留学的经历，在那样的年岁，那样的时代，那样的国家，他们赶在一起了。

这时的中国城市基本上千人一面，正处于城市建设的勃发初期，对于没见过世面的这些年轻人，前途似海、来日方长。事实上，每个踌躇满志的新人身边，总有一群见识更广的同辈。

## 被消解的悲壮

这些同辈正在美国指点江山。境界看起来颇为不同，但是他们共同的江山，中文名叫互联网，英文名叫因特网，学名叫万维网，诨号“点卡姆”。

多年后，江山风起，支系旁流，从没有结局，只有一个又一个开始。有好事者耳闻目睹，心下慨然，赋诗一首：“十年生死两茫茫，淘宝兴，易趣亡。有啊拍拍，无处话凄凉。纵使相逢应不识，亚马逊，新蛋网。当当纽约忽上市，伤女友，骂投行。卓越无言，京东降价忙。料得年年肠断处，学技术，到蓝翔。”[①]

原本悲壮的故事，在这个圈子里转一下就变得滑稽可笑。料也

① 《江城子》网络版，2010年开始流行于中国互联网。

无怪，皆因江山不平，何来定规？若有定规，则是无规……

暂时将目光从中国人身上挪开，时间再稍微往前推移些许，就能更清晰地看懂电子商务的来龙去脉了：1994年，全球互联网用户以每年20倍的速度野蛮生长，一个名叫杰夫·贝佐斯的美国人突发奇想，[①]创办了世界上第一家电子商务公司，通过网络向用户销售书籍。这就是电子商务的鼻祖——亚马逊公司。

然而，杰夫·贝佐斯也推出了电商亏钱的模式，就像《时代》周刊的主编沃尔特对他的评价："他试图依靠增长速度，而不是利润来建构一个公司。这听起来有些不可思议，但这种理念无论是好是坏，无疑都已经改变了1999年的整个经济模式。"[②]

此后的七年，该公司一直亏损，投资人的坚持最终换来了每股一美分的盈利，然后大家好像创造了历史，击节相庆。

作为鼻祖，亚马逊的成功是真正的成功——年收入340亿美元，全球半数国家的国内生产总值（GDP）尚不及此；平均每天服务客户近2000万人次；仓库总面积，数百万平方米；活跃用户数超过一个中等国家……

但是对于它的追随者而言，这种成功更像是一场奇遇，可遇不可求。难怪若干年后，一位中国电商出口惊人："电子商务就是个骗局。"有理智的分析者为这种说法做了折中的界定：最多算是泡沫。说实话，泡沫和骗局，其实也差不多。这就像一万人参加马拉松，场面看着热闹，冠军只有一个，甚至能跑到终点就不错了。

这就是规则宽松导致的现象，唯有在互联网上最容易发生。而互联网中直接切中盈利的电子商务，更是如此。

---

① 杰夫·贝佐斯（Jeff Bezos），创办了全球最大的网上书店Amazon（亚马逊），并成为经营最成功的电子商务网站之一。

② 中国第一批休学创业者今何在？[N].第一财经日报，2012-03-20.

## 创造历史

对于目标为盈利的电商，盈利却是如此的难。最大的原因是定价透明，竞争又异常惨烈，雷军的卓越和李国庆的当当曾经在打价格战时，以“总比对方低几分钱”作为定价原则，可想而知，“钱难挣、屎难吃”这句话对电商而言，再适合不过了。

即便如此，硅谷，全世界最聪明的大脑几乎有80%集中此地，汇聚起来的IT精英们对于这个圈子的前景全无怀疑。

这直接造就了一批当年在美国混迹的年轻的华人富豪，也造就了其后他们的败落与回归。

美国，东部时间，早晨。起床，开电脑，洗漱，烤面包，还来不及倒咖啡，电话响了，焦急声音传来：哥们儿，赶紧看大盘。

他心里咯噔一下，料定不是大喜便是大悲。趴到电脑前，一阵敲打，傻眼了。用直白的文字来说明，他破产了。就在一夜之间。

他已不名一文。房子也要被收回了，越洋电话即便还能打，不知道对中国的父母朋友说点什么，难不成说，爸妈，哥们儿，我要一无所有地回来了？

这个故事，在当年的纽约算不上故事。只是美国最普通的一华人留学生的经历，他赶上了互联网的第一波泡沫，在克林顿总统的英明领导下，赚了高科技股的第一桶金，本想以此作为毕生追求，从此混在美国，不成想人生际遇孰能预料，好日子就那么几年，“嗖”的一声就没了。

他们还是选择留下来，有朋友说了，怕啥，留下来，咱们还能端盘子。

有些人是受不了的，图啥啊？要端盘子也找个熟悉点的地方去，美国又没有大鸭梨，又没有全聚德，咱回去吧。

于是，有几个人回来了，他们一不小心创造了历史。在他们的祖国，历史总是很容易也很仓促被写就的，这一点，比其他地方更甚。

## 命连一线

“海归”的历史，是号称硅谷精神移植到中国的历史，注意，是号称。

当头的海归当属1994年就回来的田溯宁①、丁健②和次年归国的张朝阳，这三个人被业界认为是互联网的第一代海外归来者。我们权且称之为中国互联网海归1.0。

第二代，也就是2.0的归来者则是在五年后的世纪末回国，代表人物有百度的创办者李彦宏，China Ren的三位联合创始人陈一舟、周云帆和杨宁。又过了三年，第三批回国的互联网才子冒了出来，他们的标志性人物有邹胜龙和程浩，此二人创办了迅雷。

此后，再无“.0”，因为人太多了，再用阿拉伯数字编号，怕是比北京城的公交线路还要繁杂。

都聚到了国内互联网的发端之地，中关村。故事正式开始。

回来的可不说自己是铩羽而归，那是衣锦还乡来了。还没上路的，看着这些光鲜的前辈，眼神自然是饥渴的。

1999，是个神奇的数字，除了雷军在多年后推出的1999元“小米”手机，1999年本身也颇有说道。抛去三大门户，今日互联网的风生水起者竟大都始于这年。

腾讯1998年底就创立了，过了个春节才发布QQ；阿里巴巴、百度、盛大、携程、当当网、第九城市等都在1999年创办……

还有一家神一样的互联网公司，名曰“中华网”，飞出国门到

---

① 田溯宁，中科院研究生院资源管理学硕士、美国得克萨斯科技大学资源管理学博士。现任中国宽带资本基金董事长。

② 丁健，目前担任北京科普兰德公司（Co-opLand）、明致无限（PingCo）和联合网视（UiTV）的董事会董事。此前，创办了亚信科技（NASDAQ：ASIA）。在担任CEO期间，他领导亚信成为第一家在美国纳斯达克上市的中国科技公司。

美国纳斯达克证券交易所挂牌上市，一举奠定了中国海外上市互联网企业的精神根基，而主导其在美上市的幕后推手，正是后来在金融危机中倒台的“雷曼兄弟”，中华网的国内发起者则是新华社位于香港的控股公司中国国际网络传讯有限公司。

过了12年，这家明显是造神运动产物的企业一夜之间跌下神台，申请了破产保护。回想当年上市之初，那可是头戴稀有的“中国概念”光环，股价一度飙升至200多美元，市值高达50亿美元的公司……

而这家公司的港方合作者是一名叫叶克勇[①]的商人，此人短小精悍，善于资本运作，早在中华网成立之初，目标是在香港包装为中国第一家门户。不料，此时内地放开互联网接入，新浪、搜狐各立山头，中华网流产在即，叶克勇和电信部门的某位高层联手，力挽狂澜：先后在国外注册壳公司，然后利用华尔街的资本市场，包装上市，来自美国和香港的众多投资人慷慨解囊，中华网于是成了一个现金始终外溢的概念公司。

当然，不能笼统地说，这是一个骗人的网站。事实上，叶克勇的很多计划都具有相当的超前性：跳出门户之争、转做无线互联、进军软件与游戏领域……

可惜的是，每一项业务都无果而终，叶克勇终究是一个资本玩家，而不是IT商人。

同一年，中国驻南联盟大使馆被炸，新浪网第一时间发布消息，自此出位，成为门户网中的战斗机，而主导这场报道的人，名

① 叶克勇，生于香港，中华网创办人。叶克勇毕业于美国宾夕法尼亚大学电脑工程学，取得美国沃顿学院工商管理硕士，毕业后在毕马威任职管理顾问，后来自己创立电脑系统公司，在1987年股灾前成功卖掉，1995年创办中华网。1999 年 7 月 14 日在美国纳斯达克成功上市，融资 9600 万美元。

叫陈彤，此人现在是新浪网总编。

如此看来，1999年，当属中国互联网的本命年，日后这个圈子中有头有脸的人物和企业都在这一年发足狂奔，中国互联网行业则从这一年开始，历经众多开路人的悲欢之后，走上正途。

多少年过去了，他们曾经安乐，也曾乐极生悲。在泡沫与光荣之间，奔跑，力竭，以及翻滚。踌躇满志的新公司，很快就会面临风暴；伤痕累累的老公司，将那些年一起追过的生意看作轻烟一抹、繁花一季。

不用辩解，这就是个“师夷长技”的新世纪版本，说好听点是“创新”，说大白话是“山寨”。无论如何，这圈子有先天的资源——庞大的中国消费者群体，非理性消费、抢购的民族心理，日益鼓起来的家庭资产……于是，他们从外部世界拿来点子，经历本土化的种种解构、重建之后，迅速壮大、自强，最终轻而易举将外来者打败。

他们终将赢得整个时代，当然，也可能败给整个时代，二者发生的几率，大致相等。这是这个圈子的命运，以及混在圈子里的创业者们的命运。

# 第一部 圈子内外

电商圈子的恩怨情仇，在2000—2003年的这四年间，初步形成，并深深影响后来。关于互联网的谣言与关于电商的不确定，都在此间流传，该破灭的破灭，该重生的重生。

互联网的诞生本身就是一件充满泡沫意味的事情，这是发生在一个虚拟世界里的真实故事。从1994年亚马逊公司成立，直到2000年，与互联网商业关联的所有细枝末节一直在扩大、蔓染，最终把整张纸浸透，一片金光。

在证券市场，融资方发现从未有一家机构比互联网公司更令人痴迷，一本万利的买卖也从未变得如此名副其实。可是，正如每个普通人能够理解的规律，没有不散的宴席，也没有白掉的馅饼，击鼓传花，总有倒霉蛋会停在鼓点上。反过来说，大多数人却又自信满满，自己不会是那个倒霉蛋。从概率论而言，确实如此。

只不过，参与游戏的玩家是少数人，也就是这个圈子里的人，他们相信，自己不会是受害者。这就像废话，他们原本就没什么成本，成功了，他们就创造时代，失败了，又有什么可失去呢？

于是，就像某电商所言，所有人都说坏，其实没那么坏，这就是电子商务；所有人都说好，其实没那么好，这也是电子商务。圈内人基本不会入戏太深，痴迷者一般都是圈外人。

## 千禧年（2000）

关于泡沫的开始时间，圈子里从未达成一致，有的说从1994年网景公司公开招股就开始了，有人说应该是1996年美联储主席格林斯潘的“非理性繁荣”演讲开始，还有人说，其实泡沫一直在继续，从未结束，而千禧年将是末日……

这个问题不是焦点，对于我们的故事而言，2000年的泡沫幸存者才是焦点，比如当当网和卓越网，挺过了这些年的泡沫风险，成了多年后依然坚挺的在线商城。

### 下海者李国庆

李国庆创立当当网，可不是拍脑袋定下来的。前一年，他的妻子俞渝凭借华尔街的人脉，拿到了680万美金的投资，当当网就这样运作起来了。

我们之所以将李国庆称为下海者，皆因其从商始末与1992年不可分离。在“南方谈话”发生的那一年，他在中央书记处农村政研室工作，属于严格意义上的体制中人，正如当年前后发生的下海故事一样，他也成了经商干部的一员。

如此开局，并不是说李国庆全凭关系混江湖，虽然体制身份给了他从商的便利，“海归”妻子更为其拿到做大所需的资金，更重要的是，此人以体制内身份进入电商圈子，在他们那批人里，绝不在多数。

要知道，北京城两大主要产业圈，一为土地，一为IT，但完全虚拟化运营的电商圈，实际上是年轻人的天下，李国庆在2000年的表现，实在是有些独特。

不排除的一个理由是，俞渝拿到IDG[①]、软银等风投的680万美金，在那个互联网概念一字千金的时代，只要是能自圆其说的IT商业构想，甚至只是一个点子，都不止这个价钱。有现成的资金，为什么不试试呢？

投资人不是傻子，他们当然知道，好风凭借力——趁着互联网热浪，狠狠烧一笔钱，短期内将一个企业炒到高额市值，然后转手套现。于是就出现了一个荒谬的场景：投资人嫌李国庆花钱太慢，要他大手笔进行广告宣传，说白了就是炒作。然后在一年内进行再融资，到时候当当网的市值能达到上亿美金。

李国庆很困惑，这是在干什么？还是老婆俞渝懂行，她说，国庆，别听他们的，以我华尔街过来人的经验，这笔钱可不能乱花，要知道华尔街的投资风向可是半年一个变化。

一语成谶，2000年春天还没过完，美国互联网概念开始崩盘，到了夏天，半年前还风光无限、面向未来的一大批互联网企业一夜间消失殆尽。

当当网的日子也不好过，高管基本上都火速逃离这个重灾区，很快，新浪的王志东和8848的王峻涛要被董事会开除了，当当网联合首席执行官（CEO）李国庆也面临着同样的境况。

当时，他大概感受到这个行业的残酷性：若是国企，你亏钱或者做了傻买卖都不是大事儿，除非触犯法律，铁饭碗不会摔。可是在投资人说了算的公司，李国庆随时会被炒掉，想来自然不爽。

回想一下这个北京人的成长经历，大风大浪也见过，还曾经背上200万元的巨额债务。那是他在北京大学读书时期，编了一套丛书，类似今天的《心灵鸡汤》，虽然没技术含量，但他有资源，那

---

① IDG，美国国际数据集团，全世界最大的信息技术出版、研究、发展与风险投资公司。

就是北大的名号和文化界的师友。

当时是北大学生会副主席的李国庆，在组织推介活动方面是高手。这个从未做过生意的年轻人，有一个完美的赚钱计划——搞一个全国性的巡回推介仪式，利用自己的人脉，不愁卖不掉。然而，第一站就让他傻了眼。

由于丛书里有一本书叫《9路车去天堂》，推介活动的第一站是武汉，那里的9路车却是驶往火葬场……这个搞笑的巧合让他铩羽而归，更可怕的是，他心高气傲，之前已经信心满满地印了近一百万册图书，这下他得苦笑“这不是坑爹么？”

出版行业利润并不高，虽然成本也不见得高，但是一下印百万册图书的李国庆，真是太心急了。出版链条上的各个供应商都被他的出色口才与缜密的商业逻辑忽悠了，不想他挑了个倒霉首发城市，真是天灭我也。

那是1988年，两百万元的债务，大家都说你一辈子都还不起了。结果，还是他的人脉救了命。一个相熟的老师认识当年风头正健的“改革明星”马胜利，此人因承包造纸厂名噪一时，全国巡回演讲，成了改革年代里扭亏为盈的财神爷，于是，几个关系的辗转，马胜利的一个企业家朋友借给李国庆一笔钱，帮他解了急。

几个月后，李国庆有了翻身的机会，这次的套路和上次一样，只不过他想搞得更大。于是给主管领导写信，托人找关系，真的办成了——通过这次全国读书征文大赛，新华书店这样的国字号机构为他的丛书宣传造势，百万图书一售而空。

这种做生意的套路，在那个年代是通行无阻的。发了财的北大高材生李国庆，随后却进入了中央书记处当了公务员，说巧合也罢，说注定也好，总之在机关工作的几年时间，为他慢慢积淀了更好的“钱途”。

1991年，李国庆不愿意做学术了，因为老前辈对他说，年轻人啊，要踏实做研究，15年后，你就啥都有了……这话让他听着心里发毛，以前在学校，老师说你是个做学术的料子，10年后就能成才，现在又成了15年，这家伙，发达的年限还带不断长个儿的啊？

一个不甘寂寞的青年干部，望着手头一堆可供利用的资源，就算“南方谈话”不发生，他早晚也会逃去如飞。于是，在“南方谈话”发生之前，他悄悄搞起了企业，还是做图书出版，当时的公司名为“北京科文经贸总公司”。由于当年还不允许私人办图书公司，所以只能找集体单位挂靠，对于青年干部李国庆而言，这不难。

难的是，很多人问他为啥要倒腾图书呢？这个问题，其实很明了：他曾经靠着这个生意赚过两台奔驰轿车的钱，你说他会轻易转行吗？无论如何，创业还是尴尬的，眼瞅着自己的同学升官发财，自己开着个面的，怎么混成这个模样？

尴尬了几年，他碰到自己未来的妻子了。由于国内生意不怎么红火，他跑去美国试试，之前在机关上班时也去过美国，这次来可谓轻车熟路。依旧是凭借各路关系，李国庆到了美国不投简历，不用面试，在朋友介绍下，拜会了很多财富圈里的牛人。如果不是碰到俞渝，也许他回国后会成为一个“买办”，凭着手头的人脉，也能成为一个不错的“财富掮客”。

俞渝改变了他，也可以说他改变了俞渝。

当时，俞渝是美国华尔街的金领，李国庆和她认识几个月之后就结婚了。随后，俞渝帮他找到投资，还是打道回府，重新做老本行。俞渝也跟着回来了，为什么？李国庆有女人缘，在认识俞之前，他有过好几个对象，原先开面的做生意的时候，还和当时的“北京小姐”处过对象。

一切都是资源。

就在亚马逊创立那年，李国庆决定回国也做一个类似的机构。看看，电子商务这个圈子，从一开始就是以美国为中心，向全球扩散，就看谁山寨得好了。

此后，就是2000年的故事。当当网在中国的前景一时陷入僵局，说实话，这年，没几家做电子商务的日子好过。只是李国庆有了新的想法：不能全靠投资人的钱过活，这个公司得我说了算。

## 王峻涛，圈子里的先行者（一）

大难不死，必有后福。王峻涛的8848却无福消受这句谚语。他和自己的电子商务公司，也从2000年的颓势中挺了过来，很快发达，却又很快淡出江湖。

先说说王峻涛本人，这是个圈子里神一样的角儿。很多人知道这个名字，但不知其人。熟悉互联网的朋友知道“老榕”，因为1997年发在“四通利方”BBS[①]上的那篇《大连金州不相信眼泪》，作者老榕，就是王峻涛。

那年，中国国家足球队号称史上最强，王峻涛携妻带子从福州跑去大连，穿过大半个中国，看了场让人心碎的预选赛，那种平淡中透露出的悲壮情怀，令人很难相信这个文风很“萌”的球迷，其实是一个颇有成就的IT从业者。

就像他自己所说，我有钱。

王峻涛是福州人，生于1962年，却在1982年就大学毕业。也就是说，此人初中的时候就参加了高考，并且第一次考上还没去，因为专业不喜欢……第二年再度参加高考，学校和专业只报了一个，国防科技大学，计算机系。结果，国防科技大学下属的三所大学都发来录取通知书，两所是少年班，一所是正经本科班。王峻涛去打

① “四通利方”由四通集团和香港利方投资有限公司于1993年12月共同投资创建，注册资本金500万元港币，主要从事计算机软件的开发、生产和销售。1998年10月，与美国最大的华人BBS“华渊”合并，取名“新浪网”。

听，少年班除了都是小孩之外，还有啥不同，人家说要先读一年预科。王峻涛一想，这不划算，我都考上了，还让我读预科，遂选择了第三所，哈尔滨工业大学。

四年之后，他毕业后进入原航天工业部研究所，成了一名计算机工程师。又五年，公派前往美国，一去两年。在此期间，他的江湖从单机版变成了联网版，互联网在美国也是新鲜事儿，能够想象，首次接触这么奇特的玩意儿，该有多激动。

1989年回国，在研究所又干了半年，晋升为所里最年轻的高级工程师，他却待不下去了。彼时中国没有互联网，对他而言，就如同与异国恋人失去了联系，揪心。

1991年，王峻涛南下深圳，打了一点“酱油”，也没找到突破口，就回到福州老家，开始像做实验一样做点生意。他的财运比李国庆要好得多，想想李国庆在北京尚且开着面的，做实体图书生意也不咋赚钱，但是王峻涛在福州，却一口气开出了近百家连锁店，主营图书、电脑、软件。

小平南行之后，王峻涛的连锁店迅猛生长，很快年销售额过亿元。

王峻涛不缺钱，他缺的是那个朝思暮想的互联网。自从1988年在美国第一回上了网，一直没忘掉。在福州做生意，完全用不到互联网，但他就是坚持每天拨号到香港收E mail，估计也就收到几封无关痛痒的“hello、hi、see you哦”之类。内容全无意义，拨号费还很贵，饶是如此，依旧乐此不疲。

到了1994年，另一个人物出现在王峻涛的世界里，苏启强。

苏和王都是福建人，当时，苏是国内财务软件巨头，用友软件的副总经理，这大哥在圈子里也是隐藏很深的老前辈。想当年，他在国务院机关事务管理局财务司工作，与一位名叫王文京的同事意气相投，时常在一起规划生活与未来。在一个非常偶然的机遇之下，此二人毛遂自荐，做出一套中央机关财务部门实施会计电算化的方案，呈报领导一看，立刻就通过了，领导的支持就是事业的基石，二人走对了这第一步。

于是，两个人在单位内部开始“创业”。

这一干，两年过去。两年里，他们结交了一大批中央机关财务口的同行，自然而然就诞生了软件公司，名为“用友”，其时，客户大多是当年结识的那一批机关同僚。

此后，辞去公职，下海经商，用友软件逐渐成了北京国有机关财务部门的“御用软件”。虽然市场说不上有多大，却也算独此一家。在京城的这个圈子里，他们来钱快，也容易。

那为啥苏启强要从用友离开？这事儿其实也不是秘密，苏启强作为用友元老，手中握有大量股份，王文京想办法回购了这些股份，而且说，该是苏总的就会是他的。不得不说，每一个联手创立的公司，都有这么一段或微妙或惊人的别离。

可想而知，苏启强创立连邦软件，或多或少有赌气的成分。他和王峻涛的合作，则像是另立盟友，广招贤良。

1994年连邦刚创立，牌子就已经打响了。当时的苏启强，在业内显然比王峻涛更有分量，而且连邦是销售渠道公司，搭建的平台就是为了将遍布全国的草根电脑商店联成一张网，更何况连邦有财力，可以做投资。

但是王峻涛从未承认自己从连邦那里拿过钱，他的口径从未改变：我只是买了连邦的牌子。事实上，他也确实不缺资金。

加入连邦的渠道体系之后，福州开通了互联网。王峻涛自然欢喜，得知消息后，第二天一大早就去排队办理开通互联网，这哥们儿以为当年的福州电信局是今日的北京三里屯苹果专卖店，会排起百米长龙，不成想当天去申请此项业务的就他一个……

真是让人欢喜又让人忧，欢喜的是马上回家就能上网，忧的是网上一个人都没有，他玩儿啥去？他不信偌大的福州市，就他一个网民，结果，等了一上午，真的没人再来办理。吃过午饭，他等到了第二个申请者，上前一问，还是个台湾人。

互联网是如此稀缺，王峻涛一方面是先行者，另一方面也是实验者。从当时的情况看来，他更多的是后者，随时会在寂寞中郁郁寡欢。

好在时间还没到，他可以尽情以网友身份在网上聊天发帖，直到1998年，电商这个点子才被付诸实践。

因为，终于有了足够多的网民了。

## 王峻涛，圈子里的先行者（二）

千禧年马上到了，王峻涛的电子商务网站也搞起来了。家里的电脑已经被他玩得烂熟，BBS上那个“老榕”的称号也早已广为人知。可是，他现在要通过互联网卖东西，还是前途未卜。

做一个漂亮的网页不难，诱人的广告文案也不在话下，物流送货也好解决，他当时在福建省内已经有几十家连锁店，每一个店都能作为一个物流站（多年后，苏宁易购就是这么做的）。难点在于——用户怎么支付？

当时距离马云的支付宝诞生还有五六年，网上银行业务也根本没有开通，货到付款吧，倒是个方法，但那叫什么电子商务呢？况且自己卖的很多东西是虚拟产品，比如软件啥的。

最后，王峻涛还是靠山吃山——原来，福建省内有很多自动取款机，而且分布广泛，甚至小县城里都有为数不少的取款机就用自动取款机转账支付。

又有新问题了，转账怎么上税？交易量小还好说，万一生意火爆，每天账户里转进来万儿八千的，不上税肯定是不行的。他跑去银行一打听，还真有管这事儿的人，更巧的是，那人一听他要做电子商务，而且网名叫老榕，得了，一切好说。原来这人是个球迷，真是圈子里碰见的都是一家人啊。

就这么做了两年，到千禧年，网上银行大范围开通，支付问题得以解决。在这两年里，王峻涛通过他的那个名为“软件港”的网站卖了不少东西，卖得最火的是Windows系统安装软件。

这个软件港，所有员工就一个人，就是王峻涛。就这一个人的电子商务站点，还被评为“福州市十大站点”，看来，圈子里的先行者出师顺利。

到了年底，王峻涛北上京城，来到了中国IT人的“圣地”中关村，此行的目的是和苏启强聊一聊网上购物。

再不好的大背景之下，也总有幸运儿。王峻涛在电子商务这圈儿里的第一步走好了，这决定了他在泡沫横行的千禧年，仍然获得了更大的平台。

苏启强被他侃晕了，而且这个点子确实很酷，为了IT先锋派的面子，也得给王峻涛一个机会。

软件港改名叫“8848”了，寓意是珠穆朗玛峰的海拔，现在看来，这名字挺土的，不明就里的人还以为这是个什么技术论坛。可是要知道，当时没有淘宝网，当当网也刚刚上线，8848的前身却已经是一个在福州获得成功的电子商务网站了。

也许这就是命运，多年后，当当网上市融资不亦乐乎，李国庆谈笑风生，反观8848，却已随着它的主人退隐江湖。

在企业权属方面，8848是连邦的一个部门，王峻涛是没有股份的副总经理。他带着妻子和儿子从福州搬到了北京，在中关村开始了新的征程。

某次，公司开董事会，虽然王峻涛不是董事，却也不得不列席，因为“电子商务部”的所有细节，只有他能说得清。会开完后，连邦的一位董事单独和他聊天，并问了一个问题：电子商务部独立出来，风投给你一笔预算，你能把业务扩大十倍么？

王峻涛心里大概在说，等的就是这句话，嘴上只说了一个字，能。新公司成立了，王峻涛不再是纯粹的职业经理人了，他有了股份：20%。

最大投资者，IDG，投给8848公司200万美元，连邦在8848占的股份是40%，连邦等于一分钱没花，就拿到了IDG的一大笔美金。

这一切，只是因为IDG看中了王峻涛的商业计划。

我们知道，当年的风投对于电子商务公司是很大方的，200万美元相比当当网的680万美元，并不多，但是王峻涛没有俞渝那样的华尔街海归老婆，而且他拿到融资比当当网还要早。在他眼里，这笔钱够用了。

此后的故事，就像改革开放初期实行联产承包责任制的农户，迅速扭转了局面。王峻涛的新公司，只用了不到一年时间，再融资时的评估市值已经高达4亿美元。

很难想象，王峻涛这位先行者彼时的心境，究竟是一览众山小，还是高处不胜寒？从许多江湖消息来看，他当时确实有资格瞧不起潜在的竞争者——门户网站如果要做电子商务，8848的所有苦痛他们都需要重新过一遍，因为放眼当时的圈子，做成功的只有这一家；至于当当网，王峻涛笑了：一个只卖图书的网站，怎么成气候？

这话让今天的人们听到，会有一种“你也有今天”的感觉，可是，世事难料，王峻涛不是神仙，他只是个先行者。

更何况，电商圈子，谁也不敢断言，下一个成功或者失败的，会是谁。

## 陈一舟同学的金钱梦

相比于圈子里的其他前辈，陈一舟的想法比较简单：先培养用户，再收钱。

基本上，事实已经证明了，这个想法对于电商是行不通的，我们也完全可以由此把陈一舟排除在电商圈外。然而另一个不容忽视的事实是，作为1999年诞生的互联网公司创始人之一，陈一舟的故事又与这圈子无法剥离。

他是斯坦福的高材生，是拿着风投回国创业的海归，是一开始就以赚钱为使命的商人，而且，他还发展壮大了中国互联网行业最接近“Facebook”的SNS[①]平台China Ren。

虽然他的网站不卖东西，但后面我们会对电商圈子详细分门别类：平台类的企业，也是其中一种——电商，除了直接卖东西，也包括建立这样一种平台，淘宝网就是个例子，而且说不好这种平台哪天就开始收费了，虽然结果很可能是死路一条。

这一年其实不是陈一舟大展雄心的一年，相反，却是他有些无奈的一年。因为China Ren在烧掉1000万美元，在一年之内将用户提升到300万的时候，与搜狐合并了，或者说，被搜狐兼并了。

这个圈子最有权威的观察家林军对此事有一个假设：“如果中国电子商务的上游业务发展能够达到一定的层次，一年后Chianren会不会吃掉搜狐呢？”

电商的上游包括什么？对于不同类型的电商，这个概念意味也完全不同，但大致可分为两大类：对于平台网站而言，上游是资本；对于实体销售网站而言，上游是货源。

显然，林军所指的上游，首先是前者。当时被搜狐吞并，陈一舟也是因为口袋吃紧。但是回顾这个被称为“最后一只做门户的海龟”的创业者，陈一舟始终是资本的宠儿。吞并前，他拿到了华尔街的投资，合并后，搜狐同样为其带来了可观的资本收入。

---

① SNS，全称Social Netuorking Seroices，即社会性网络服务，专指旨在帮助人们建立社会性网络的互联网应用服务。

如果这就是全部，这个圈子就没什么意思了。事实上，陈一舟的意义在于他留给圈子的若干种可能。

陈一舟是武汉人，和雷军是湖北老乡，也是武汉大学的同级校友，步入江湖之后，更是同一个圈子中的好朋友。在创立China Ren之后不久，二人有过一次谈话，当时陈一舟烧钱如麻，迅速扩大了网站的影响力，用户人数也很庞大。雷军问他，靠什么赚钱？陈一舟的回答听上去有点一厢情愿：China Ren的用户都是年轻人，他们在这里玩得很开心，我可以向他们卖手机……

雷军听完都要昏倒了，他说，哥们儿，你能不能别这么天真？陈一舟却振振有词，没开玩笑，我说真的呢，用户数量一上来，人以类聚，我只要稍加忽悠，只要有好的产品就能卖出去。

此时，我们很轻易能理解林军所说的“上游产业”发展水平欠佳的另一层意思，陈一舟所说的“好的产品”，正是“上游”的另一个方面——可惜，就以他“卖手机”的构想为例，要等到八年之后，iphone（苹果手机）这个划时代的产品才会面世，雷军的小米手机更要等到十年之后……

难怪有人要说，陈一舟是个人物，只是有点生不逢时。这话有点夸张，至少多年后陈一舟再度创立的千橡互动，旗下包括猫扑网、人人网都可在同类型网络产品中毫不客气地称霸。但是在2000年，除了“生不逢时”似乎真没有更合适的词来形容他的遭遇了。

回想其成长历程，这种遭遇，也并非巧合。

陈一舟家境很好，在武汉大学读书时，刚开始在物理系，大二转入计算机系，随后全家移民美国，他也进入位于新英格兰地区的特拉华大学，此地汇聚众多美国跨国公司总部。后又转入麻省理工，毕业后找了个工作，为一家生产电力通信设备的公司做技术支持。干了一段时间，又重新回到学校深造，这次去了斯坦福。

在此期间，结识周云帆、杨宁，相谈甚欢，于是编了个商业计划书，跑到华尔街一家一家敲门找投资，口号叫得很响：“打造全球最大的华人虚拟社区”。

刚开始的日子，网站确实做得不错，陈一舟又舍得花钱，他不像李国庆，有一个懂行的贤内助坐镇，知道钱要花在刀刃上。可是，他选的方向是虚拟社区，这种产品，不砸钱又怎么能吸引用户注册呢？

这就是个悖论。烧了一年的钱，网站起来了，互联网泡沫也来了。公司被搜狐收购，陈一舟成为搜狐高管，就像他之前频繁转学的经历一样，在一个自己说了不算的公司里，他是闲不住的。

之后他又做过SP[①]运营、研发过相关的硬件产品，但都因为种种外部环境的变化，越混越惨，关键原因是，你实在想不到他办一个网站，除了投资人往里面砸钱，他究竟能怎么赚钱。

后来的DUDU网做的是网络资源下载、猫扑网做的是虚拟社区，人人网是SNS社交平台，如果说他真的想出一个赚钱模式，最靠谱的是人人网，可是这网站也不是他创立的，是从王兴手里买来的，王兴早就转身去做团购了。

一切的一切，看起来都不怎么成功，而且他名下最值钱的资产，人人网，究竟如何盈利？还是一个SNS尚未解决的难题。

广告收入是救命稻草，陈一舟也认为，这无可厚非：在人人网这个实名认证的网站上，广告与众不同，因为有的放矢，垃圾广告是没有意义的。

听起来似乎挺有道理，陈一舟说过他心目中“互联网广告”的极致：当你深夜打开网页，忽然跳出一个广告，告诉用户你家隔壁的热干面新鲜出炉，一碗面卖两块钱，我收一分钱……

怎么看，都像是一个流氓弹窗啊，呜呼。

---

① 服务提供高，移动互联网内容应用服务的直接提供者。

## "导演"柳传志

虽然我们的故事范畴被缩小为电商圈子，但面对一些无法绕开的头绪，是无法视而不见的。

柳传志是IT界的传奇，互联网的衰落与火爆，怎能缺少他的出场。事实上，在这一年，柳传志更像一位导演，亲自排练了一出"烧钱"的"烂片"。在那个年代，肯花钱的机构和个人排成队，柳传志虽然拍了一部烂片，却并不影响他在江湖上的地位。

这部烂片由三个小节组成：北大附中远程教育在线、新东方在线、FM365。

前一年，联想集团对于互联网业务虎视眈眈，随后推出"为互联网而生"的系列电脑，小动作已经显示，这个当时国内最牛的硬件生产商将涉足网络。于是，早在1994年就于香港上市的联想集团，在5年后，股价一路暴涨，从2港元涨到30港元，而且势头依旧迅猛。

柳传志当然喜上眉梢，这位中关村科学家出身的商人，用漂亮的江湖履历向世人证明了他在商业和资本领域内如鱼得水的天赋。

互联网一片大好，现金流充裕，直接催生了2000年的联想"大片"问世。

先是联想集团一分为二，电脑制造是其一，电子商务是其二。联想的电商子公司就是后来的神州数码。

话虽如此，但是两家子公司似乎并无太多差异，负责电脑制造的那家，对于火热的电子商务领域也不愿视而不见。于是，大家名义上分了，实际上都在电商圈里折腾。

两家子公司，在前面说到的三个在线商务网站上一共投入了超过四亿元人民币，设想是很美好的：用安装在电脑终端的某个吸引人的主页（其实就是FM365），将用户分门别类，引入另外两个远程教育网站，然后就可以尽情收费了，无论是广告费，还是用户服务费……

事实却是微妙而不可控的。由于北大附中远程教育和新东方在线都是合资建立的，联想其实并不能独掌权杖，出于各自利益的均衡与博弈，两个网站实质上并不接受联想的统一安排。FM365作为一个引导入口，另外两家根本不需要。

这个想当然的计划，终因种种现实问题，成为永远的纸上谈兵。

遥想春天，这个引导入口网站刚刚面世，口号听起来很吓人："一年烧一亿，三年超越三大门户"。随后的一亿元现金投资，明星代言的广告海报遍地都是，用户访问量也在当年紧随三大门户网站之后，可是，只有一年的风光，又能说明什么呢？

柳传志本人是否冒进，不得而知，但他的企业，确实被互联网狂潮给卷起来了，然后，发现身下浪潮已退，空空如也。

除了这个失败的FM365引发了一部失败的"大片"，联想的意外收获却勾连出我们的下一个主题，这就是同样由联想投资的另一个网站——卓越网。

## 卓越的开始

毫无疑问，卓越网是亚马逊在中国的翻版，从一开始就是。但这个翻版不是盗版，是改版。

卓越和亚马逊最大的不同在于，亚马逊卖书，卓越卖的是VCD。这事儿说来话长。

先从雷军本人说起吧。

在进入圈子之前，雷军是正统意义上的程序员。1999年，他已经从程序员成为金山的掌门人。有人说，求伯君把金山带入了WPS[①]

① Word Processing System，文字编辑系统，是金山软件公司的一种办公软件。

时代，而雷军则继之后尘，把金山带进了商业世界，说的就是雷军会做生意。

这一年，众多民营企业似乎忘记了曾经饱受排挤的境地，在国进民退的大背景下，纷纷向往着更伟大的未来。然而，雷军似乎是个悲观主义者，他反其道行之，凭借金山在中关村的巨大影响力，将金山的产品推向了最具重量级的客户——政府。

他是个程序员，但他更是个深谙圈子的生意人。想一想求伯君和王江民，就能明显看出雷军和他们的区别。

求伯君是大陆程序员的标杆，他亲手创造的WPS在过去十多年间一直是与微软抗衡的唯一国产文字软件；王江民则以颇具传奇色彩的经历，打造了一个业界观瞻不已的神话，此人初中文化水平，年近不惑才接触电脑，一大把年纪了却开始下海创业，神奇的是，通过与生俱来的天分，他成为大陆杀毒软件之父。这个技术狂人始终认为，IT企业的核心只有技术，其他的因素诸如市场，只是昙花一现。

可是雷军的观点截然相反，他的市场化战略把金山软件提升了一个档次，凭借巨大的装机量，迅速成为电脑软件的唯一代名词。

作为名校高材生，而且江湖流传此人大二时编的程序被写入大一新生的教材，尽管技术上如此辉煌，雷军却以另一种方式功成名就——兜售软件。

1999年，雷军打出名为“红色正版风暴”的营销招数，以不到30元的价格出售正版金山软件，主推金山词霸和WPS2000办公软件。更奇妙的是，这一年国家发布红头文件，要求政府机构必须使用正版软件，且为支持国货，可选择的实质上只有金山软件。

很难讲，背后有什么玄机。

事实上，那年头的政府部门对于高新技术企业的态度是显而易见的，最高领导人早就发出了“科技是第一生产力”的呼吁，此时，科技大发展已经成为大势所趋，因此，对于中关村的大力扶持，基本上等同于政治任务。这年，为举办“中关村电子一条街十周年庆典”，政府牵头做宣传，仅在街头布置各种展示品就投入数百万元。

在很多商业观察家看来，这一年可以称之为“中国的新革命”之年。

于是，雷军的生意就在这种氛围下大张旗鼓地发展起来了。这位面白无须，长发翩翩的青年企业领袖，颇具书生气质，却也有一股江湖霸气。平日里与人为善，做生意却心狠手辣，他曾经说过“要有报复人的能力”、“不要逼我”等商业名言。

此后，雷军请来一大批才俊，大家都有不小的野心，发誓要把金山“正版+批量”的模式推广到整个互联网商业。看起来，他把互联网的盈利模式都想明白了。

他是圈子里少有的明白人。从他和陈一舟的那场对话就能看出来，天真的陈一舟想把虚拟社区和电子商务结合起来，雷军断言行不通，事实正是如此。

虚拟社区靠广告和第三方应用收钱还能勉强维持，要是直接卖东西，那是异想天开。要卖东西，就直接做B2C。

这就是他的看法。

2000年，泡沫横行，但谁都知道，泡沫是一时的，点子是一世的。在他一番陈词之后，那年手握重金的联想被侃晕了，于是，金山和联想凑了1600万元，把试运行了一段时间的金山电子商务部单独摘出来，这就是卓越的前世今生。

我们说了，卓越是中国的亚马逊，刚开始，雷军的构想也是卖书，但他不是冒进之人，定位必须精确。卓越的定位是“网上精品店”，这定位和多数起步阶段的电子商务企业有所共通——土得掉渣。

但它是行得通的。既然是精品，就不需要海量货源，那个年代，电商的上游是贫瘠的，整个中国互联网的土壤也是贫瘠的，所以说雷军是个天生的商人，而非感情用事的莽夫。

他要模仿亚马逊，但发现不能照搬，因为亚马逊是亚马逊，卓越是卓越。这话看着是废话，但如果换成：美国人是美国人，中国人是中国人，就好理解了。美国人追求不同，中国人追求趋同。就算是超级畅销书《引爆点》的那个规律普世适用：一种潮流最开始的那个点会引发众多追随者。但是，在中国，这个点引爆的潮流会更容易，并且更庞大。

你懂的，这就是我们所谓的千人一面。贝塔斯曼当时在中国有几百万会员，但贝塔斯曼提供的图书品种只有不到100种，就这样，中国读者还觉得看不过来呢。

这个逻辑既然是成立的，卓越就卖有限的产品，唯一需要做的，就是把这个产品包装成一个酷劲儿十足的、有点儿先锋范儿的东西。

这是需要品位的。卓越网要卖的东西，不管是书还是别的东西，首先是正品，然后是精品，最好还是市场上有需求但尚且没有的。

当时刚流行美女作家，卫慧首当其冲。雷军就想着在这上面做文章，卫慧没新书可以出，那我们可以给她出写真啊，卫慧本人长得还行，这个点子靠谱。然而，写真集拍完了，马上要出版的时候，卫慧因为在书中有大尺度的性爱描写，被禁了。

他又想，可以做一张CD，当时还不流行MP3，CD只要是精品，包装一下也有市场。于是花了近百万元，找著名音乐人宋柯做了张CD，结果却不尽如人意，而且后来宋柯也坦言，收那么高的制作费，确实是宰了卓越网一刀。

雷军有点懵了，这个世界，他原以为看得真真的，闯进去却是冷冷的。迫不得已，自己想另起炉灶也行不通，那就低下头，试试炒冷饭吧。

## 陈年是个品位男

说起炒冷饭，雷军找对了人。他创立卓越的时候，找了个叫陈年的人过来。当时的陈年，是混图书圈的，做《书评周刊》，是有名的书评人，而且他很有品位，是个在阅读方面有独特感觉的人。

正好有个朋友手里有一批《大话西游》的正版光盘，当年这部电影开始在大学生人群中走红，但正版VCD售价很高，放在书店里，销路并不好。陈年就以很低的价格拿了过来，然后重新包装，在卓越网上销售。

定价时，四张碟只卖20块钱，说白了，其实就是为网站打广告，赔本赚吆喝。这个路子走通了，一套《大话西游》把卓越网推向了年轻消费者。短短一个月，卖了一万多套，每套亏本三块钱，一共亏了四万多元。

消费者的心理是很微妙的，如果卓越网把这笔钱用来打广告，也许宣传感观很震撼，但持续性是个问题，而且电子商务毕竟是要靠产品说话的，不是靠漂亮的宣传文案。一套低价精品VCD把卓越网炒起来了。

随后，还是陈年的品位起到了大作用。《东京爱情故事》、《加菲猫》，相信当年很多年轻人都有过类似的想法：流行的东西，正版的东西，在卓越网上几块钱就能买到，还有什么比这更好的事儿呢？

买书去当当，买碟去卓越，这就是2000年的B2C格局。后来，卓越网的音像制品卖得如此火爆，就想着用同样的路子去套“精品书”。

书和音像制品有个相似之处，那就是，选对了品种，做好了文案，这个产品会忽然之间火起来。

陈年选的第一个品种是《黄仁宇系列》。黄仁宇是历史学家，但是他上过战场，而且和某开国先烈有亲戚关系，他后来加入美国籍，撰写中国历史，这些元素，是中国读者以前不曾遭遇过的。

其实，道理也很简单，无非是天时地利人和共同成就了这个选择。中国读者的眼界多小啊，多读几本书的人多少啊，但这就是陈年的切入点。2000年，媒体远不如今日发达，资讯虽然号称“爆炸了”，其实顶多算是个爆竹。人们没见过的东西太多了。

陈年的品位，决定了卓越网的品位。李国庆也说过，看陈年写的书籍推荐语，让人有购买的欲望。

此后，他选了《资治通鉴》、《钱钟书全集》、《西方哲学史》等大部头的书，包装精美，而且一听名字就不是一般读者能读得进去的，就在大众与小众的微妙平衡之间，卓越网的小资路线成功了——其实最大的原因，还在于前期因《大话西游》与《东京爱情故事》等系列音像制品奠定的精品、商业化、不失内涵的网站基调。

当然，还有一个原因，低价。

陈年对这点有很合理的解释，低价决定B2C网站的毛利也是低廉的，但这并不是否定这种模式，而是需要一个合适的切入点和长期的积累。

当年做电子商务的，可不止卓越网一家，但它能活下来，就是因为这帮人找到了正确答案：有的网站大而全，客户要什么他有什么，但不保证送货时间；有的网站刻意强调送货时间，比如“一小时送达”，这又是另一个极端，以当年的物流配送水平，这显然是自杀。卓越网选了个中间点，24小时送达，而且是我提供什么，客户买什么。

这个圈子，就因为这样的人，无限接近正解。

## 年度语录与段子

用最红的人，做最红的广告，1年烧1亿元钞票，3年做成中国最红的互联网站。

——联想FM365，豪言壮语，犹在耳畔。

经常熬夜有三大弊端：第一，记忆力越来越差，第二，数数经常会数错，第四，记忆力越来越差。

——圈子一入深似海，从此屌丝[①]累死算。

话说我们学校只有一台取款机，每天都排着很长很长的队伍，所有人的目光都只盯着取款机前正在操作的那位，眼神告知“快点走人吧”。那天，依旧是长长的队伍，一男排在姐的前面，好不容易排到了。估计是等急了，只见他大踏步向前，缕一缕头发，对着取款机说了声：100！姐当时已经楞在风中了。过了许久，见没票子出来，提高了音量，又一声：100元！姐彻底在风中给冻住了……后面排队的也都伸长了脑袋僵了！若你以为这就是高潮，就大错特错了。真正的高潮来了，他看着半天没反应的取款机，想了一下，再上前一步，对着杯具的取款机恭恭敬敬地鞠了个躬，字正腔圆地吐出如下语句：100元整，谢谢！一瞬间，整个长队彻底石化了。

——圈子里的游戏规则，如果你还不明白，就贸然去自顾自地玩，大家都会石化的。

① 屌丝，网络流行词语，指代又穷又矮又多挫折为特点的苦闷青年，蕴含着无奈与自嘲的意味。

# 太空漫游（2001）

2001年，若要说中国电商取得了什么成就或者跌入什么低谷，看起来都像是夸夸其谈。因为平心而论，还没一家内地企业能配得上电商二字。

须知，电商是以互联网为平台，为用户提供产品、服务，并获得广告、产品差价、服务费等收益的商业机构。然而，这一年，中国内地的互联网用户不过3500万。美国人已经用上了ADSL宽带，而我们尚处于朴素阶段的用“猫”上网，实在难以配得上快速、便捷的“网上交易”称号。

如此看来，这一年实乃电子商务的太空漫游之年，一切都只是美好的迷梦，当然，投身其中的人们对这个梦深信不疑。

正经意义上的电商虽然谈不上，但是门户网站却热闹非凡，这年，他们正在经历各自悲欢，面前是一条可任意涂写的金色大道，一不小心又会沦为金色大盗；日后声名鹊起的电子商城此时一点眉目都没有，刘强东尚在中关村卖光盘；陈一舟和他的两位创业伙伴倒是风风火火，但这年被搜狐“招安”，“通过China Ren卖手机给用户”成了明日黄花；严格意义上的电商圈子还未形成，只要有钱，都能进来插一腿……

总之，这是一个虚幻的年份，关于电商的一切，都在萌芽之中。

## 刘强东的小生意

今天的刘强东是圈子里的大佬，号称“公敌”。

时间退回到11年前，他还是无名小辈。这就是生活的本质——我从那里来，那么，我要到哪里去？从不名一文的小人物而来，这个可以确定；成为见谁灭谁、命比谁都硬的电商大佬，这个不确定。

刘强东从中国人民大学毕业之后，先去了一家日资企业。待了几年，又到了中关村租了几个柜台卖光盘，这段经历被人戏称为“前京东时代”。别小看这小买卖，赚了不少钱，可是在心怀大志的刘强东眼里，那始终是小打小闹。

我们粗略算一下就知道这段小买卖的本质了。1998年刘强东刚去中关村，身上一共带着12000元，按照柜台费一个月2000元，押一交一来算，交一个月租金，4000元就没了；再印个万把张宣传单页，3000元没了；还剩下5000元，买一台电脑一台刻录机，身上就剩400元。

这个小生意勉强开张了，号称公司，实际上就他一个光杆司令。每天闲下来就拿着宣传单在路边发，就跟现在发小广告的似的。

一般人看来，这简直丢死人了。一个名牌大学毕业生，放着正经工作不干，跑路边发传单，这不是遭罪吗？

后来，女朋友也说他没出息，离他而去；他也不敢对父母提起这个不正经的工作，只是含糊着说自己在外企拿着高工资……

多少今天看来的风光，在刚开始的时候竟然如此不堪。

可是刘强东已经没有退路了，他只能硬着头皮坚持。天生我材必有用，刘强东有个聪明的脑瓜，他很快就发现了中关村的秘密。

此事要从当时的电子卖场说起。中关村的柜台，同质化很严重，比如某一层，基本上都是卖电脑硬件的，但并非每一个柜台都有自己的库房，他们都是先把生意招揽来，然后去别的柜台找货，用圈内话这叫“炒货”。

当然了，这也算不上什么大秘密。但是刘强东发现的是这个现象背后的细节。一般而言，顾客到一家柜台，谈好了价钱，然后要等待十分钟才能等店家从别处拿来货，这个过程很让人心烦。

刘强东就想，如果顾客都能拿到现货，或者等个一两分钟，那顾客会非常开心，效率也大大提高。但是要实现这个想法，就需要一个中间人——专门负责给各个柜台配货。

他先做个小实验，找了一批刻录机，再联系了不同的柜台，留下自己的电话，承诺对方只要一个电话，他两分钟内就能把刻录机送过来。如果超时，愿意赔偿柜台十块钱。柜台的老板一听，行啊，反正自己什么都不赔。

实验进行得比较顺利，事实证明，刘强东基本上一个电话之后一分钟就出现。当然，也确实按照允诺的赔过几次“十块钱”。就这样，刘强东靠着扮演“送货人”的角色，一年下来，竟然赚到了30万元。

尝到了甜头，刘强东再接再厉。次年，他扩大了人员规模，一年过后，盈利膨胀了几十倍。刘强东一下成了有钱人。

刘强东能混出名堂来，除了自己找到中关村的秘密，还有一个很重要但听起来很烂的理由——他对客户很好。

这算什么理由呢？每个成功的企业家都标榜自己将客户奉为上帝。细琢磨一下，这个烂得掉渣的理由，其实不简单。

就像刘强东自己所说的那些段子一样，怎么个好法呢？不只是赚钱这么简单：“最早买我系统的，都是做婚纱影楼的，都没有接触电脑，对电脑一无所知，有一个山西大同的客户，我教了他三天时间，移动鼠标的时候能不拿起鼠标了。还有从哈尔滨过来一对下岗的夫妻，培训完之后，我出去一趟回来了，我就发现男人跟女人说这高科技，一按刻录机弹个舱，把茶杯放上，说看，茶杯座都是自动的。那时候一个刻录机两千多块钱，气得你真的要吐血。所以我那时候觉得他们缺的是技术，我们培训了他们十五天再走。买我们制作系统的，都发了财。客户发现，（京东多媒体）做得非常好，能够编辑字幕，做各种特效，雪花啊，下雨啊，而别的婚纱影楼就是你摄像是个什么样就给你转成什么样。所以就凭这两样，我们系统就卖得比别人贵，很多人到北京就专门找京东多媒体。我们很多业务做的跟别人不一样，所以让我们前三年很幸运。”①

就这样，刘强东在中关村摆柜台的三年里，赚了上千万元。可是生意这回事，没有永赚不赔的。到了2001年，竞争越来越激烈，利润越来越微薄。刘强东当时还是个小商贩（当然，今天他还是商贩，只不过盘子做大了，渠道创新了）。小商贩的想法就是，利润低，那我就多开店。

“2001年就在想，那时候中关村的渠道扁平化，我们也作出了判断，而且刻录机价格已经降到了七八百块钱了，所以我们在思考，京东公司该做一次转型，怎么转?我们做代理商渠道，不能再走下去了。2001年的时候京东就是代理商，我们认为这个层是没有价值的，就从上家发下来卖给下家，农民工都会做的事情，所以我们转型，两个选择，一个就是往上走，就是走到分销商的层次上去，但是我们一想，自己没有机会，所有品牌分销的资源，物流平台，仓库，还有经销商的资源，已经被几个大经销商瓜分得一干二净，没有机会了。”②

“即使我们做成功了，价值也不是很高。所以我们认为往上走走不通，即使走通了，公司价值也很小。另外一个选择就是往下走，做零售商，无论如何京东公司绝对不能再做代理商了，所以就基于这种想法，2001年我们就拿钱投资做店，那时候叫京东多媒体店，当时主要经营鼠标、键盘、刻录机，曾经在全国有十几个店，很不幸，到2003年的时候，也就是做了两年多的时间，非典来了。”③

之后的故事，祸福相依。对于整个国家，非典是一场灾难；对

---

① 语出刘强东于2009年11月10日参加“IT龙门阵论坛”时的访谈记录。

②③ 孙力.创城记[M].太原：北岳文艺出版社，2012.

于这个圈子，则是一个莫大的机遇。

## 神秘的电商（一）

就像刘强东不敢告诉家里人自己在创业，而是如同地下工作的神秘一样，电商，在当初也是“神秘”的代名词——而且这种神秘好像有一个共同的起点。

和所有业已成名的国内电子商务企业有一个共同点，乐友孕婴童也成立于1999年，爆发于2000年，在2001年赚得了一大笔钱。

关于1999这个神奇的年份，尽管已经说过许多，但仍然禁不住要问，为何众多电商会缘起1999年？除了各种各样的总结与分析，最直白却最合理的解释应该是，那是中国电商的“黄金大年”。

乐友的创立者是一位女性，于是或多或少，让这家企业在圈子里显得与众不同。根据公开的资料，胡超[①]在当年刚刚荣升为一位妈妈，苦于自己总是没法在北京的超市里买到想要的婴儿用品，深切地体会到其他妈妈们的需求，就想着办一个网站。

显然，事情不会这么简单。尤其是对于电商而言，你看到的永远不是表面的那样，就像那个瞎子阿炳的故事，背后的细节谁知道呢？

在我们的课本中，阿炳是一位身残志坚的伟大民间艺术家，简直可以和贝多芬相提并论。然而根据历史学家们的考据，阿炳其实不是住在什么街头小平房，而是道观，这道观的掌门人是阿炳的父亲，父亲死后将道观传给他，怎奈遗产被挥霍一空，他还抽大烟，吃喝嫖赌五毒俱全，之所以失明更是因为染上了梅毒，最后不得不走上街头卖艺……

---

① 胡超，华南理工大学机械工程学士，美国旧金山大学工商管理硕士（MBA），曾在国家标准总局（国家技术质量监督局的前身）任职，后去美国留学。

## 圈子·段子4——电商那些事儿

闲篇扯完了，只想说其背后的细节很令人意外。

重回正题，在电商圈子里，也有许多事情，我们不得而知，只能通过细枝末节推断一二。接着说胡超的故事，前面说她创业的想法很简单，这无可厚非，世间多少伟业都出于一个简单的动机。但如果说她只是“吃着火锅儿、唱着歌儿”就成功了，这个圈子就没脸见人了。

实际上，胡超不是寻常的创业者，她有许多常人无法企及的资源。首先是她的爱人，龚定宇，此君当年代表美国思科只身前往中国，并成立了思科中国公司。而2001年，思科的网上订单已经超过3000万美元，通过互联网渠道，每年可节省5亿美元的巨额成本。华尔街的商业评论家认为，电子商务通过市场竞争显示出自己的优势，思科公司无疑是“一个优秀的范例”。

有爱人的鼎力相助，加上胡超本人的努力，这个扬名立万的故事就不是那么偶然了。现在，胡超的国籍是美国，但她刚开始工作的时候却是在国家某部委。你看，一个海归，也有体制内的从业经历，这样的人，在那个年代如果不创业都不好意思出门。一方面，她有资本王国美国的资本人脉，另一方面，她又有来自中国的体制内人脉。

乐友上线的背后究竟有什么故事，无人得知，神秘如胡超，这在电商圈子里很少见。不过就像她自己说的，其实乐友不算电商。对此，大概许多人会翻一翻白眼，至少在2001年，乐友获得高盛、中经合联合投入的第一轮340万美元融资之际，这家公司确实是电商。因为风险投资在那年不会轻易给除此之外的其他企业投这么多钱。

在刚开始的一两年，作为一家电商，甚至只是一个网站，乐友是危险的，因为网民数量有限，且大家还处于用“猫”上网的低端状态。

毫无疑问，之所以能活下来，除了经营有方，很重要的原因就在于资本支持。而且胡超也没有坐吃山空，网上的生意惨淡，那就转战线下。前后两次开了两个小店，不过小店的经营依然业绩平平。

为了招揽生意，小店开始发宣传单，这也没什么奇怪，直到越做越大，宣传单变成了宣传册，再加上网站，就形成了听上去很牛的“网站+目录+专卖店三位一体”模式。从萧瑟的生意如何挺了过来？除了资本在背后的支持，此外就是非典的爆发。

呵呵，看起来简直就像古希腊的那些关于命运的神话，总在一瞬间，决定了很多事情，神秘如此，不可参透。

## 神秘的电商（二）

乐友与它的创始人胡超一样神秘，犹如鬼魅，但要是说到神秘，2001年更神秘的电商要算中公网和上海梅林合办的电商网站了。

1930年成立的梅林原本是生产罐头的企业，过了将近70年，该企业获准登陆股市。此后的表现平平，直到2001年，其发布消息，进军电子商务，成立“正广和”网上购物销售公司。此时赶上互联网概念勃发，这家宣称的电子商务企业迅速进入大众视野，在股市上一路飘红。过了不久，这轮暴涨行情渐渐消散，有内幕人士说，所谓的电子商务公司，只是个忽悠人的幌子罢了，实际情形令人倍感荒谬——基本上就是社区里的一个杂货铺，有人打电话来要一桶纯净水，店家就派人送去。

荒谬故事造就的光辉，总是让历史的本质为之失色。

海虹控股是上海梅林的大股东，在之前的暴涨中是最大的受益者。1999年底，当时还不到19元的股价，随后连续30多个涨停，来年春天已经高达80余元，短短数月，涨了三倍不止。这就是海虹善于制造话题的能力。

海虹创造的奇迹，纵然是中国股市上惯常的游戏，但是细究起来，背后的细节令人哑然。

三年前，海虹依旧是家很普通的化纤企业，股票市场上更是表现不佳，戴上了ST的帽子。此时，一位名叫康健的商人出现，让一切都变了个天地。

康健当时担任中海恒实业发展有限公司总经理，他正在积极寻找上市的契机。此间偶遇一位老同学从美国归来，后者夸夸其谈，给康健灌输了大量风险投资理念，当时还有互联网概念遮天蔽日，康健忽然灵机一动。

时间不停向前，精明如康健，又赶上了正确的契机，多数人此时不知互联网为何物，更遑论网上购物。康健却先知先觉。在他牵头下，海虹、中海恒和中国电信投资合建中公网。康健出任董事长、总经理，那位激发他灵感的同学谢文，则出任常务副总经理。

和康健趣味相投，谢文也是一位商业活跃分子。在中国互联网初期发展史上，此人可谓翻云覆雨。其后数年，离开中公网之后，谢文独立创业，也始终离不开这个圈子。他做过宽带网络，也曾负责管理过大名鼎鼎的财经网站和讯公司，马云也是他的圈内熟人。但最终，他还是淡出了公众的视野。现在他的身份更像是一个中国互联网的评论家，用自己的资深，点评当下的种种。

回过头来看此人，最值得记忆的还是在1999年5月，他代表中公网出资千万元收购了联众公司80%的股权。

此事之所以造成轰动，是因为此后互联网和资本绑定了，电子商务也不再是纸上谈兵。相比张树新的寂寥、宫玉国的失望，联众被收购则在有意无意间，锻造了传奇般的回忆——海虹随之走向顶峰。

康健也许不是最出色的管理者，但他绝对称得上有眼光的投资者。之后，尽管海虹在其他业务上依旧流年不利，但提前布下的互联网大局却终于张开了翅膀。从这之后，已经没有什么悬念了，那些过往的荣光如此辉煌，谁又能轻易抽身而出？十年之后回头四望，当年的海虹奇迹缔造者作为局中人，显得更加神秘。

那位手眼通天的资本操纵者，凭借异乎寻常的判断力和手腕，通过眼花缭乱的资本腾挪，把海虹这家本已入土一半的平庸企业打造成囊括资本、地产、医药电商、IT等数十领域的投资集团。

这种事情的操作者，令多少散户唯其马首是瞻。康健这个口吐莲花的北京人，精于此道。在他主导下，海虹就像一片云端霓裳，翩然起舞。

一时间，伴随着辉煌也升腾着质疑，这种质疑一直都有，因为海虹并不是只有这一次暴涨。2005年，有媒体用重量级文章将其推向顶峰，一名为周琦的男子以爆料者的身份道出了众多内幕。在他看来，海虹之所以暴涨不息全然是炒作。从坐庄开始，到曝光时他投入的7亿元已经翻了三倍，净赚了10多亿元……[①]

至于其他细节，更是令人瞠目结舌：

康健不愿股价跌落，于是想了一个妙计。他带队赶赴美国，此行目的是为旗下的医药电商平台寻找投资商，并进一步在美国包装上市。

美国投资者对此的反应甚为平淡。康健并未就此放弃，事实上，他有更不为人知的目的。康健通过私人关系找到一家名为“宽带”的美国公司，希望对方通过资本运作，将医药电商平台进行整体打包。“宽带”公司心怀鬼胎，他们对电商平台不感兴趣，但是觊觎庞大的中国市场。

与之前的美国投资商一言否决不同，“宽带”公司与康健的团队进行了为期甚久的反复谈判，尽管实质上双方并未达成一致，但

① 详见央视财经栏目《中国财经报道》2005年9月6日推出的“超级大庄家周琦坐庄海虹，7个亿进去25个亿出来”节目。

“康健团队与美国投资者正积极谈判，促成电商网上市”的消息早已传入国内。

海虹的股价受此影响，重新攀登高峰。到了2004年冬天，一个普通的交易日，正当人们痴迷地购进海虹股票之际，形势忽然急转。此时，交易总额已经高达10亿元。

周琦就在这时候飞速出手，成功逃离。散户虽然有所担忧，但丝毫没有意识到灾难已经悄然降临，为了稳住散户，康健邀请“宽带”公司负责人亲自来到北京，开始新一轮磋商。美国人不明就里，来京后，第一站并不是谈判桌，而是发布会，这让他感到意外，却也无可奈何。

在公众眼里，此事木已成舟，殊不知，这不过是一出障眼法罢了。谈判最终以失败告终，而康健也满不在乎，因为他的目的已经达到。

爆料这些内幕的周琦又是何许人也？原来，他曾担任海虹集团的董事会秘书。

原来全都是神秘的内部人士啊，看来这个游戏，真的只是外行看热闹而已。

## 首富也悲催[①]（一）

2001年的暴涨暴跌、天堂与地狱，对于从事互联网的人而言，体会最深。

丁磊和王志东，在这一年的遭遇真可谓冰火两重天，冷暖自知。这二位，算不得严格意义上的电商圈子里的人，但作为提供产品与服务，并以盈利为目的的互联网从业者，他们的故事同样不容错过。

---

① 网络流行语，从字面上看意思是“悲惨得催人泪下”，一般表示不称心，不顺心，失败，伤心，和众多网络词汇一样带有戏谑意味。

今天，众多软件工程师过着“白天拼命写一堆没人欣赏的垃圾程序，晚上回到租来的房子里撸一撸就睡”的屌丝生活，然而在中国互联网方兴未艾的时节，程序员们很容易就能出人头地。

这不是吹嘘，世间的规律大多如此，物以稀为贵嘛。丁磊就赶上了好时候，这个典型的工科男出生于高级工程师之家，小小年纪就自己组装了六管收音机。当地人都说丁家出了个神童，将来肯定是科学家。

循着众人的期望，丁磊去了成都电子科技大学，开始接触并迷恋上了个人计算机。当然了，那个时候，计算机还相当质朴，程序员需要的天分却不见得比现在的要少，因为在一个未知的领域，不仅需要更多的开创性工作，就连自己的命运也是未知的。

毕业之后，丁磊被分配到宁波老家，进入当地电信局，当了两年工程师，把单位的电脑折腾得死去活来。到了1993年，他开始接触互联网，并搭建了宁波当地的第一个BBS网站。

你发现了吧，那个年代，全中国第一批接触互联网的人们，大都有头有脸，他们是日后这个圈子里的开山者。

当然，那年和丁磊们一样有机会扬名立万的人不在少数，但基本上，出于理性的选择，十之八九都选择了端铁饭碗，在他们眼里，电信局的工作环境和社会地位令人满意。此后二十年间，发生了无数故事，也见证了无数转折，但是今天仿佛又回到了原点，人们依然觉得电信局这种工作是第一选择，而且变本加厉，几乎可以断定，这是一种倒退。

幸运的是，丁磊们的选择，从一开始就押对了赌注，那是一个需要勇气去做出选择的年代。

从电信局辞职下海之后，他去了广州，两年间换了三个工作，最后决定自己干。这就是网易的诞生背景。

显然，神童丁磊也不过是时代下的蛋，和今天的那些干着无聊工作、吃青春饭的程序员一样，从Loser（失败者）到Dreamer（梦想家），都需要一个过程，两个时代的程序员，创业的成本有天壤之别，创业的选择从未改变。

用自己的所有积蓄注册成立网易之后，丁磊的好日子似乎来了。他的创业理想很简单，就是做BBS。当然，那个时候也没别的点子。当时互联网最热闹的应用无非那么两三个，BBS、聊天室、寻呼机、E-mail，除此之外，没别的。

BBS是一种已经被证明能够吸引用户的平台，那就先从这方面入手。26岁的年轻人丁磊，率领着自己的互联网公司开始想方设法让网易热闹起来，此时，他在电信局的工作经验又帮了忙。

要做互联网公司，首先需要把服务器放在电信局，如果在今天，想都不用想，服务器托管肯定是要花钱的，因为大家都知道现金为王。但是在蒙昧时代，丁磊这种人就能把创业的成本降到最低。

免费把服务器交给电信局，第一是因为丁磊自己就是从电信系统出来的，第二是当时的电信局不知道这玩意儿对一个互联网公司意味着什么。丁磊拿了个方案，和电信局的领导侃了半天，总之一句话，服务器放在电信局，不会给你们造成任何负担，但会让用户的电话费蹭蹭地往上涨……

领导当然愿意了。

说是互联网，其实就是个大一点的局域网，所有用户要上网，都要通过远在北京的瀛海威等少数几个互联网接入平台，然后在都是国内用户的BBS上跨地区海聊。即便如此，这种服务已经让为数不多的第一批网民乐得其所了。

网易BBS的角色，相当于一个地方分站点。他们放在电信局的服务器是丁磊自己攒的，硬盘有18G，别看这个容量在今天看来小得可怜，要知道当时人们最牛的移动存储设备只是一百多K的软盘，服务器的容量简直可看做海量了。这么大的空间，如果只放一个BBS未免暴殄天物，于是丁磊大手一挥，给大家每个人分配20兆的个人空间，这就是SNS的雏形啊。

一个显而易见的问题在于，什么都是免费的，丁磊怎么赚钱？丁磊倒是一点不着急，用他自己的话来讲："如果我当初就考虑到做站点如何赚钱，可能就把路走错了。我受Linux①影响很深，觉得服务就应该是免费的，根本没想到网站今后会有收益，我只是想硬盘闲着也是闲着，不如拿出来给大家用，我的目的大约就是想让网易变得出名一些吧，但没想到后来会这么出名。"

正所谓无心插柳柳成荫，一心给客户提供免费服务的丁磊从BBS、个人空间到电子邮箱，一不小心就赚钱了。

当时E-mail系统在国内还没有成熟的产品，丁磊觉得Hotmail②比较牛，就琢磨着买一套过来，结果人家狮子大开口，没三百万美金不卖。丁磊就决定自己做，反正闲着也是闲着，不就是一个电子邮箱吗？

程序员学东西是很快的，而且有点无师自通的意思。学了几个月，丁磊就和自己的同伴把电邮系统搞出来了，名字起的也很简单，就叫163。

这个数字代表什么，现在的网民估计都不在意了。但是当时拨号上网的人们可都明白这是什么。原来，要拨号，必须先拨163，类似于电话区号。这套系统开发出来之后，很多门户网站也都来向网易购买。

丁磊不贪心，他不像Hotmail那么贪，几十万人民币就卖了。就

---

① 一种自由和开放源码的操作系统，存在许多不同版本。

② Hotmail是互联网免费电子邮件提供商之一，于1995年由杰克·史密斯（Jack Smith）和印度企业家沙比尔·巴蒂亚（Sabeer Bhatia）建立，并于1996年7月4日开始商业运作。1997年末被微软以4亿美元的巨资收购。

这样，挣了不少钱。除了卖给门户网站邮箱系统，网易邮箱自身成了一个最大的品牌，而且早在2001年，网易开始推出收费电子邮箱产品。根据民间观察者的测算，保守估计每年能从收费邮箱上赚上千万元利润……

就这样，到了2001年，网易电子邮箱成了丁磊的代名词，并且公司在美国纳斯达克上市，他成功了。

丁磊在互联网圈子里的另类就在于此，大家都知道，互联网本身的特点是免费，做门户网站的，除了广告似乎没别的盈利渠道；QQ的马化腾，这时也迫不及待地想提升附加值，但还要等几年才能实现；做搜索引擎的，更是不知道怎么赚钱，竞价排名的招式还是后来的事儿。

于是，已经赚了钱的丁磊，而且是光明正大名正言顺地赚了钱，不得不让人刮目相看。可以毫不客气地说，丁磊赚钱的模式，更像一个IT企业家，他也是少数几个配得上这个称号的创业者。

从这一点来看，丁磊虽然不是电商，但他比电商更牛，他的商业模式再简单不过，给客户提供服务，然后收费。不像今天的电商，绞尽脑汁设计一个盈利模式，不仅他们自己累，用户更累。

但是要说电子邮箱把丁磊抬上了日后中国首富的位置，有些名过其实。事实上，丁磊这个号称不为赚钱做生意的人，是很“贼”的。

那么真正让他发财的是什么业务呢？说起来有点尴尬，也是今天的电商可以理直气壮地对丁磊这位前辈嗤之以鼻的地方。

2001年，丁磊凭借短信业务发了横财。当时的网易虽然已经是一家大公司，但这一年网易过得其实并不容易，丁磊和自己请来的职业经理人发生了严重冲突，甚至到了即将动手的地步。分歧在于，丁磊那一年实在想把公司卖掉，自己手里的股权打算先转让给职业经理人，但双方在价钱上谈不拢。新来的职业经理人是职场老戏骨，花钱不手软，和网易合作的广告公司、公关公司都是自己的老相识，网易的屌丝程序员们都说，这家伙花的是我们丁老大的钱啊。

在这个背景下，网易危机重重，后来职业经理人退出公司，丁磊也从北京总部退回自己创业的起始地——广州。

在广州，网易凭借“全国性大公司”的招牌，获得为广东移动做短信增值业务的机会，这就是今天每个手机用户每天都会收到垃圾短信的模式。只不过网易和普通的垃圾短信发送者有一个最大的不同，垃圾短信只提供无聊的服务诱使你花钱，网易的服务有一部分在自己的网站上能看到，而且是光明正大的小额支付途径，当时没有支付宝，大家要花钱购买服务，就可以通过发短信的方式实现。

说白了，普通SP①是街头小流氓，网易做短信业务是上海滩大家族……

做短信挣到钱之后，之前已经停牌的网易重新复牌，股价也重新攀升。紧接着，网易首次推出了在线网游《大话西游》，虽然不像陈天桥后来代理《魔兽世界》那么成功，但至少是先知先觉地看到了这块处女地。

之后，网易还尝试着兜售一种叫做“网易加速卡”的产品，用户只需要打电话购买，再登录网易平台，包括电子邮箱、游戏账号等，就可以直接输入购买的卡号，等于跨过了电子支付这个环节。其后，丁磊终于通过代理韩国游戏、继续开发在线网游、完美推广“加速卡”（俗称游戏点卡），赚得了首富位置。

① 门户型SP就是由门户网站提供的短信服务。短信服务的内容主要有铃声、图片、文字传情、新闻、游戏等。

## 首富也悲催（二）

丁磊是挺过来了，但王志东却没这么好的运气。

同样是2001年，丁磊的网易在危难中退回华南，而王志东却被新浪炒了鱿鱼。

和丁磊一样，王志东也是个少年天才，12岁那年，王志东从小学四年级直接进入初中，跳过了五年级和六年级。

在这个国家，如此这般的故事层出不穷，且让观者乐此不疲，概因我们的教育环境之下很少出现如此跳跃之人，但凡有一个，立刻被冠上天才之名，旁人只流露出惊为天人的怪异眼神。

许多年过去了，王志东被国人称为天才的身份终于为他赢得了一个颇令人唏嘘的江湖地位。众人本以为这便打破了《伤仲永》的规律，怎料生性低调的王志东终究还是敌不过命运，最终悄然出局。

在熟识他的人看来，这是一个智商与情商都很高的人，但是作为一名天才的程序员，他并不善于用出格的言行为自己辩护，因此，他在资本市场上身不由己的败落被更强大的业界前辈看成是一种不可饶恕的罪行，惨烈离开。

以天才的身份出场，失意企业家的身份结局。这就是技术天才的宿命。

当年他离开炎热的南方，只身北上，从学校到社会，从一无所有到长袖善舞，一切都合胃口，看起来人生顺风顺水。在程序员的天堂北京中关村，他找到了自己的位置，似乎也找到了一生所爱。

这时，他碰到了号称“中关村村长”的四通掌门人段永基。当时的段永基，作为老一辈IT人，早已不必事必躬亲，反而手握大把资金，四处寻找新项目。在他带领下，四通公司早就由单一的IT企业走上了多元化发展之路，甚至被看作一家投资公司。

时年27岁的王志东正是他要寻找的对象。王志东之前经历了两次创业，现在正积极筹措资金，希望开创更伟大的事业。

在这个圈子里，王志东结识了不少程序员，其中有一位名叫严援朝，此人曾是与王志东不相上下的天才IT人，后来脱离体制，进入四通，逐渐进入圈子的核心层。经他引荐，王志东与段永基有了一次愉快的会面。

这之后，王志东获得了500万港币，新公司得以顺利启动。这家名叫四通利方信息技术有限公司的企业，王志东以技术入股，占股20%，同时任总经理。

很快，王志东通过朋友牵线，将公司带到美国上市。当时，王志东急于突破自己的命运，他不愿一生只当程序员，金钱游戏似乎更令人着迷。

几番奔波过后，美国的投资公司终于拍板，砸入650万美元。虽然王志东的个人股权被稀释了，但他依旧兴奋难掩。

这是一个互联网的时代，王志东赶上了好时候。段永基当年慧眼识英雄，很快，他就因此获得超额回报了。

作为老一代IT人，他们的眼界随着互联网的冲击而改变，没有墨守成规，就是他们获取回报的第一前提。

王志东带着四通利方，展开收购。在购入一家互联网公司之后，新浪网横空出世。

段永基的四通，作为新浪网的大股东，在这波互联网热潮中也赚足了眼球与金钱。实际上，此时的四通，遭遇了严重的金融危机，损失十多亿元人民币，幸亏新浪网崛起，才让这家老牌IT企业勉为存续。

如日中天的新浪网，以超乎想象的速度向前冲，最终登陆纳斯达克。王志东作为最大的个人股东，身价倍增。

世事难料，就在一切都看起来很美的时候，王志东却面临出局。

那是新浪在美股上市的次年，这年股市遭遇严重打击，尤其是互联网概念股，从前一年的一飞冲天到这年一落谷底，一切都在瞬间。

在段永基为首的董事联名驱逐下，王志东回天无力。尽管同时期的其他互联网公司没有不亏损的，但作为龙头的新浪网却不得不找一个替罪羊。

王志东被董事会作出决定，革去其首席执行官职务，撤销董事资格。

王本想拒不执行，却又无可奈何。

事后，段永基对媒体记者表示，四通投资新浪网已经很多年，但是回报很少。段永基本人作为老一代创业者，年薪不过20万元，王志东却要拿到30万美元，这不公平。

资本市场，本无公平可言，但在中国，中关村，段永基代表了一种力量，王志东绝对无法匹敌。除了离开，他别无选择。

## 退出与重来（一）

王志东离开新浪，并不是这年的唯一。事实上，这一年对于互联网圈子，是一个虚幻的年份，大家都像"两只小蜜蜂啊，飞在花丛中啊……"

接着说网易，2001年元旦刚过，网易就经历了人事变动，高层中有两个关键人物离开，一个名叫何海文，是网易的首席财务官，外界说她是比丁磊还厉害的女强人；另一个叫关国光，是负责公司业务发展与对外融资的副总裁。值得一提的是，这二人是两口子。

当初关国光去网易是因为他看中了丁磊这个品牌，之前他与新浪、搜狐都接触过，不知是什么原因，都未能加盟。当时关国光还在美国做私募基金管理，因为看到了互联网的前景，就给国内的互联网公司挨个打电话，最终加盟网易。

1988年上海交大毕业之后，关国光去美国留学，之后多年混迹于私募圈子。

对于丁磊这个老雇主，他的看法很直白："丁磊，涨潮的时候，他正好在浪尖上，我想换另外一个人在那个位置上一样也会成功。"

单从这句话里似乎听不出褒贬，但想一想2001年他离开网易时的处境，就知道这至少不是什么褒奖。

当时，新来的职业经理人与关国光夫妇不对眼，公司上下皆知。如果关国光在网易短短两年之后就选择离开或许还谈不上什么恩怨使然，那么他的爱人何海文的离开一定有背后的隐秘。

事实正是如此。何海文是网易上市融资的功臣，网易在美国上市，离不开这位资深财务官。然而现在网易做大了，她却选择离开，除了自己的老大罩不住，似乎别无理由。就在夫妻俩双双离开后不久，丁磊似乎也坐不住了，甚至发展到要和那位始作俑者的职业经理人动手的份儿上，发生冲突的当日下午，职业经理人也打包行李走了。

之后网易退回广州，从头再来。

一切都像是江湖往事，大佬和随从之间，没办法心心相印，随从只得离开；之后大佬形单影只，自食恶果，也被迫退出江湖。这就是这个圈子的故事，大家都是身怀绝技的高手，在一起的原因是意气相投，离开的原因则是缘分已尽。还有一个有意思的现象，大多决然离开的人，之后一定会有更大的作为，正所谓委身麾下你不用，另立山头莫回首。

关国光的离开并不是这一年的个案，很多牛人都在互联网风声鹤唳中萧瑟下台。有的人一去不返，有的人一步三回头，有的人谋划重来，有的人有苦难言。

关国光还好，他个性并不激进，也不是一个记仇的人。作为比丁磊年长的前辈，当初加盟网易就是因为看好这个团队。他和丁磊的关系，很像彼得·泰尔和马克·扎克伯格，二人亦师亦友，但同时又有很明显的缺陷，关国光不擅长刺刀见红，丁磊不擅长左右逢源。

二人在分手之后的关系，似乎也没有老死不相往来。事实上，在离开网易之后，关国光与丁磊保持着密切的联系，毕竟，丁磊也替关国光报了仇，虽然来得好像有点晚。

接着说关国光，此君最在行的是金融管理，自己的人际关系也都在金融圈子，但经过网易这家新兴互联网公司的洗礼，他开始琢磨着在互联网上做金融。

前面也说了，网易翻身靠的是短信增值业务，因为好多用户当时要上网缴费而不得，支付宝是后来的事情。这也是关国光看到的机会——在线支付。

电商圈子在若干年后流传着“三座大山”的说法：信用、支付、物流。做电商，这三样缺一不可。放眼2001年，这三样，基本上一样都不具备。

正如关国光自己的话：“涨潮的时候，他正好在浪尖上，我想换另外一个人在那个位置上一样也会成功。”他赶上了在线支付的涨潮期。

刚刚离开网易的那段时间，关国光销声匿迹。因为他真的离开了这个圈子，一心做金融服务，帮一些企业融资，仿佛又回到了多年前的职业。可是他对互联网始终无法忘却，这就像一个网游爱好者，真的有瘾。

过了不久，美国那边传来消息，Pay Pal[①]被ebay以15亿美元天价收购，关国光动心了。Pay Pal的创始人正是第一个给扎克伯格投资的彼得·泰尔，美国的创业家们正在互联网上风生水起，好运连

① 1998年12月建立，总部在美国加利福尼亚州圣荷西市，主营业务是支持使用电子邮件来标识身份的用户之间转移资金，避免了传统的邮寄支票或者汇款。Pay Pal也和一些电子商务网站合作，成为它们的货款支付方式之一与中国的支付宝类似。

连。作为从美国归来的关国光，有着比国内创业者更强烈的模仿冲动与可能性。

当然了，这些事情都是在他离开网易两年后才发生的，在这两年中他不在圈子中，但是两年后他回到电商圈，并时常被人看作是能够和支付宝鼎足的对手。

2004年，创建快钱，在金融圈和互联网圈都有从业经历的关国光再合适不过。网易也成了他的第二个战略合作伙伴，第一个是百度，关国光算是正式扎在这个圈子里了。

对于竞争，他看得比谁都清楚，两三句话就能把自己的价值说透："Pay Pal的成功更多是因为ebay在，他是植入在ebay中的一个专用支付工具，支付宝也是如此，他们都不是独立的，其实是帮银行代理网关业务的。作为独立的第三方支付企业，我们跟任何一家商户和合作伙伴都不会冲突。像支付宝，新浪就不可能用它，百度就更加不可能，会有竞争的。我们现在与商户是完全没有竞争的，纯粹专业化服务，这个其实是我们快速增长的一个很重要原因。"

## 退出与重来（二）

2001年黯然离开的除了王志东、关国光，还有一个重量级人物，宫玉国。

三个人里，只有关国光还和老雇主有着交情，其余二位都是此恨绵绵无绝期。王志东就不说了，技术小辈斗不过创业老村长，圈子里的反目，不胜枚举。宫玉国的故事倒是值得一提。

作为最早在互联网上做内容的"老兵"，宫玉国的经历也是那个年代典型的"最贵莫过人情"的商业例子。但也是因为人情，宫玉国始终没有得到商业的真谛，他的辉煌与离开，更像一个写满悲壮意味的探路者故事。

宫玉国是北大古文献专业毕业的，1988年开始，他在《消费时报》做了7年的编辑记者，直到1995年，进入世达公司，这个公司的主管单位是《人民日报》社。在这家公司，宫玉国最初的职位是总经理助理。

世达公司做的是大生意。当年，默多克的新闻集团要进军中国，选择与该公司合资，做电视、做报纸都不合适，最终决定做互联网，双方成立的互联网站点叫China Byte，也就是后来大名鼎鼎的“比特网”。

这是国内最早的一批内容网站，类似于今天的门户网。这个合作看起来没什么，但在海外影响很大，人们都说资本主义的自由派默多克和社会主义的《人民日报》合体了，这意味着什么？宫玉国所在的世达公司“压力山大”。

怎么办呢？在中国，商业上的事儿再荒唐，只要能赚钱，能运行，没人管你。但只要涉及政治，那就另当别论。宫玉国很不幸地处在后者的漩涡中，但是因为《人民日报》的背景，还有申诉的机会。于是就一层层向中央打报告，最后这份报告到了国家领导的手里。报告写得很好，领导看完，被说服了，互联网是世界趋势，要利用这个趋势进行对外宣传。

转危为安了。经此一役，宫玉国显然和若干年后单纯凭借商业创意获得成功的后辈们有所不同，他经历了更复杂的开局，自然有更充足的底气。

1998年年底，China Byte的收入是30万美元。[①]14年过去了，这个数字在电商江湖中显得微不足道，然而你想一想14年间发生了多少事情，人民币贬了多少倍，房价涨了多少倍，你就知道，这个数字在当年不算小，而且，它确实占据了当年中国互联网广告份额的五成以上。

① 宫玉国：China Byte鲜为人知的故事[N].中国青年报，2001-05-29.

再来看宫玉国加入的6年中，公司一共花掉了1 000万美元——6年，1000万美元，平均每年150万美元，即使在当初的电商圈子里，这个花钱的速度也绝对可以用勤俭持家来形容了。

尤其可贵的是，在“我的成功可以复制”、速度胜过一切的互联网草莽初创时期，宫玉国却始终坚持“原创”，内容为王，这最终也成了China Byte的金字招牌。

这是因为宫玉国和他的内容主编以前都是做媒体的，媒体对于内容的玩法，全都被宫玉国平行移植到了China Byte。这个网站，压根不像互联网，更像一个报社或者杂志社——有编辑方针、编辑手册，校对要细化到每个标点符号。每篇文章上线发稿，主编都要将稿件送到宫玉国跟前进行最后审阅，宫玉国确认之后才能上网……

宫玉国的玩法是有点超前了，就拿今天许多杂志重金买稿的做法为例，并不适合当初的草莽江湖。China Byte却为了独家新闻，不惜付给作者高额稿酬。如果再晚十年，这种做法会获得认可，可惜十年前的互联网是多么幼稚肤浅啊，当时要短期内聚集人气，必须像新浪那样海量复制传统媒体上的新闻，这真是一个圈子的残酷历史，更是那些有理想之人的悲剧。

一切都不能重来，成王败寇的规则是如此不可抗拒。

到了2001年，宫玉国遭遇了圈子里的争斗，黯然离开。在之前几年，宫玉国以媒体人的职业素养加入互联网圈子，基本上走对了内容网站的路，当时国内做内容的网站屈指可数，宫玉国自然如鱼得水，并最终做到了China Byte的CEO。

就在此时，默多克的新闻集团全面退出互联网，China Byte面临股权转让的局面。事实上，这也不是什么坏事，商业行为有进有出不需大惊小怪，宫玉国刚开始也对此表示接受。他只是职业经理人，股权并购是股东层面的事情。

也许，错就错在这里。有人说宫玉国是个好人，但不是个好商人，更有人说他和王志东一样，都是“被资本清洗的人”，各有各的道理。

在股权并购这事儿上，代表默多克集团的李映红一手主导，到后来，宫玉国渐渐发现不是那么回事儿，他觉得China Byte被并购方拿走的那部分股权被压低了价格。

于是，矛盾爆发了。对于亲手拉扯大的企业，宫玉国不愿意贱卖，但他也只是个打工者，他不是所有者，李映红的行为倒是更像个商人，在商言商，宫玉国做不到。

最后，宫玉国选择离开，并且对李映红甚为愤怒。后来李映红给宫玉国打电话，他挂掉不接，逢年过节发短信，他根本不回。直到多年之后，终成路人。

显然，宫玉国确实不是个好商人，虽然他的职业生涯始于“人情”，当初是经人介绍来到世达公司，但他却用这样的方式彻底撕裂了“人情”。不过在互联网圈子里，宫玉国的名号永远留在那里了。

据说当年搜狐和新浪刚成立，员工们有幸得见宫玉国，都惊为天人，这是老前辈啊，那架势，好比今天做证券的人和巴菲特吃了个午餐一样，开眼了。

## 三兄弟招安

商业的本质是买卖，电商圈子更是如此。2001年的圈子，是个朦胧的概念，但是年轻一代玩得很好，他们不像老一辈那么保守，也更适合这个圈子的快节奏。即便如此，自己的企业若是被并购，怎么看都是个别扭事儿。

China Ren被搜狐并购，就是这么一出戏。

陈一舟、周云帆、杨宁，这三兄弟在1999年创立了China Ren，两年之后，网站是做大了，但是口袋空了，因为不挣钱。前面说过，陈一舟还幻想着把网站做大卖手机给用户呢，当年三个人都是比较天真的。

但China Ren确实很火，人气之旺盛无出其右。怪只怪2001年大行情不好，投资人不愿意投钱了，那怎么办，只能插上草标，把自己卖了。

想一想两年前创业的激情，此时沦落到自卖，还是有些荒凉的。周云帆1999年从美国回来，第一件事就是跑到清华大学学生宿舍挨个敲门，开口第一句话就是，谁是技术牛人，跟我去创业。之后在清华南边的蓝旗营找了个写字楼，叫三才堂写字楼，今天看来就是个骗子集中地，里面到处是家教中介等小皮包公司。

就这样，周云帆回忆起来，还是说当初那个团队很牛。China Ren选的产品也比较对路，当时做门户已经有了搜狐、新浪，做电子邮箱有网易，做通信产品有腾讯，做搜索引擎有百度，但是做校友录的，只有China Ren和5460。

不得不说，选择就是一种历史。

杨宁是个技术牛人，在三兄弟中，他是最低调的一个。不管是China Ren还是搜狐，还是后来和周云帆共同创立空中网，他都负责技术。工科屌丝，今天遍地都是，当年他赶上了好时候。

至于陈一舟，这是个神人，在三兄弟里就数他点子多，他也是最典型的那种电商，脑子里有无数的商业构想，精力充沛，喜欢商业游戏。

被搜狐并购之后，三个人刚开始还都在搜狐做事，但感觉完全不一样了，以前是自己的公司，三个人站起来吃饭，坐下来吹牛，不亦乐乎。现在不行了，China Ren降格成为一个部门，还需要和别的部门协调，很难受。

而且这个时候搜狐开始大规模裁员，这也不是偶然的，行情不好嘛。当时王志东离开新浪，新浪研究出了“一小时走人”的裁员策略，在裁员之前，还要给员工发一本书，大意就是“人往高处走”，提前做心理辅导，这也挺难为情的，互联网公司在这年的表现，真是波诡云谲，谁都没法保证自己不会在下一秒钟被扫地出门。

在这样的大背景之下，三兄弟拿着股权分红，各奔前程了，他们曾经创造的产品，那个最接近Facebook的产品，就那样烟消云散，多年后，当开心网、人人网风生水起，谁还记得那个叫China Ren的校友录呢？

## 逍遥派求伯君

为什么说求伯君生性逍遥？因为他是个工科屌丝男，做了很多屌丝们看来很出格的事儿。

还在上学的时候，因为迷恋电脑，他偷偷配了一把电脑机房的钥匙，后东窗事发。虽然成绩优秀，但失去了留校的机会，那是国防科技大学啊，名校啊。一失足成千古恨，被发配到河北徐水仪表厂，做一些工资报表的工作。

那是1985年，21岁的年轻人在远离浙江老家的河北，过着白天做做报表，晚上无所事事的苦闷生活。次年，厂里来了个实习的小姑娘，深圳人，漂亮开朗，求伯君动心了，怎奈白富美看不上穷小子，实习期结束之后人家就回了深圳。

鬼使神差，求伯君竟然追到了深圳。当然，没能让这段错位的爱情有什么好结果。但此行还是有所收获，深圳作为特区，繁华自由的氛围很对求伯君的胃口。

他肯定不想回河北了。但当时深处内陆的河北相对保守，求伯君跟领导说自己要下海去创业，请单位批准，领导就是不松口，哎呀，小求啊，你这是干吗呀，放着好好的铁饭碗不端，想干吗呀？

求伯君就这么磨了几次，无果，索性，走人。他什么也不要了，反正自己有本事，先去北京转转。在北京，求伯君带着自己用十天时间编好的小软件“西山高级文字打印系统”，其实就是个打印驱动程序，想着从北京转车去深圳。到了北京，就顺路拜访了老同学，老同学听说他带着软件要下深圳闯世界，就说你怎么不先试试北京中关村呢？在同学介绍下，中关村的一家公司看中了，花了2000块买下这套软件。求伯君觉得自己发了横财，不成想公司转手以一套500元的价格对外销售，那才是横财。

就算如此，求伯君还是成了这家公司的宝贝，人家给他租了房，把他像供神一样供起来，希望他能带来更多财富。后来，求伯君一心要研发中文文字处理系统，公司却希望他做一些跟打字机相关的工作。

你大概猜到了，这家公司就是四通，段永基主政的那家公司，新浪的前身。

求伯君生性逍遥嘛，哪里受得了这个。恰逢此时，香港金山的张旋龙发现了他，重金邀请，求伯君只有一个请求，我想干什么就要干什么。张旋龙说，我请你来不就是为了这个嘛。

一年之后，求伯君开发出了国内第一套文字处理系统，这就是大名鼎鼎的WPS。求伯君后来凭借这等豪壮，终于成了金山的一号人物。

再之后，就到了雷军进入，与求伯君互为唇齿的年代了。求伯君是个逍遥派，他不图赚钱，只图自己写软件写得痛快。雷军正好相反，商业上的成功让他觉得最爽。

2001年前后，联想和金山合资，成立卓越网。事实上，同一时间，另一个网站也成立了，叫逍遥网，和卓越网卖书卖光盘不同，逍遥网卖的是火车票飞机票，有点类似于今天的携程。

逍遥网的负责人就是求伯君，你也知道，求伯君虽然生性逍遥，但逍遥网可不是他的菜，很快，逍遥网就销声匿迹了。

生来注定，他成不了商人。

## 年度语录与段子

那人一贯喜欢玩阴的。

——王志东评价他的伯乐与仇家——段永基。

掌握大事的不是我们，是那些人，是资本家。

——陈年道出电商圈的真正后台。

我们总是有做不完的工作，吐不完的怨气，减不完的肥，操不完的大爷，骂不完的SB，坑不完的爹，这就是生活。

——这一年，是这种生活的开端。

## 雨一直下（2002）

忽然之间，许多人赚到了钱，圈子里就像下起了突如其来的大雨，并且一直下个不停。电子商务还可以这么玩，这也为数年之后的后辈们开了先河。

可是，这真的是电子商务的正确道路吗？还是一条带有中国特色的摸索之途？

盛大赚钱是因为游戏，周鸿祎的3721靠的是弹窗，百度摸索到富有民族特色的竞价排名……

怎么看，这都像是一场金钱狂欢，至于电商，倒没那么重要了。

就像那个段子讲的一样：某公司草创，模式设计得很好，盈利没问题，但是无法获得投资。后寻访高人，高人问：投资人问你最多的问题是什么？他答：投一百万元，每年回报多少钱。高人问：你怎么回答的？他答：一百万元。高人沉吟半晌说：这样，下次再问你，你答7位数。两周后，某男致电高人：请下周来参加公司开张大典。

看来，只要能赚钱，谁在乎你是不是电商呢？事实上，在任何行业的草莽期，凭借的所有模式、创意，都是偷换概念，说白了就是“忽悠”。

## 别学我，我有玩命的本钱

在开始本节内容之前，先说个题外话，“八一八”圈子外面的人。

说到圈外人，段永平是首次正式出现在我们这个故事里的圈外人，但不会是最后一个，在后面我们会看到越来越多有名有姓的投资人，圈子离不开他们。

仔细一想就明白了，一个虚拟的、不生产任何实际产品的行业，怎么就能一夜之间变出钱来？一方面是渠道，互联网这个虚拟渠道，可以打通很多传统渠道，二者结合，难免令人想入非非；然而更重要的一方面是融资，通过融资可以收购线下的公司，将其搬到线上；也可以砸钱做广告，赔钱赚吆喝，一直到理想成为现实，或者理想烟消云散……

如果没有投资人，或许今日炙手可热的电商，一个都活不下来。事实上，真正靠卖东西赚到钱的电商，凤毛麟角。这是一个烧钱的游戏，投资人投钱进来大多并不是觉得有赚头，而是觉得有噱头。

段永平广为人知的正是他的噱头。广东人管他叫阿段，但他不是广东人，只是在广东留下了传说，现在他定居美国。

他早年的所有经历都成为荣耀，谁也没想过，退隐江湖才是他真正得道成仙的开始。先来看他曾经的荣耀：大学毕业之后分配到中山一家电子厂，当时游戏机很有市场，他不仅加入到这块蛋糕的抢夺中，还想做成中国的松下，只可惜，他创造的小霸王游戏机这个品牌注定是历史的一瞬间；即便品牌梦想无法实现，钱却着实赚到了，他得感谢广东这个福地。随后，段永平在公司效益最好的时候辞职离开，他敏锐地意识到就算自己继续领着高工资不离开，也不会有好下场。就像多年以后“红绿王老吉”之争一样，能者多劳也多得，但终究是为他人作嫁衣裳。

好在，老领导也很大度，还为他举行送别酒会，送了一辆奔驰轿车给他做纪念，段永平实在是时代的宠儿，他为了感激领导对自己的知遇之恩，就“一直开着它”。

嗨嗨，您要说了，谁对您有知遇之恩，送一辆法拉利，您也会“一直开着它”。

闲话少叙，这就是段永平留在传说中的背影。之后，他又创立了步步高品牌，做的还是老本行，用的还是老套路——自主品牌，广告造势。再过了若干年，这个招数还是他玩得比较好：OPPO的广告每天在CCTV滚动播出，大家都觉得这个来自美国硅谷的高科技品牌，背景不一般——我身边没一个熟人用它，可是OPPO的广告还是自顾自地在黄金时间段播，这得有多雄厚的财力？殊不知，这品牌背后的老板正是段永平。

如此看来，段永平的商业手段由来已久，且变本加厉。实话实说，在那个年代，能把这个如今看来没有一点创意的游戏玩得炉火纯青，他毕竟还是有眼光的。

眼光，这正是决定他在退出江湖之后悄悄地大红大紫的命脉。毫无疑问，段永平是个擅长抓眼球的人，他曾经巨资夺得央视广告标王，也曾经花500万元人民币拍得与巴菲特共进午餐的机会，成为首位如此舍得“花冤枉钱”的华人。可是你不知道，这些事件本身给他带来了多大的影响力，就算最不关心商业和经济的老百姓也都听说了，有个叫段永平的华人是个冤大头。再一打听，这是个什么人呢？哦，原来是步步高的那个创始人，难怪呢，人家就是牛，思维就是常人没法理解的……

这也许可以视为他多年后成为一名职业投资人的前奏，后来他也坦言，自己在美国这些年做投资，赚到的钱比前几十年在国内做企业时赚得多，很多。

2001年，段永平来到美国，说起这事儿，他显得很委屈。原来，他的夫人常年在美国居住，段永平求婚时说了一句话，如果你嫁给我，我就去美国。后来他夫人果然嫁给了他，然后很快就为其办好了美国绿卡，段永平对此的感想在今天看来显得很“装”：哎呀，其实我不想去美国的，我以为美国绿卡很难申请，所以才口出狂言，没想到半年就办好了，不去也没办法了……

这年，美国的互联网概念也不怎么灵光，段永平却颇为先知先觉，他认为既然不灵光，那就是抄底的好时机，反正手里闲钱多得连美国绿卡都一下就办好了，不如找一些互联网企业投资一下。

刚开始，他看准的还是中国国内最有前途的新浪网，于是跟王志东、茅道临、汪延、曹国伟等人一起吃饭，他没想到，这几个人会在新浪网先后做了四任CEO，然而当时，新浪没有博客，没有微博，也不做游戏，只是一个门户网站，段永平思前想后，实在不觉得这样的网站有什么竞争力。

偶然机会，这年陷入低谷的网易找到了他。当时网易亏损三亿多人民币，在美国虽然已经上市，但股价惨不忍睹，丁磊眼见着走投无路。前面说了，丁磊没有坐以待毙，他退居华南，准备凭借网络游戏东山再起。

找段永平的原因也很简单，丁磊不知道该怎么卖游戏。大家知道，段永平是做游戏机出身的，而且把一款简单的游戏机卖得全国皆知，虽然网游和单机游戏不同，但毕竟算一个领域。

段永平听了丁磊的构想，对这个年轻人很感兴趣，再查一查网易的现状，发现虽然股票巨额亏损，但公司账上并不缺钱。好嘛，段永平当下拿出两百万美金购入网易股票，拿去——花去。

很简单的举动，网易在纳斯达克活了过来，段永平也给丁磊的《大话西游》重新定了个价格，还教了他一些“乾坤大挪移”、“打狗棍法”之类的营销绝技，凭着这位江湖前辈的指点，丁磊保住了公司，也保住了未来。

王志东在这年被炒了鱿鱼，还愤愤不平，网易也亏了，怎么人家没事儿？哈哈，网易是丁磊自己的公司，新浪是四通控股，这能一样吗？更何况，丁磊投奔的是拿钱当游戏的段永平，王志东遭遇的是“一心为国家作贡献”的中关村村长段永基……

人跟人毕竟不一样啊，段永平是玩家，他有一个玩得起的本钱。

## 盛大的舞步

丁磊是抱对了大腿，抱住了“黄老爷江湖豪情侠胆柔肠之大腿”，他的浙江老乡陈天桥也在这年交了好运，不仅抱了大腿，还跳起了盛装舞步。

先插个题外话，虽然2002年陈天桥的公司净利润过亿元，但是十年之后他仍然在强调，盛大不是电商，面对江湖上传言的盛大投资团购业务，他一概否认。他对那些虎视眈眈的记者说，我们的主要业务仍然是“游戏、文学、视频、云计算、支付、广告这六类。”[①]

这六类业务看起来确实不是电商所为，但只要稍微想一想就明白，这些业务分分钟都可以划入电商领域，在这个圈子里，“没有不可能”本身就是无须多言的事情。你越是辩解，越是想和电商划清界限，说明你越有可能滑入电商的“陷阱”。更何况，在2005年的时候，他也在不经意间透露过无法绕开电商的想法——“盛大要做互动娱乐媒体。什么是互动娱乐媒体，就是分为互动、娱乐、媒体三块，互动主要是基于电脑，马上还要基于电视和手机这两个平台。娱乐主要是游戏、音乐、电影等内容；而媒体并

① 详见2011年12月2日的网易科技报道。

不是说我们要去做一份报纸，而是说我们要学习媒体的商业模式。媒体的商业模式就是三种；一种是收费，如HBO（美国纽约有线电视网络媒体公司）；另外一种是免费，如电视台，用广告养媒体；第三是电子商务，电视可以用来作为一种类似于电视购物或者其他性质商务的手段。”①

接着说2002年的事情。

陈天桥大学毕业之后在陆家嘴集团工作过几年，随后炒股赚了钱，就用这笔钱创办盛大，然后又拿到中华网的投资。中华网就是那个登陆美股第一家中国互联网公司，而那个香港人叶克勇，号称“资本掮客”。再然后到了2001年，陈天桥和叶克勇分道扬镳。

为啥要分呢？因为陈天桥希望拿出100万美金代理韩国网络游戏《传奇》，叶克勇不看好，一个破游戏能赚钱吗？这就是叶克勇的不对了，这位政商通吃，人脉极广的港商，本质上并不懂互联网。

于是陈天桥就拿回所有的股份，用全部身家30万美金代理了《传奇》——这就是那年的“大腿”。

2003年，叶克勇“知耻后勇”，看到陈天桥赚了大钱，自己也想进入这圈子捞一票，还对媒体说，要用100倍的资金追盛大。

我们知道，只要是在资本市场风生水起，并且没啥别的业务，这样的人没有什么好下场……几年后，中华网就彻底消失了，虽然它的开端春风得意，但结局却泪眼蒙眬。在这个圈子里，吹牛放炮是家常便饭，但是入戏太深，也不好。

陈天桥做网络游戏，也不是偶然的。这位典型的学院派创业者，上学时当学生会干部，学的是经济专业，爱看毛选，对于互联网的几大产品有着绝好的悟性，而且霸气外露，看得很远——“陈天桥很强势，很霸气。初次见面，就给我留下了深刻印象。他人不

① 两个盒子的战争[J].新经济导刊，2005（11）.

高，但气势十丈高，压得住人。他男生女相，南人北相，有着超乎其年龄的老成。”[①]

也不知道这是夸他，还是怎么他……总之我们得以知晓，此人很牛，除了他很有钱这件事，貌似背景也很深。曾经有人在网上八卦，大家说陈天桥什么后台啊，网络游戏这么难做的东西都被他拿下，还入股新浪，还娶了漂亮老婆……跟帖的都在拍砖，啥后台啊，玩《传奇》的都是他的后台。

这个很逗，我们总是想八卦一下背后的秘密，只可惜有的人秘密不多，陈天桥就是这么一位。

要说江湖恩怨，也有，但不像圈子里的那些以争议闻名的大佬那般多，从始至终，陈天桥都像是胸有成竹又闷声发财的人。

先说恩怨。

2002年陈天桥已经挣了钱，但是他仍然认为公司每个月都可能死去。这是由于“私服事件”。我们知道，在互联网游戏中，服务器相当于唱片公司，而“私人服务器”则相当于盗版碟制作工厂。

《传奇》这一年至少为陈天桥挣了1亿元，但本来应该更多。[②]泛滥的私服，以及黑客攻击，让陈天桥背上了“钻进钱眼里”的名号，在同年，马化腾的QQ也遭遇同样的骂名。互联网要挣钱，直接对用户收费是极有可能将自己做死的一个举动，很多公司就是毁在急于赚钱收费的转换点上。

但是有一种情况例外，那就是用户数量足够大，并且产品具有不可复制性。QQ是这样，《传奇》亦然。

面对黑客攻击，有的人认为就这么算了，能挣点算点，陈天桥不服气，他变本加厉，对服务器进行升级，并宣称不放过任何一个

① 整合者陈天桥与史玉柱的恩怨[J]. 南方人物周刊，2010（1）.

② 盛大：“传奇”背后的传奇[J]. 中国新时代，2009（2）.

违法者。

这本来是个正常举动，但是在版权缺失的中国内地，倒显得有点独特了。再后来，韩国游戏商和陈天桥就利润分成也打过架，陈的对应是，如果对方不降低分成比例，我就一分钱也不付给他们了。最终，韩国人服软了，可是韩国人手里有陈天桥没有的技术、新游戏版本，陈天桥手里的筹码只有一个，钱。

看得出来，他是个硬汉，而且不是主动招惹是非的那种人。

后来发生了一件事，导致陈天桥和史玉柱结下恩怨，至少从表面看，史玉柱做得不地道。当时还没有开发《征途》的史玉柱来盛大参观，陈天桥热情招待。几天之后，盛大某游戏项目组的全体雇员集体辞职，原来，大家都去了史玉柱的公司，为的就是更好的报酬。

陈天桥在这件事上，当然也不爽，但不知道是史玉柱的江湖地位使然还是别的原因，陈退让了，他没计较，更没听从其他高管的建议，去起诉史玉柱。

事后证明，这个举动是聪明的，毕竟，对于没有结果的事情，陈天桥不感兴趣。职员要跳槽，老板怎么拦得住呢？大概这些雇员与盛大事先也没签订相关协议，规定不能跳槽去竞争对手公司，那陈天桥就更没话说了。

说完了恩怨，再说胸有成竹。在网游获得巨大成功之后，陈天桥有了底气，他是战略家，在他的设计中，盛大要做成娱乐公司，最重要的一个产品，叫“盛大盒子”。

这个类似于今天已经普及到每家每户的有线电视机顶盒的东西，是陈天桥先提出来的。

但是为什么他没有做成？因为背后的水太深了。

这个计划从一开始就是个伟大的决定，对于互联网产品的发展走向，陈天桥堪称圣贤，他甚至对那些存有异议的高管说，如果你不同意这个事情，那你马上走人。

虽然方向没错，但是涉及互联网、电信、广电这“三网融合”，陈天桥一家民营企业又怎么能吃得下这么巨大的蛋糕呢？甚至连吃的资格有没有都难说。

很快，广电总局就把盛大盒子逐出舞台……若干年后，北京地区有线电视用户使用的“高清交互式机顶盒”部分实现了当初“盛大盒子”的功能，比如电视缴费、接入互联网、交互娱乐功能等，这个机顶盒的开发者是“创维”，基本上，用脚趾都能想到，政商通吃是这个故事背后的玄机。

陈天桥却似乎并不精于此道，硬汉嘛，都不愿意拾人牙慧。对此，他只能遗憾地耸耸肩，“世界上没有做错的事情，错误的永远是时间上的错误。”

## 流氓软件之父（一）

这些年最有名的商人，若论玩虚的，长江以南在行，要说玩实在的，长江以北更悍。

比如互联网这个行业，很虚，南方老板多“兴风作浪”，马化腾、雷军、丁磊、陈天桥、古永锵，以及电商圈子里如雷贯耳的那些名字，刘强东、马云等；但是要论实业、房地产，就能见到更多北方人了，王健林、潘石屹、任志强、张近东、严彬、卢志强、孙广信、张志祥、方威、孟庆山等。

这只是个概述，说明不了太大的问题，但有一点，做实业和房地产的，多多少少曾经在体制内混过，但是做互联网和电商，则大多是草根起家。要说哪个容易，哪个也不容易。但实在要说个结果，还是互联网容易些。

互联网玩的是游戏，纯粹的游戏。

在这个圈子里，游戏规则和想象力比勤奋踏实、人脉、背景更重要。圈子的这个特点，决定了圈内人大多是推崇创意和决不妥协的偏执狂。

最偏执的、最富有争议性的，莫过于周鸿祎。周是湖北人，在他身上最能体现“天上九头鸟、地上湖北佬”这话的精髓了，他精明、较真、一刻都闲不住。

当年，名为QQ的互联网即时通信工具横空出世。几乎同时，另一款名为“3721”的中文上网服务软件“风靡”互联网，原来，这个窗口总是在你打开网页的时候忽然弹出，这种强制打广告的模式不“风靡”才怪，而这个弹窗的设计者也因其类似于“流氓无赖”的弹出方式，被网友们冠上了“流氓软件之父”的“美名”。

他就是周鸿祎。若干年后，他做360免费杀毒软件，还开发一系列周边产品，依然不改“流氓本性”，请看网友评论——“360太TMD流氓了，用360杀了一回毒就自动安装了360浏览器，把默认浏览器也改了，还改不回来了。”

在开八周鸿祎的“流氓往事”之前，先给大家交代一下他后来引发争议的那一场有名的战役“3Q大战”，可以360度无死角地全面了解周鸿祎的风采。

360刚起来的那些日子里，他就毫不客气地“挑衅”金山，搞得金山措手不及。金山的问题尽人皆知，因为这个圈子里，问题永远比办法多，每个巨牛的杀毒软件背后，都有若干正在角落哭泣的木马病毒。但是现在周鸿祎把这问题系统化地说了出来，金山仿佛成了扶不起的阿斗。

这个梁子，就这么结下了。

在QQ和金山阵营中，还有一员猛将，名为傅盛，他最早是跟着周鸿祎混的。当年，傅盛是在周鸿祎的抬爱之下进入360的，周鸿祎这个人，对于有才华的年轻人很溺爱，正所谓君子爱“才”，取之“诱导”啊。周鸿祎相中的人，总要想方设法弄到公司来。据八卦爆料，曾经在公司里有一位技术奇才，但是作风散漫，也不按公司规定上下班，一切看心情，好久都做不完一个小软件，后来自己也有点不好意思，干脆递交了辞呈。结果，一周之后，周鸿祎就扛不住了，快给我回来，这么有才华的人，宁肯让他在咱公司闲着，也不能让别的公司给挖走。

可想而知，傅盛这样的“才人”，在如此爱“才”的周鸿祎手下，原本应该是要风得风要雨得雨，然而，天才犯懒还可以接受，天才若是勤奋，恐怕就要遭殃了。

傅盛在很长一段时间内被定为周鸿祎的接班人，呃，虽然当时周鸿祎也不过而立之年。不过，慢慢的，傅盛眼瞅着“接班”遥遥无期（废话，周鸿祎在年纪上和他差不了多少），心思开始萌动起来。于是乎，再爱“才”的周鸿祎，也不得不为了自己的“江山”忍痛割爱了。而且据一位熟悉IT圈子的记者八卦，这两人有一次吵架，傅盛说漏了嘴：雷军找过我，说我是中国客户端做得最好的三个人之一……

周鸿祎当时就傻了，好嘛，大胆雷军挖墙脚挖到家门口了。而且，“三大高手”的另外两大，自然是马化腾和雷军了。面对此情此景，周鸿祎也只是把傅盛赶走了，没想到留下后患。遥想第一代中关村小贩中的翘楚，柳传志老师，对于内部起兵的“叛逃者”孙宏斌，那真叫狠，直接给弄到监狱里去，这就是境界的不同吧。

3Q大战最后，马化腾不知怎的出了个昏招，硬生生地把这出你唱我和的互联网商战逼到了有关部门的桌面上——腾讯就如同当年的流氓弹窗一般，在用户打开电脑的同时弹出一个对话框，语气强硬地要求用户必须在QQ和360之间做一个选择，有我没他有他没我，用户都傻了，你们两家打架，把我们无辜的用户拉进来干啥呢？

事已至此，有关部门不能再坐视不理，于是乎，把两家公司负责人召集一处，听一听领导的看法吧。

话说当日马化腾、周鸿祎、雷军等人悉数到场，雷军因为迟到还被领导训了几句，雷军表示很冤枉，“我不当大哥好多年”啊，金山的事情我早就不管了，来的路上才知道这个事……信不信由你，反正我不信。

最终，这场有点无厘头的商战，在有关领导的处置下，暂时告一段落了。当然，这只是中场休息而已，精彩的还在后面。

有媒体圈的朋友一语点破了周鸿祎的路数——周鸿祎作为曾经的“流氓软件之父”，在他创业的十几年里，与互联网圈子里的诸多大佬都打过商战，比如李彦宏、马云、丁磊，以及一众互联网公司，如瑞星、金山、卡巴斯基，如此看来，周鸿祎是一名拥有丰富战斗经验的江湖高手啊。

他为什么要这么做？除了为自己讨一个所谓“公道”，恐怕给坊间最大的感触就是，这是一位流氓状师——警告你别惹我啊，我不许你这么做啊，你要敢让我不爽，那咱们法庭上见，每天给你发一百页起诉状，比比看谁有耐性……不仅如此，谁要跟我结了梁子，我要让全天下都知道，把事情搞大，反正我不怕，我就爱热闹，你想安安心心地坐在办公室里运筹帷幄，我偏要把你拉到大太阳底下比一比长跑。

高调的人，在互联网这个圈子里已经不算什么了，但是周鸿祎如此高调，依旧是通行无阻的法宝，为啥？他是真心高调呗，而且牙尖嘴利会忽悠，碰到的对手也不怎么像样。就像方舟子[①]打假，只

① 方舟子，本名方是民，科普作家，1990年中科大毕业后赴美留学，获生物化学博士学位，1994年创办《新语丝》网站，并开始撰写科普文章。2012年1月，方舟子质疑青年作家韩寒作品造假，引发其打假以来最大规模的争议，方舟子妻子刘菊花的论文抄袭也被媒体报道。其本人的质疑方法受到诸多非议，反对者认为其有意歪曲事实，只选用有利于其打假结论的证据。

有罗永浩[1]一个人跳出来和他比高调，棋逢敌手啊。只可惜，对手大多软糯可口，这才有了这个本身也是赝品的“打假斗士”。

## 流氓软件之父（二）

不客气地说，一个见谁惹谁，是非不断的人，肯定不是什么好人，但也不能就此说他是一个坏人。归根结底，他只是一个闲不住的、精力过剩的、有自己利益诉求的、在圈子里名声不太好的人——这就是生活的本原，也是一个和谐社会题中应有之义。

这话看着有点矛盾，你仔细想想就明白了，什么是和谐社会？和谐社会就是，不求一样，但求争鸣：一个没有方舟子的社会，肯定不是好社会。

湖北人周鸿祎的创业也始于1999年，他给自己的公司起名叫3721，这似乎是那个年代的标配：8848是珠穆朗玛峰的高度，3721则是“不管三七二十一”……就这样，带着土包子的面容，以及山寨诗人那股子刻意而为的不知天高地厚，周鸿祎开始了互联网圈钱梦。

这是个做什么的公司呢？当时的浏览器很死板，地址栏只能输入一串英文域名，周鸿祎要做的就是让地址栏上输入中文也能识别，说白了就是今天的搜索引擎。

2002年，3721的净利润已经达到6000万人民币。[2]超过30万家机构购买3721这个产品。当时的周鸿祎，是风光无限的，他选择了更现实也更快捷的圈钱之路。想想此时的马化腾，差点为了区区几

---

① 罗永浩，英语老师，老罗英语培训学校创始人，曾因课堂上点评时事、解读人生的一系列妙语录音走红互联网。在方舟子质疑韩寒事件爆发后，作为韩寒的朋友，罗永浩与方舟子针锋相对，并进一步揭发方舟子名下的“安保基金”账目不透明，双方争论不下，至今仍在继续。

② “斗士”周鸿祎：从败给李彦宏到跳板马化腾[N].中国经济和信息化，2011-04-22.

十万元就把QQ卖掉，之所以没卖掉还是因为对方认为开价太高；新浪想赚钱，目标是很快将消失的公众聊天室；网易还带着明显的丁磊个人色彩，也不过是个BBS而已。但是3721已经找到了盈利模式，一如后来的百度。

由不得要夸一句周同学：那是互联网泡沫中唯一不像泡沫的生意。毫无疑问，这是对周鸿祎本人的极高评价，而且恰如其分。

但是具体到操作层面，3721可谓历史罪人，它自恋到什么程度呢？只要浏览网页，它就自动装到用户电脑，如果只是这样也没什么，毕竟那个年代不会上网的人太多，3721扮演的是“主动扶老太太过马路”的角色。可是情况发展到后来，已经不是“主动扶老太太过马路”了，而是“强行扶老太太过马路”，用户已经装了插件，它还不知足，还要时不时弹出几个广告窗口，这就是腾讯迷你主页、搜狐迷你主页、迅雷迷你主页等流氓弹窗的前身，想一想，烦不烦？烦死了。

更坏的是，大家一看有利可图，而且不需要征求用户同意，反正也是无本生意，为了加大流量，提升用户数量，纷纷搞起了流氓插入软件和强行弹窗行当，一个本来可以洗白的软件就这样陷入万劫不复的深渊。

出来混，迟早要还的。

许多年后，周鸿祎很感慨，当年3721如果能修正这些不好的用户体验，今天至少能和百度平分中国内地搜索引擎市场……

还真是自恋呢。

不过说句老实话，周鸿祎做事，确实挺扎实的。须知，坏人一般都更勤奋，当然，周老板算不上坏人。当时的互联网，电商那些人，什么李国庆、陈一舟、雷军，要么是融资手到擒来，要么是家大业大财大气粗，总之就是不差钱，但是3721不一样，专注于一个产品的开发，且因为没有海归背景，也没有复杂高深的盈利架构，说白了，没有拷贝美国人的盈利模式，所以很难融资。

唉，也难怪后来周鸿祎要背上流氓的骂名，被逼的啊。到了2002年，赚了不少钱。但是这个行当不好做，尤其是不义之财，更不好拿。

两个机构的出现，让周鸿祎品尝到“总要还”的痛苦。一家是CNNIC（中国互联网络信息中心），另一家是百度。

先说CNNIC，一听名字，国字头的，还是个事业单位，你就知道，这事儿不好弄了。虽然这家机构做中文网络实名还是个新手，但人家有官方背景，当时的网民就认这个。CNNIC也不是不知道，自己在技术和市场占有上没法和3721比，就想到了收购。

周鸿祎倒是不反感收购，他是个商业投机分子，只要条件合适，没问题。嗨嗨，事业单位和你谈收购，条件能合适吗——CNNIC的条件是，3721把所有的核心技术和源代码交出来，CNNIC只负责给大家发工资，但是利润要平分——这基本就是抢劫了嘛。

周鸿祎怎么能干这种傻子买卖？绝对不行，就算是天王老子单位，也不能这么不讲理。此事后来也闹得挺僵，终于还是无疾而终了。

另一个更大的威胁接踵而至，百度搜霸，听起来就很霸气，当然，也很雷人。这是李彦宏向周鸿祎“致敬”的作品——基本上，和3721的流氓插件是一样一样的，只不过换了个名字而已，对于同样是程序员的李彦宏而言，这个小插件不足一提，关键是要抢占市场。

嘿嘿，抢占市场嘛，李彦宏就是靠这个吃饭的。

有时候想想，这个圈子还真是谁不要脸谁牛，周鸿祎碰到李彦宏，没了脾气。正应了那句老话，软的怕硬的、硬的怕横的，横的怕不要命的，不要命的怕精神病的。

2002年，周鸿祎和李彦宏一度对簿公堂，怎奈李彦宏不是软蛋，甚至不是硬汉，他是个精神病……不要命的周鸿祎于是就败了，他都不知道自己怎么输的。

官司就这么判了，周鸿祎败诉。次年，身心俱疲之下，他把3721作价1.2亿美元，卖给了雅虎。[①]

## 竞价排名

周鸿祎的争议性，将会是圈子里一个永远的话题，就像演员，戏路定了，要再改就难。同样的，胜利者李彦宏的日子也好不到哪里去，因为竞价排名，也给自己定了个调子——永远跟着主旋律走，永远赚钱，永远不会把"不作恶"当作信条，永远毁誉参半。

说到竞价排名，本身不是什么劣迹，Google（谷歌）也有竞价排名，但百度的竞价排名有点变味。

这一年，百度开始申请专利，但是早在之前，一家名为Overture[②]的美国公司早就注册过类似专利，而且百度只是提出了申请，至于获批，那是后来的事情。

即便如此，李彦宏还是先知先觉地看到了竞价排名这棵摇钱树，并将其视为企业核心竞争力，雅虎等一干国际巨头想插一杠子，那咱就死磕到底。

事实上，竞价排名不是新鲜事，搜索引擎诞生之日就有了竞价排名。百度在搜索技术上，有很多小细节和点子都是向Google学的，包括竞价排名。而Google呢，则是从Overture公司学来的，后来Overture并入雅虎，但其竞价排名的技术专利是先于百度的。

所以，百度如果宣称竞价排名是自己的独家秘笈，那就有点大

---

① 周鸿祎：3721是10亿美元的教训[J].南方人物周刊，2010（5）.

② Overture，于1997年成立，1998年6月开始付费推广搜索服务，使广告商们通过对指定关键词竞价，得到不同的搜索结果排名。2003年10月7号，被雅虎公司收购。

言不惭了，但如果说“可以作恶的竞价排名”是百度的专利，倒名副其实。

先说一下百度和Google的关系，都是做搜索引擎的，只是前者是中国公司，后者是美国公司。这是本质区别。

Google的企业信条中有一条叫“不作恶”，[①]啥意思呢？你可以花钱到我这里买广告，但得保证你的产品是真货，至少不会害人；百度呢，你可以花钱到我这里买广告，我才不在乎你是啥产品……

你看，Google在一开始，就输了。

2002年初，百度公司会议室内，氛围很热烈，全年销售计划正在诞生。就像那些刚开始挣了点钱的公司老总一样，李彦宏站在台上，就像教父，向自己的粉丝们提了一个问题，大家说一说，今年咱们的销售目标是多少呀？

台下的粉丝们一呼百应，七嘴八舌。这个说50万元，那个说100万元，最后有个哥们儿，大概实在想出风头，站起来振臂高呼，没有胆量就没有产量，200万元。

这一喊，给大家都镇住了。此时，李彦宏微微一笑，大手一挥，没胆量就没有产量，说得好，那么我们就索性定他个600万元。

这个数字本身看起来不大，但是前一年百度的销售额是多少呢？只是区区12万元。这么一对比，你就知道600万元意味着什么了。

平均到每天的销售额，需要达到近两万元，然而此前最高记录也只是不到3000元，显然，李彦宏很适合干传销嘛，那眼界，那思

---

① 由于Google的很多人员来自Microsoft（微软）、Apple（苹果）等大公司，为了强化公司的核心价值观，于是开会讨论公司的核心原则。作为创始人之一的保罗·布赫海特（Paul Buchheit）说：“All of these things can be covered by just saying, Don't be evil”——“一言蔽之，就是不作恶”。这句话很快流行起来，成为了 Google 的公司信条。

想，那胆量!

然而，令人意想不到的是，到了年底，这个目标真的实现了，国内大企业诸如联想，国际巨头诸如可口可乐，都成了百度竞价排名的用户。

李彦宏的路看起来顺风顺水啊，更邪门的是，就算有些沟沟坎坎，竟然也变成了百度继续前进的动力。就在竞价排名风生水起之际，媒体龙头央视曝光了背后的黑幕，百度竞价排名成为众人所指，罪名是“人工干涉搜索结果”，其实，这事儿地球人都知道，确实挺讨厌的，由于竞价排名，百度搜索结果中垃圾信息满坑满谷，很多好信息被恶意屏蔽，竞价排名也被冠以“勒索营销”的美名。

但是这次曝光并未让百度付出什么代价。央视似乎心有不甘，继续深挖。很快又爆出了新的内幕——许多无资质的烂公司胡吹乱造，在百度销售人员的“指点”下，迅速上线推广，可是用户点击进去，才会发现这些网站都是虚假骗子网站，内容包括减肥产品、药品等国家严格控制的领域。

比如，“北京最好的男科医院”这个关键词，在当年百度竞价排名的费用，单次点击收费就高达好几百块，啥意思呢？只要有人点一下购买了“北京最好的男科医院”这个关键词的医院，该医院就要向百度支付几百元广告费——如此一来，百度的竞价排名年销售额达到600万元确实有些取之无道，当然，这些高额广告费最后还是会转嫁到消费者身上。

尽管爆料不可谓不猛，但是百度似乎真的是为中国消费者而生的，面对这些不落到自己头上是绝对不会有半点怨言，甚至习惯于吃哑巴亏的消费者，百度没什么可失去。

这大概是李彦宏最聪明的地方，他知道互联网要挣钱，不顾一切地挣钱，风险最小的地方就在中国内地。

这年啊，雨一直在下，仗一直在打，钱一直在花，百度就是不垮……

直至多年后，百度做电商网站，拍拍网，还和日本的电商巨头乐天合作成立百度乐酷天，可惜都是雷声大雨点小。

江湖已经变了，电商圈子，还真不是一个纯粹用钱砸出来的圈子。尤其是对于李彦宏这样的“精神病级”大佬，丛林法则似乎失灵了，这是一个值得想一想的问题。

要不然我们说毛病多多的电商，是中国商业的希望呢？就算它改变不了规则，它至少能让某些大佬无法呼风唤雨，这本身已经是对规则的改变了。

## 王功权：又一个圈外人

前面说过，周鸿祎融资难，但并不是一分钱都融不到，他只是没法像李国庆那样一下就搞到500万美元而已。

事实上，我们再次强调，做电商，如果没有投资人，基本上只能是痴人说梦。那么，周鸿祎刚开始创业时，碰到的投资人是谁呢？这是我们要“八一八”的另一个圈外人，他投资周鸿祎始于一场意外，他声名鹊起更是一场意外。

刚创业时，周鸿祎四处找钱，认识了很多投资人，但谈得来的不多——就像意大利足球队的巴洛特利，有天赋，但是敢用他的主教练寥若晨星，其中原因，去网上看“巴洛特利穿训练背心”以及“欧洲杯单刀球思考人生”的视频去吧，你会懂的。[①]

时任IDG高级合伙人的王功权是一个大胆之人，他和周鸿祎聊

① 巴洛特利，现役意大利男子足球队员。网上流传一个其反复尝试却始终无法穿上训练背心的视频，网友嘲笑其球技高超，但生活技能低下；2012年欧洲杯足球赛上，其带球突入禁区，身边并没有防守球员，他却忽然减速，直到20米外的防守球员回追将球抢走，被网友戏称为“那一刻他在思考人生”。

得来。多年后王功权又投资奇虎360，基本上就是“周鸿祎做什么我都会投资”的路子，不得不说，再不堪的人，也还是有他的知己。

后来360去美国上市，王功权大发感慨“周鸿祎这小子总是让我看到自己年轻时候的影子”——敢情您年轻的时候也是流氓？开个玩笑，年轻时的王功权可是个文化人。

此人要是严格说来，也算官二代，不过他的父亲只是区区一个小学校长，不说也罢。26岁这年，他大学毕业，顺利进入吉林省委，由于文笔优秀，迅速成为单位里受领导器重的有为青年。

和冯仑有个共同点，王功权也喜欢读书，包括马克思·韦伯的《新教伦理与资本主义》以及影响了一代青年的《走向未来》、《走向世界》丛书。

书读得多了，心里就不那么糊涂了，而且王功权生性狷介，在机关里上班真是度日如年。后来，他就直抒胸臆，写下名为《中国社会各阶层分析》的文章，今天看来，此文仍然非常大胆，这样直指社会现实的批判文章，无异于自砸饭碗。

他之所以这么做，估计也想明白了，大不了不干了，不走这条仕途也罢。

1987年，深圳某国企来长春招聘，王功权动心了。他有熟人知道深圳，而且说得天花乱坠，那里是改革者的天堂。

王功权报了名，最终顺利进入这家国企的入榜名单。

老父亲闻讯非常着急，恨不得跪下来阻止他南下，几位领导也语重心长地劝他。其实，连他自己也不知道深圳到底在哪里，他放弃稳定的机关工作，选择去一个陌生之地，真是瞎胡闹。

最后，他还是放弃了。多年之后，他在微博上大放厥词，说自己要放弃一切，和人私奔。

这简直是对当年的续演。

一个管理着几十亿美金的投资人，做出如此突然的决定，只有电影里才会出现。可是王功权却把这一切在现实中上演了。

放弃南下，对他而言总是一种缺憾。此后，他忍不住时时痛骂自己，年轻人，有什么可失去的?

第二年，海南建省，王功权这回铁了心，一个人背起行囊，为了梦想，只身南下。

从广州到湛江，破烂的长途汽车上，王功权结识了与自己背景相似的年轻人，此人名叫刘军，日后将与王功权一起被写进“万通六君子”的历史簿。

到了海南，王功权进入一家国营房地产公司，月薪三千。这个数字，相比之前在吉林翻了四十倍。站稳脚跟之后，王功权又通过朋友，认识了冯仑。

1989年，冯仑被迫告别体制内身份，进了南德集团。王功权也因故走入监狱，大半年之后又无罪释放。

一切都像在演戏，充满了那个时代关于梦想和江湖的因子。

出狱之后的王功权，只得投奔冯仑。后来，刘军也加入南德，这几个人意趣相投，也在南德学到了做生意的路子，就决定出来单干。

冯仑还是颇有人缘，在他的号召下，易小迪，王启富，潘石屹悉数加入，这六人一起在海南打拼，这就是“万通六君子”。

此后倒卖批文，赚了大钱，王功权还是那个暴脾气，任何事情想干就干，活脱脱一个文艺青年。风雨之后，这样的人依旧保持着青春最原始的梦想与气质，也许正是如此，他作为投资人，才与同样意气风发的周鸿祎成为莫逆。

## 号外：清华帮之大玩家

高校应当成为商业的温床，但令人担忧的是，高校不止成为商业温床，同时也成为政治、思潮、各种圈子的基地，并虬结纠缠，成为帮派。江湖上的名门正派，往往虚伪，勾心斗角，自私自利，而邪教则意气用事、帮规雷人、难成大器。

清华大学在圈子里是有名的商业摇篮，出了不少商人名流，他们是正派还是邪教，不好定论，单说电商圈子，抱团取暖者与个人英雄主义者都有，但细算起来，名声在外的不过四人——张朝阳、周云帆、宋柯、王兴。这四个人里，真正的电商也就王兴一个。

这圈子本来是自由与正义的典型象征，但中国第一高等学府清华大学似乎并没有在这方面取得太好的成就，这是有原因的。

清华学生喜欢拉帮结派，凭借温床做生意，玩资本游戏，这都是强项，但是创业，而且在最不需要背景的互联网行业里创业，他们似乎有点看不上。颇有天朝上国之感，互联网生意只是小生意，资本游戏、尖端科技才是他们心之所属……

## 年度语录与段子

跟出租司机聊过这个。所有的拉土车都有保护伞，一般人无法经营，为其一。其二，拉土车都上双份险，70万元，死者赔偿绰绰有余。其三，老板对司机的指示是，撞人先踩刹车留印，再加速把人压死。因为死人比活人便宜。

——某网友的爆料，其状似乎与电商的丛林圈子一样，到处是流氓、大盗，背后的利益盘根错节，尽管屡屡出事，却总也没事……

# 封闭与开放（2003）

一场瘟疫，能成为时代的分水岭。这年爆发的“非典”，诞生了许多令人印象深刻的故事，关于爱、关于猜疑、关于生死。在商业范围内，“非典”在客观上成就了电商。

生于一场瘟疫，或许真的可以这样讲。虽然听起来不像什么好话，但足不出户的人们，不得不仰仗这种“不会传播病毒”的交易方式。事实上，电子商务本身已经带有某种“病毒”特质——迅速传播、致瘾、几何倍数裂变……

从物理角度而言，这个世界在时隔多年之后仿佛一下子又成为封闭体系。而在化学层面，互联网以及电子商务却忽然洞开，带来了一个前所未有的开放领地。

## 两个活宝：淘宝、支付宝（一）

1999年，马云在北京度过一段失意的生活之后，抛弃一切回到杭州，一直跟着他的十八个小弟不出意外地继续跟着他。其实当时马云也不是穷人，至少在杭州有自己的房子，就在这套150平方米的房子里，大家你一万我两万地凑了50万元，开始重新创业。

看当时的照片，马云手舞足蹈，小房间里大家挤得水泄不通，还玩倒立自娱自乐，活脱脱一副传销窝点的模样。后来流行一个说法“在激励的状态下，员工的潜能可以超常发挥”，马云就是小弟们的催化剂，他有想法，又能说会道，以前做过老师，现在呢，一说话就像个游击队领袖，特坚毅，巨果敢，忒沉稳。

就这样，他带着小弟们披荆斩棘，虽然设备很简陋，不过几台破电脑，但是凭借之前做“中国黄页”的底子，他们将信息数据库转变为主动出击的基地组织，摇身一变成为中国的ebay。

说阿里巴巴是ebay，倒不是埋没马云的独创性。事实上，对美国电商的模仿是这个圈子无法绕开的宿命，就算马云这样的正宗电商，也不例外。在那个年代，其实比的不是创意，而是抢占山头的机缘。

机缘不等同于速度，十年磨一剑的马云并不以速度取胜。

后来的创业者们，比马云更快成名的多如牛毛，比如分众的江南春，公司上市他不过33岁；百度的李彦宏刚过而立之年就登上富豪榜；盛大游戏的陈天桥、腾讯之父马化腾，哪一个成名的速度不比马云快？

然而，马云的优势在于他选对了山头，就像他自己说的，别人做过的我们就不要再做了，没机会的。

无论是速度还是机缘，在中国的互联网圈子里，这种一夜成名的创业者们几乎成为一种标签。他们与柳传志、张瑞敏等教父级企业家形成了鲜明的对比：他们和以前的企业家一样，都要冒风险。但是风险各不相同，老一代创业者要面临体制风险，而现今的创业者们主要面对的却是市场风险。

2000年，创立刚刚半年的阿里巴巴就狠狠地火了一把，在互联网泡沫甚嚣尘上之际，马云的公司怎么能逃过风险投资家们的“魔爪”？马云从日本人孙正义手里拿到了2000万美元投资。孙正义本来给马云投了3000万美元，但马云只要2000万美元，原因就是“控制权”。融资不是我们想的那样，多多益善，在一个懂得战略发展的创业者眼中，每个阶段的融资都是有上限的。马云和孙正义都是聪明人，二人相视一笑，便是晴天……

孙正义是韩裔日本人，但他的故事和中国、北京又密不可分。他说一口我们常见的日本式英语，腔调古怪，发音难懂，但语气铿锵，废话几乎没有。1981年，成立“软件银行”集团，开始了一个

"投资牛人"的职业生涯。

20年后，他在放出"打败新浪"狂言的同时，又扬言要在三年内在中国普及宽带网络。虽然身高只有一米六，在那些发誓要嫁给高大型男的MM们眼里算得上"二级残废"，却丝毫不妨碍孙正义作为一个男人的豪迈。

很快，一个同样豪迈的中国小个子和他见面了，正是马云。其时，马云的阿里巴巴做得相当不错，刚刚获得来自高盛的500万美金融资，公司并不缺钱。但投资圈子里关于孙正义的种种传说，让马云就算出于礼貌也得会一会这位东瀛来客。

两个小个子男人在房间里握手、对视、良久，时间真的要停滞了，无声胜有声，孙正义心说，小子，不要钱找我干吗？马云则腹语低回，兄弟不缺钱，就是久仰大哥盛名，再说，你要投资，我可不能主动开价……

忽然，两人兀自笑了起来，哈哈哈哈，耳边响起了莫文蔚的音乐，《忽然之间》："我明白，太放不开，你的爱，太熟悉，你的关怀，分不开，也许反而我们更相信爱……"

一场男人之间的情谊就此展开。随后两年内，完全凭借惺惺相惜，马云先后获得了来自孙正义的数亿美金投资。以孙正义在此期间投资的三个最重要的项目来讲，雅虎、UT斯达康、阿里巴巴，三家公司都为其带来不菲回报，三家公司的创始人杨致远、吴鹰、马云，也成了圈中密友。

在投资圈子里，孙正义无疑是中国人的启蒙老师。数年后风生水起的那些本土投资家，薛蛮子、雷军、王功权、徐星等，或多或少都和他有点关系。

有了孙正义的投资，马云的日子更宽绰了，他的阿里巴巴也找到了盈利模式——向VIP客户收费。基本上这是个"谁收费谁死"的草莽时代，但马云做到了"站着挣钱"，因为他的平台独一无二，至少在互联网上。到了2003年，偶然机会，他听到一句话“你的公司完全可以做成中国的ebay”，让他动心的不是这句话本身，而是其反面，如果阿里巴巴成不了ebay，那才是可怕的事情。正所谓“电商如婴儿吃奶，不吞则吐”，如果不能比对手更大，迟早被灭掉。

这年五月，淘宝网横空出世，那个“淘啊淘”的电视广告和多年后史玉柱的征途游戏那个盯着屏幕大笑不止的女屌丝镜头如出一辙，年轻人们很好奇，这到底是个什么玩意儿，有那么可乐吗？

答案是肯定的。2003年，“非典”横行，淘宝网正生于这场瘟疫之中，并成功解决了无法出门的用户如何购物的大难题。

表面的光鲜是背后的惨淡，你甚至完全无法想象，淘宝网这个如今中国内地甚至亚洲最大的C2C平台，创始之初竟然如此寒酸。

马云花了几千美元，先是从美国买了一套C2C交易软件，又从公司搬来几台电脑和桌子，就这样成立了淘宝网，用当时的主要负责人柴栋的话来讲：“看看这些投入，你就知道那时淘宝还是试验品。”

柴栋也是马云的小弟，为了扛起这面被马云视作新阵地的大旗，从来没做过C2C的柴栋开始研究这个项目。说好听点是研究，其实就是每天趴在易趣和ebay上点来点去，他们使劲琢磨，从卖家注册，到商品上线，再到发货，收钱，整个流程中的每一细节都逃不过这些“商业间谍”之眼。

很快，他们就发现，虽然当时ebay很火，但是其模式并不适用中国大陆，为啥呀？ebay是做拍卖的，很多商品甚至是古董，欧美人建立在诚信基础上的拍卖是可行的，利润也很高，ebay自然可以收取中间费用。但移植到中国内地，没戏。

这个直观感受，让马云豪气万丈地说，那好，那我们就全免费，至少三年内，不许盈利。事实上，马云是自我安慰的高手，别说不许盈利了，就算想盈利也难啊。

你想啊，一条围巾卖十五块钱，每条能赚两块钱，一个五毛钱的头绳能赚一毛钱，利润其实很微薄，就算这样，很多买家上来就要求包邮，个亲娘唉，邮费也比利润高呀。作为平台提供者，淘宝网又怎么敢向卖家收费呢？

虽然处于这个初创的蛮荒时代，盈利基本不可能，但淘宝网的诞生最大的意义在于，催生了一个打通任督二脉的秘籍——支付宝。

## 两个活宝：淘宝、支付宝（二）

基本上，互联网是一个政商关系相对不那么严密的新行业，正因如此，支付宝走过的路，看起来比其他互联网产品付出了更多的政商成本——潜规则就不说了，大家都懂，就是银行这个最大的环节，无法绕开。

马云纵有万般天才，他也无法想出一个万全之策，让网络支付平台变得“互联化”，虽然网站和交易能够绕开实体店的各种繁杂手续，但是支付环节如果想在网上进行则是没法另辟蹊径的。

关于钱的事儿，我们的政策管得不可谓不严格，尤其是对于毫无背景的草根创业者来说。

于是，马云不得不亲自拜访时任中国银联总裁万建华，此行的目的是与银联合作，一步到位解决在线支付问题——让中国境内所有银行发行的银联卡，可以不用去柜台开通网银，直接在网上实现支付。

此举若能实施，马云可能成为比扎克伯格还牛的互联网大神，然而事与愿违，中国远未建立健全的银行卡赔付体系，说远点，就是个人信用体系，要知道在美国，就算银行卡用户的卡被他人盗刷，即使金额再多，用户只需承担50美金的赔付额。这在中国是不可能的，商业银行哪里担负得起这个风险，不能高估我们的人性啊，因此就算央行对银联负责，却无权直接绕过银行柜台，授权给客户在线上支付。

被银联总裁婉言告知这个残酷现实的马云，不得不放慢脚步，让支付宝用笨办法去实现梦想——同各个商业银行一个个谈判，时至今日，使用支付宝，还是需要登录各个银行的系统实现最后的支付。

即便如此，支付宝的出现还是为电商打开了一扇大门。

刚刚推出，每天的交易量就达到了两三万笔。虽然直到2007年支付宝也只是打通了区区十几家商业银行，且很多还不支持信用卡接入，但毕竟电商更像电商了。

## 易趣易手

还是那句话，电商如婴儿吃奶，不吞则吐。马云的两个活宝在因为“非典”而陷入封闭的2003年诞生，而另一个同样性质的电商，易趣网，却不得不转手甩卖。

同样的事情，命运竟是如此大相径庭。它们背后的故事，对这个圈子的规则与因果进行了再清楚不过的诠释。

易趣也有巨额风险投资，但它的钱最终烧完，直至转手。相比之下，马云的退路更多，他至少还有阿里巴巴，投资人也不止一个孙正义，还有雅虎杨致远的十亿美金，从各方面来看，马云做的局更大，野心也大。

这就是本质不同。

邵亦波和那个年代最时髦的电商一样，是一位海归。他在1999年创办易趣的时候就宣称，此举正是要打造中国的ebay。

扛大旗谋虎皮的事情，中国商人们最擅长，尤其是电商，对于口号喊得响亮，就拿“中国ebay”这种定位而言，有多少类似的“东东”曾经红透半边天又最终昙花一现？无论如何，精于此道的商人们，在这个圈子里都能混出三五年辉煌。

接着说邵亦波，此人小时候的理想是成为一名数学家，呜呼，这个理想还能再应景一点吗？这不正是我们小时候写作文时常用到的桥段嘛，科学家、军人、工程师，并称为20世纪八九十年代小学生三大理想职业，20年后，这些理想大多化作烟云，随风而散，不过是回眸童年的一个模糊的玩笑罢了。

话虽如此，邵亦波竟是认真的，原来其父是中学数学老师，上学前就开始对小邵同学进行系统训练，于是，可想而知，邵亦波确实奠定了超过常人的数学基础素养，小学五年级，在上海市数学大赛中赢得头奖。

中学之后，几乎每周都有数学比赛，上海的，全国的，邵亦波逢赛必来，且逢来必胜。由此，在全国中学数学竞赛圈中，邵亦波小有名气，还获得了“大头神童”、“活人计算器”等雷人又卖萌的称号。

1991年，邵亦波17岁，很幸运地获取了哈佛大学全额奖学金，由此从高二直接进入哈佛读本科。有坊间八卦称，在写给哈佛大学的申请信中，他的理想已经不是当一个科学家了，而是要在中国创办一所国际化的大公司。

看来，只有与时俱进的理想，才是最终会实现的理想。

小邵同学，在进入哈佛大学之际，光环斐然，他是1949年以来首个获全额奖学金读哈佛本科的中国内地学生。

四年之后，又以最高荣誉毕业——1000多名应届毕业生中，只有名列前12的学生得以进入“荣誉会”，邵亦波正是这“乐透区”的一员，也是仅有的一名中国学生——真是为国争光啊。

毕业之后，邵亦波收到了麦肯锡和波士顿这两家全球知名咨询公司的offer（聘书），他选择了后者。两年过去，又以公司最优秀雇员的身份，被送回哈佛攻读MBA，这次，他碰到了同样优秀的台湾“小魔女”鲍佳欣[①]，二人坠入爱河。

2001年，邵亦波和鲍佳欣在上海结婚，证婚人是来自政界的周禹鹏。[②]

此时，邵亦波的公司也顺风顺水，拿到了数额不菲的风险投资，而且荣誉加身——根据CNNIC“中国互联网络发展状况统计调查”结果显示，易趣网得票数在当年高居国内C2C网站之首，易趣成为中国最受欢迎的电商网站。

之后，易趣终于名正言顺了，它可以骄傲地自称为“中国电子商务旗舰网站。”

不知道是不是不断的荣誉让邵亦波有些骄傲，2001年7月，易趣宣布网站开始对卖家登录物品收取登录费。次年9月，开始对卖家网上商品成交后收取商品交易服务费。

收费并非不可接受，美国的ebay就是这样，在日本，雅虎也是这么干的，在电商圈子里，最便捷可行的盈利模式就是对用户收费——只是，邵亦波似乎忘了，自己在中国，大陆。

事实证明，习惯了优秀的邵亦波，要经历第一次折戟了。

2003年初，一项在上海进行的电子商务抽样调查显示，中国的C2C市场只增长了30%，邵亦波无奈之下，打算接受ebay的收购。

当然，除了赚钱不多，最关键的原因在于，淘宝网建立了。

此后，易趣彻底消陨，三年后，ebay也淡出了中国电商圈子，这个圈子，终究成了地头蛇的江湖。

---

① 鲍佳欣，台湾人，1995年GMAT（经企管理研究生入学考试）分数破全球记录，被誉为“英语小魔女”；哈佛肯尼迪学院硕士毕业生；麦肯锡咨询公司咨询员；台湾最受欢迎的电视节目主持人之一。

② 时任上海市副市长。

## 京东商城启程

淘宝平台是电商武林中正宗的C2C，一时无两，用延参法师的名句来讲“绳命是剁么地回晃”[①]；命中注定，电商的辉煌不应该只有淘宝这一家，于是，苦练内功十数年的刘强东异军突起。

京东商城不是先行者，当年B2C门派在江湖上已经有头有脸的不乏少数，两家巨头卓越和当当更是首当其冲，京东靠什么上位？让人毛发倒竖的血腥价格，借用新渠道改变零售行业游戏规则。

今天的刘强东，回想自己当初以名牌大学毕业生身份在中关村摆柜台的经历，颇有点“哥们儿也苦过”的志得意满，他说，当年和我一起在中关村摆柜台的夫妻店，现在还在摆柜台，也许人家是聪明的，我反而是愚蠢的——这话，怎么看怎么矫情，也可能没到过他的处境，就永远不懂得他的“傲娇”[②]。

摆柜台确实也赚了不少钱，有的人小富即安，刘强东却想着做大生意。到了2003年，状况看起来不妙。

当时，“非典”如同世界末日，一时间千山鸟飞绝，万径人踪灭，已经拥有12家店面的京东生意冷清。

虽然刘强东上大学、打工、创业都在中关村，但他本人对互联网却不甚了解。他此前没听说过当当，更不知有卓越，电商开山者8848更是与他与世隔绝，唯一接触过的互联网即时通信工具QQ，那

① 延参法师，字明超，号糊涂山人。当代著名书画僧，政协委员。他的书画收入多用于资助失学儿童和特困学生以及社会慈善公益。2012年6月，因其数年前在峨眉山录制的一段视频爆红互联网。视频中，延参法师用沧州口音浓厚的普通话讲解人生：“生命是多么的辉煌……”被网友按照发音恶搞成“绳命是多么地回晃”，此后，延参法师并不恼怒，反而因此登上多家电视台的娱乐节目，以宽容、幽默、入世的态度面对公众。

② 傲娇，网络用语，顾名思义，又高傲又娇嗲，指的是“平常说话带刺，态度强硬高傲，但在一定的条件下害羞而自谦”的人物与性格。

年还叫OICQ……

背景交代完毕，被逼无法，刘强东只能恶补互联网求生技巧，从来没在网上吆喝过，那也管不了了，他冲到当当、卓越现学现卖，然后找各种论坛疯狂发帖，注册几百个QQ号，疯狂加好友，发推销信息，类似于今天的“垃圾水军”。起初的十几天，累得半死也只做成十几单，直到他们在CDbest等论坛上做团购，才渐渐有了起色。

6月底，“非典”过去了，京东的实体业务可以恢复正常，但此时刘强东犯嘀咕了——他尝到了线上销售的甜头，在网上团购的那些用户也很high（兴奋），一再留言要求京东开设自己的网站。

命运将刘强东推到了互联网上。

事实上，京东最初的客户不过区区36人，但这些人是超级网虫，要么是论坛版主，要么是资深玩家，在网上很有影响力，他们口耳相传，京东已经小有名气。刘强东一打听，一个小型网站租带宽一年不过1000多元，实在不行就租一年试试。

让所有人意外的是，网站上线之后，刘强东和他的小弟们没有打任何广告，但网上的订单源源不断。

6月到年底，网上订单累计超过1000单，最多一天有近40单，这个出货量比线下连锁店丝毫不差。

很快，刘强东决定就在网上卖东西了，他招聘专业技术人员开发商城程序。来年1月1日，“京东多媒体网”电子商务网站正式亮相。

正如2001年迷上逛国美商城，[①]2003年的刘强东完全被互联网迷住了。他眼里的2700名注册用户，每一个都是钱啊。

---

① 参见2010年8月16日中国电子商务研究中心文章《京东商城低价秘密：赔本赚吆喝拉供应商下水》。

这一把无心插柳，网络订单以月复合增长率26%，年增长16倍的速度把他彻底迷倒了。

刘强东觉得这种互联网模式比他以前的生意厉害多了。

实体店铺？关掉。一起闯江湖的兄弟们都觉得无法接受，可是大哥刘强东拍板了，就这么干。

要干就好好干，刘强东是个“疯子”，只要有钱赚，他就能塌下心来玩命。很快，“低价、正品”成为京东最大的招牌，次年就增长了三倍的销售量。

为了粘住客户，刘强东又不断创新商业模式。根据刘强东的说法，京东的成功，不仅仅是因为价格低，更重要的是背后的小细节，通过不断改良的细节，摸索、建立全新的玩法。

刘强东骨子里是个做零售的，和黄光裕一样，是个超级小贩，互联网只是一种渠道——通过这个渠道，不见得能降低多少成本，却可以放大出货量，逻辑很简单。

因为简单，所以竞争激烈，于是又只能回到“降价”这个本质环节。说句不好听的，对于电商而言，模式真的有那么重要吗？和价格比起来，模式真的不重要，千万种模式，手段只有一个，低价，此即电商之所以成为电商的本源。

从2003年开始，京东开始狠狠砸钱给消费者塑形，它的塑形方法简单粗暴：国美卖500，我这儿卖200。如果一个家里有一个人上京东买过东西，全家就会成为京东的客户——当然，如果一个人购买体验不爽，比如退换货周期长，买到了次品，那么，一家人也会持谨慎态度。口碑就是双刃剑，刘强东唯一能做的，就是让大多数人不要买到次品，也不要遭遇不利索的售后服务。

电商就像赌博，一切都是有概率的，把握住大概率，小概率就放掉好了。这就是传说中的“抓大放小”——你看，时至今日，电商网站上的差评不少，但只要不是超过50%的差评，这个产品就没问题，可以继续卖。

## 狂喜携程

京东找到了活法，另一个网站也甜甜蜜蜜。

时间先回到1999年，沈南鹏[①]在这年投资了携程旅行网，这或许是他一生中最成功的一次投资。之后他又投资过如家、易居中国等成功案例，这一切都始于携程，而且借此抹去了之前的失败投资经历，最终成为红杉资本的合伙人。

除了投资者沈南鹏，三位负责实际运作的联合创始人，毫无意外，都有海外留学或逗留的经历。季琪、梁建章、范敏，这样的三人组合在电商创业团队中几成定式。

季琪是江苏的乡下人，考入上海交大之后，开始人品大爆发，我们不得不说，有些人生来就是做生意的。大学还没毕业，季琪就通过倒卖电脑成了学校里有名的有钱人。做生意的过程中，结识了当时甲骨文公司的梁建章。梁是上海人，家底不薄，天资聪颖，他和季琪走的是两条路。季琪以乡下人的鲁莽直率杀到中国互联网这个最富有尖端气息的领域，梁建章则从上海到美国，再从美国回上海，始终是高端范儿。

季琪生性张扬而且好斗，练拳击，开快车，不愿意讲规则，有次自己的司机看到红灯就右转，季琪轻描淡写地说，红灯嘛，闯过去就好……

创立携程之前的两年，二人关系已经很不错了，经常是梁建章

---

① 沈南鹏，曾在花旗等国际大行工作，1999年，与梁建章合资创办了携程网，并担任过携程网的执行董事、首席财务官。2005年8月，沈南鹏离开携程，加入红杉资本。2009年12月，被《福布斯》中文版杂志评选为 “2009福布斯中国最佳创业投资人”。

给季琪打电话，兄弟啊，晚上我整两瓶啤酒几个小菜，咱们不醉不归啊。上海人嘛。巧合的是，那两年二人的太太都在国外，两个孤家寡人因此经常混在一起，得空就开车在周边转悠，这也是后来决定做在线旅游网站的滥觞。

至于范敏的加入，是因为季琪和梁建章虽然热爱旅游，但对于这个行业，他俩谁也不了解。范敏是当时上海大陆饭店的总经理，也是上海交大的校友。几次接触之后，范敏同意加入。

班子搭起来了，也有一部分启动资金，但电商是要烧钱的，那点启动资金远远不够。怎么办？别忘了沈南鹏是投资圈的，他干的就是找钱投钱的行当，很快，他把团队介绍给章苏阳，当时的章是IDG的合伙人。

圈子绕圈子，就是这么玩的。

携程创办一年之后，拿到了总共500万美金融资，那是互联网泡沫最糜烂的时候，这笔钱虽然不算多，也够用了。

接下去，携程不止做酒店预定，还收购了一家机票预定公司，一家传统酒店预定公司，凭借线上线下共同发力，在互联网泡沫破灭之后的2001年，携程实现盈利。

2002年，季琪创办如家，仅用时短短数年，又成为快捷酒店的一个奇迹。

抛开创业者个人的成就，对于携程而言，2003年似乎真的是圈子里的异类。虽说这一年在美国上市的中国互联网公司不在少数，但说实话，有稳定收入的公司却并不多。这也印证了携程的狂喜。

年底，携程上市首日，涨幅达到了惊人的90%。并不陌生的互联网热潮，似乎又在资本市场上故伎重施。与此同时，其他5只中国网络股却齐声下跌。

这年，因为美国人的一篇文章《IT不再重要》（*IT Doesn't*

*Matter*），[①]关于这个圈子的未来命运，人们口水四溅，各抒己见，蔚为壮观。

然而在中国互联网上，木子美[②]的博客却是最热闹的事，因为一个大胆女性的性爱日记，“博客中国”因访问量过大几度瘫痪。

回到携程的故事，背后也有值得思考的地方。

携程的狂喜，并非互联网狂潮，严格来说，他们赢在了服务意识和服务管理精准化。机票和酒店哪里都能预定，为啥网友就觉得携程的划算？

第一，携程有一个强大的销售团队，第二，携程将互联网诚信视作立身之本，当时的网友，普遍有一种经验，那就是在实体店订机票，订酒店，等着挨宰吧，倒是互联网企业，值得信赖，因为在线支付是一种更谨慎的方式。至于服务本身的把控，这就是第三个境界了，携程的服务让客户不仅相信携程，而且这种相信甚至超越了对酒店和航空公司的信任。

携程应该算中国最好的互联网与实体业务完美融合的王牌企业，业绩骄人。

比较起来，淘宝更像一个悲情奋斗者，被行业大佬追杀，逃离都市，偏安一隅，最终绝地反击，淘宝的问题比携程的棘手百倍。

首当其冲的问题就是电商的命门——盈利。淘宝网五六年不盈利，这个投资量，不是一般人能扛得住的，最关键的是，说服投资人需要过硬的思维架构和模式创想，马云在这一点上选择做一个有

---

① 2003年5月，尼古拉斯卡尔在《哈佛商业评论》（*Harvard Business Review*）发表题为“*IT Doesn' t Matter*”的文章，掀起了一场轩然大波，一场质疑IT价值、触及整个IT业命运的世纪论战由此开火。

② 木子美，原名李丽，毕业于广东中山大学97级哲学系，目前是杂志性栏目编辑。2003年，以下半身写作而成名，成名之前曾游走于酒吧茶肆，木子美在读书期间便倾情另类，毕业后更是游戏人间，纵情风月。

信仰的人，因此他的说服，更像是清谈，而不是演讲。这种抛家舍命的态度，倒让他的投资人笃信未来了。

运营方面，淘宝在国内同类网站中所向披靡，但是第二个问题在于，如何把客户对淘宝的信任捆绑到卖家的身上？消费者信任淘宝远胜于淘宝卖家，这解释了为什么大家要出行，第一选择是上携程买票，而不是找航空公司。

电商，不赚钱可以原谅，更多的人并不是栽在钱上，而是栽在了信用上。

## 年度语录与段子

资本带来了规则，带来了机会。比如，今天我坐在这里，敢于心安理得地跟你谈话，是因为我的整个立场是健康的，是干净的。这在互联网之前，任何一个行业是很难做到的。我不能说互联网行业里面百分之百的干净，但是基本上大家是按规则办事的，至于其他，比如说被大家所喜欢的行业，被媒体所追捧的行业，肮脏的事情太多了。

——陈年，至少这个圈子相对干净。

某国际学校的老师出了一道开放性问题：你对其他国家的食物短缺有什么自己的看法？非洲学生问：什么叫食物？欧洲学生问：什么叫短缺？美国学生问：什么叫其他国家？中国学生问：什么叫自己的看法？

——你问电商对利润有什么看法？
不管亚洲、非洲、还是欧美，
大家只有一个问题，什么叫利润……

# 第二部　眼红却心虚

2004—2008年，又一个五年计划。“非典”打破人心，也打破了商业的边界。对于电商而言，从商业上战胜“非典”是个奇迹，也是契机。但是关于前路，仍然不明了。商业模式看起来美妙绝伦，但现实总是痛苦与幸福并存的。

有的网购者，总是可以用几百块钱买到那些让人误以为价值几千元的衣服，然后再穿出几十元的效果来——用这个段子，同样可以调侃电商。电商总是用不多的投入做出一个轰轰烈烈的场面，然后套到巨额投资，当别人以为他们很风光，甚至有点眼红的时候，其实他们是真的穷人——宣称自己盈利的电商，不是好电商。

## 到底怎么赚钱（2004）

其他行业愁云惨淡，声言钱不好赚，唯有他们这群人喜气洋洋，问其何故，笑曰，其实，我是一个电商……这大概是电商臆想出来的场景，真实情况是，当一个电商笑意盈盈，你凑上去问一句，赚钱了吗？会看到史上最快的变脸。

就像凡客诚品的陈年说的，电子商务网站需要一个长期的积累，而且它拖着一个传统的身躯——就是说，它很多东西取决于传统的产业是不是能够跟得上。在飞速发展的时候，传统平台需要一个过程。它不可能一下子就发力，瞬间改变出版业或者其他行业。

如果这时的电商声言自己赚钱了，有两种可能，第一，他只是披着电商的外衣；第二，他只是做好了闷声赚钱的准备。

### 设计师带领一大波屌丝

大多电商都有自虐倾向，不管是对自己的智商还是情商，他们都愿意好好折腾一番，于是，我们可以达成一致——电商赖以生存的，不是立竿见影的盈利能力，而是他们精心设计的商业模式。唯有如此才显得他们像个电商。

段子说完，其实背后还是有逻辑可循的：商业模式越精妙，投资者越觉得将来是一定可以盈利的，至少是有人愿意排着长队接盘的，因此，投资者才愿意给电商砸钱。

但是将来的事情，谁说了算？就像薛定谔[①]提出的那个著名实验：把猫放到装满毒气的密封罐中，只有当你揭开盖子才知道猫到底是不是死了。如果一直没人揭盖子，就无人知晓猫是死是活。你可以说他活蹦乱跳，因为揭盖子是将来才发生的事情，或者永远不会发生……

有一个人想出了全新的商业模式，他将其称之为“一城一网”：在一个城市对同一品牌的产品，只优选一家供应商。这和淘宝不同，和京东也不同。

淘宝和京东是一个网站卖全国，那么，我就可以表面上用一个统一的网站，但具体交易由每个城市优选的经销商负责，每个网之间不会串货、乱价。

想到这里，这位名为龚善斌[②]的兄台不禁兴奋起来，马上开车回大本营，提笔疾书——“一城一网”的商业模式就此编好，龚善斌打造一家新企业的想法很清楚也很迫切：新公司取什么名字呢？

首先，名字要简短，便于记忆和传播。

其次，要有很高的识别性，在网上搜索不能重名。

最后，要有磅礴的气场和震慑力。

在比较了诸多名字之后，他确定了“五百城”。

中国商界，把世界五百强当作一个发展目标，对“500”这个数字有一种异乎寻常的推崇；同时，五百城也寓意500个电器城，这也是新商业模式的一种美好愿景。

---

① 埃尔温·薛定谔（1887年8月12日—1961年1月4日），奥地利物理学家，1933年获诺贝尔物理学奖。他为了揶揄量子力学而空想了一个实验：将猫咪放到充满毒气的盒子中。薛定谔挖苦说：按照量子力学的解释，箱中之猫处于“死－活叠加态”——既死了又活着，要等到打开箱子看猫一眼才决定其生死。

② 龚善斌，北京航空航天大学硕士，职业生涯二十多年，有从事酒店管理、新闻媒体、公关广告、家用电器、电子商务行业高级管理、天使投资等经历。

在公司组织架构上，龚善斌的想法甚至有些极端，他开创了二环闭合架构——常设一名城务委员，与其平行，只有两个部门：产品部、信息部。城务委员是每个城市的一把手，在他下面设立五人架构，包括城市经理、IT产品经理、家电产品经理、行政经理、网站经理。

按照这个架构，一个城市只需要十个人。龚善斌得意洋洋，这个模式无物流，无仓库，全都依靠供应商的链条和仓库，并且解决跨区物流损耗，看起来近乎于完美。

这个模式也让追随他的几位创业者拥护倍加，可是发展到今天，最初的五个人，只剩下龚善斌一个。

似乎又是那个古老的传言——同床共枕、同床异梦、反目成仇的创业命脉图。

好的商业模式就像一层窗户纸，在它问世之前，谁都模模糊糊。但一旦捅破，很快有人明白：这样做确实更好赚钱。

就像亨利·福特在大力推出T型车之前所说的，如果我当初去做市场调查，很多人的答案不是汽车，而是给他们更快的马车。

在Facebook问世之前，所有人都觉得Google是最牛的企业。Facebook的商业模式被市场证明之后，人们又发现它确实比Google还要牛，因为Google只是满足需求，Facebook却能够创造需求。

这就是模式的设计，扎克伯格就是最牛的设计师。

设计，对于电商是如此重要，顺着这个逻辑，就能推出结论——电商，首先必须是商业模式的设计师。

这在一定程度上解释了一个现象：电商何其多，为啥混出名堂来的只是那么少数几个？

因为大部分从事这个行业的年轻人们，充其量不过是苦闷的屌丝，他们希望踏踏实实一直干下去，而关于怎么赚钱这件事，能一下子想通的人不多，只有心眼活泛、胆大包天之徒才是完美电商。这，让众多屌丝情何以堪？让这个充满了屌丝梦想的圈子情何以堪？

下面讲一个真实的屌丝创业故事吧，以此来证明：电商圈子，就是少数几个设计师带领一大波屌丝嬉笑怒骂的圈子，直到最后，设计师功成名就名利双收，屌丝，只是淡淡说一句，太累了，感觉不会再爱了……

从前，有三位年轻的IT才子，某日酒后一顿吹，一时兴起决定结拜创业。创业方向暂定为：免费网络服务，具体来说，大概类似于360那种模式。反正，就是免费，先把用户数量拉起来。

经过一番谋划与筹措，能卖的都卖掉了，摊子支了起来，苦干两年，期间老了好几十岁，终于在圈子里小有名气，用户数量也突破了五百万。

此时，一个现实问题摆在眼前：刚开始的时候，用户规模小，成本也小，他们几个凑起来的几十万元也足够支撑，但是用户规模大了，服务器要换、带宽要升级、广告也要打，光是这些成本已经眼瞅着要突破二十万元一年，咋办？该想办法挣钱了哦。

在他们租来的两居室楼下的成都小吃里，三位坐了下来，要了三盘宫保鸡丁盖饭，三瓶啤酒，召开公司的半年工作会议。三人你一言我一语，很快算好了经济账：按照上个月的登录情况，已经有四百万个账号成为僵尸，剩下的100万用户还比较活跃，针对这100万人，如果我们开通某项功能，收点高级会员费，让其中1%的人升级为高级会员，每年交49元年费，那么每年收入就是49万元！不错嘛，扣除十七八万元的运营成本，还剩毛利润20万元，每个屌丝到了年终就能分到7万元大洋，如果按照上班族的算法，这三个人每人月薪5000多元，别的一概木有，电脑也要自带。

虽然谈不上阔绰，但是终于要盈利啦，哈哈哈哈，一阵大笑之后，大家喝光了瓶中最后一口酒。

这个故事，显然是很悲惨的，但千万别以为这是为了吸引眼球胡乱编造。不是这个圈子里的人，你永远都难以想象，他们内心的苦楚。

事实上，这三位能够盈利的屌丝，已经算比较幸运的了，通常情况下，在第一年做到几万用户就不容易了，接下去就是死路一条，虽然破产原因何其多，最根本的一条却是意志不够强大，受不了那种与世隔绝且看不到希望的寂寞；意志稍微坚强点的，结果还是死路一条，原因是资金断裂、团队反目；能成功地再往下熬，四五年之后还是顽强地活着，基本上，就成事了。

这个现实说明了一个问题：理想本身就很残酷。但凡在电商圈子里混过的人都知道，设计师并不少，好点子更是层出不穷，但是为什么只有那少数几个能做到最大？因为背后支撑一个设计师的，不仅仅是创意，更重要的东西是资金、人脉、平台、精力、大心脏……这些东西，只有悉数凑齐，也刚刚满足了成为一个优秀电商的基本条件，要想更进一步，还需要一个最重要的东西——时机。

仅仅是那些基本条件已经是“一将功成万骨枯”的事情了，这最后一项，时机，那真是可遇不可求了。

所以说，这个圈子，要想成为圈中翘楚，本身就是一厢情愿的事情，至于是否真的能赚钱？这个问题千万别问电商，人家会觉得你是来找茬的，标准答案是，当然能赚钱，不然我们忙得要死，你以为都是多动症啊。你再问，那到底什么时候能赚钱？对方肯定要崩溃了，你懂不懂啊，我们是电商，电商要赚钱是需要时间的，卓越、亚马逊实现盈利，你知道等了几年吗？中国内地现在最火的电商，京东商城，你知道人家扛了几年了吗？鄙视你，门外汉。

## 傲娇的李国庆

模式当然重要，定位则是模式的灵魂。这话不是噱头，就像

Beyond乐队，都说黄家驹是这支乐队的灵魂，有恶搞者闻听此言嘿嘿一笑：没错，灵魂嘛，因为他死了……事实上，无论黄家驹是死是活，Beyond都是他一个人的乐队。

对于当当网而言，李国庆就是这样一个角色。经过几年的发展，到了2004年，李国庆日益感到无来由的烦躁，企业做得很好，但他自己说了不算，他现在开始思忖，当初那680万美金到底是恩人还是仇人。

终于他忍不住了，他对熟人说，如果我不拿回股权，我将创办新的电子商务公司。傲娇如他，令人摸不透这是策略，还是决心。紧接着，他又给很多同行发了邮件，表示自己很快要离开了，要出去单干。他甚至给新公司把名字都起好了，叫“丁丁网”。①

几经折腾，新公司没诞生，投资人妥协了。紧接着，新的收购谈判来了，看上去，当当网是个香饽饽。

巨头亚马逊真不是盖的，一开口就是一亿五，美金。而且还不是扫地出门，李国庆和他的老部下们还能占一半股权，当时的业内人士都劝他，赶紧卖啊，别傻了，一亿五啊。

李国庆当然不傻，相反，他很傲娇——又要吃香的，还要喝辣的，还要听个小曲儿，舒舒服服地当老板。

亚马逊刚开始的时候也没这么大方，但是李国庆如此傲娇，对方又实在喜欢这个香饽饽，于是不断加码，结果还是被李国庆夫妇拒绝了。

当当网就这样抛弃了跟着大佬混的机会，拱手让给了卓越。后来亚马逊收购卓越只用了7500万美金——亚马逊用一半的价格买到

① 丁丁网，于2005年5月由徐龙江创立，专注于本地生活搜索领域，解决城市居民的生活问题，是一个基于出行路线搜索的服务网站，与李国庆当年的垂直电商网站设想并无关系。

了一家同样出色的公司，而雷军也把这笔买卖看做自己最成功的生意之一，陈年也因此有了创办凡客诚品的启动资金。

一切都是因果啊。

也因为此事，李国庆夫妇一直背着那个自封的光环“最大的中文网上书城”，被马云笑称为“傻干的夫妻俩”，李国庆依然傲娇，是的，没错，我确实扔掉了很多赚大钱的机会，你们都说我傻，反正我就这样。

李国庆更是因为开了电商干物流的先河，背上了傻子搬运工的名号，李国庆无怨无悔。从这一年开始，当当网经营的图书已经超过了20万种，此外还有海量的DVD、CD、软件、电子产品等，如果没有自己的物流系统，无法支撑庞大的货流量。

坚持，有时候是优良品质，有时候是傻里傻气。希望李国庆不是后者，虽然看起来，他兼具了这两种可能。

## 你贪玩，我贪梦（一）

2004年，真正赚钱的是那帮做网游的，其实他们才是名副其实的电商，虽然没人承认这一点。

先看看横跨IT和体育的玩家，朱骏。此人生性率真，评论者甚至认为如果放在旧上海，他则是杜月笙一般的人物。他左右逢源、财大气粗，几乎涵盖了传统江湖中人的所有秉性。但是做企业，光靠豪迈是不够的，朱骏很聪明，他懂得IT创业者的那套玩法。

朱骏讲过一个段子，对之心有戚戚，似乎有意无意地说出自己做企业的种种悖论与轮回——他问一位成功的足球教练，成功靠什么？对方回答，正确的判断。又问，正确判断从何而来？对方答，经验。再问，经验从何而来？对方说，错误的判断……

朱骏喜欢足球，但是作为上海申花足球队的老板，通过足球赚钱应该不是他的目的——有记者问他，作为球队老板，你总是喜欢跟球员一块踢球，不应该避嫌吗？朱骏说，我喜欢踢球，我也有条件踢球，如果你有一支球队，恰好你也爱踢球，你也会这么做的。

对于一个玩家而言，永远不能为了生意泯灭了玩心。但网游不同，朱骏是第九城市的董事局主席，但他从来不玩网游。

生意是生意，游戏是游戏。

和前面说到的携程创始人季琪、范敏相同，朱骏也是上海交大校友，只不过他只读到大二就腻歪了，转身赚钱去了。

直至今日，许多人还将朱骏比作中国的比尔·盖茨，事实上，除了辍学之外，二者没什么共同点。比尔盖茨是技术人员，你要说朱骏是做技术的，那他肯定不高兴，他更喜欢被人看作是智谋与力量并存的滩头大佬。

关于朱骏的身世，常见的版本是：小时候家里很穷，后来朱骏为了补贴家用，干过体力活之类。这种版本没什么新意，基本上就是“穷出身、富入土”的庸俗说法。

事实上，在那个普遍很穷的年代，朱骏家相对而言不是那么穷。朱的父母都是知识分子，他母亲还是上海仅有的几所高级小学的校长。而被人普遍津津乐道的通过拉黄鱼车赚来的168元“巨款”，也没有补贴家用，反而是花钱做了相框给珍藏起来了。

这些为人共知的故事，应该是他故意讲给大家听的，重要信息却是绝对的讳莫如深。

当时为什么要辍学，不得而知。但辍学之后的朱骏，确实是为了赚钱。蹊跷的是，他与大多数辍学赚钱的人不一样，别人是看到了商机忍痛辍学，朱骏似乎是看准了赚钱的结局而辍学——进入国家物资部在上海的一家下属企业“申大集团”担任高管秘书，这家企业是改革开放初期做进出口贸易的，很有背景，能进入其中，不啻于今天的大学生被国家发改委招录。

没多久，聪明的朱骏很快就上了道。这时候，正是承包制包治百病的改革年代，朱骏承包了单位的进口部，他又赶上了好时候，进口啊，多大的利润啊，我们国家后来的三驾马车之一，贸易嘛。也就是这段经历，让朱骏成了“先富起来”的那批人。

紧接着，朱骏去了美国，说是学习，其实背后的故事太多，对外，朱骏从不透露他到底干了什么，不过还是有八卦传闻，在美国他做过房地产中介，虽说赚了几百万美金，但大概因为美国的刚需和炒房团不似多年后的中国，所以朱骏还是带着老美的资本重新杀回来了。

1998年，朱骏在香港注册了一家游戏公司，对他而言，不怎么用电脑，更不会打游戏，但美国人在这个生意上赚钱很厉害。朱骏是生意人，最大的特点就是绝对不会因为自己的喜恶去选择行业，而是通过一种类似于“饿了就要吃饭”的利益逻辑进行判断。

他的判断显然很时髦。第二年，也就是众多互联网公司在中国内地落地生根的1999年，朱骏回到了上海，媒体报道他时显然用了中学语文课本中描述伟大归国者的口吻“他毅然放弃国外优越的工作和生活条件，回到眷恋的故土上海”。

这种说法很肉麻，其实朱骏还是那个朱骏，他不伟大也不渺小，他只是为了赚钱而已。

投身互联网行业，朱骏打出了“第九城市”（简称九城）的招牌。与内容类论坛不同，朱骏的切入点是游戏社区，他一直坚信这样的准则——互联网就是一片乐土，大家上网是来找乐子的。

可是关于怎么赚钱，仍然不得其门，这是最大的难题，也是最大的悖论。朱骏做生意，为的就是赚钱，可是这几年，除了投资人的钱，他没从客户手里赚到足以让他将这个网站称为生意的利润。

这是互联网的规律，也是朱骏最不堪面对的局面。从出道做生意以来，他还从未碰到这样的事情。

撑了两年，朱骏庆幸没轻易退出。

2002年7月，九城与韩国Webzen公司眉来眼去，九城成为网络游戏《奇迹》在中国地区的独家代理运营商。这个身份的代价是200万美元代理费。同时，双方共同出资150万美元，成立九城娱乐公司，九城占股51%，韩方占股49%。

运营半年之后，这款游戏开始正式收费，又过了三个月，九城已经狂揽2.7亿元收入。当年《福布斯》中国富豪榜上，30岁的陈天桥以5亿美元的资产位列第6，而37岁的朱骏则以1.5亿美元资产位列第66。

到了2004年，九城已经成为首当其冲的游戏大佬，更因《魔兽世界》成为名副其实的印钞机。

2004年4月，九城的代理对象换成了暴雪娱乐，双方签署中国战略合作协议，九城照方抓药，获得了《魔兽世界》在中国内地地区独家代理运营权。

这次的代理费是300万美元，外带1300万美元市场宣传费，在合约的后四年内，每个季度还要支付160万~370万美元版税。

朱骏在美国混过，他知道老美的玩法，谈判的时候，他要求参与谈判的员工每人穿上一件印有“50”的T恤，这意思是同时在线要达到50万人。当时来看，这个数字有点哗众取宠，但美国人就喜欢这种吹牛不上税的豪气，更牛的是，一年之后，朱骏真的兑现了这个“牛”。

借着豪迈，九城在美国纳斯达克挂牌上市，开盘价19美元，收于21美元，比其17美元的发行价高4美元，涨幅达23.53%。九城此次首次公开募股（IPO）发行607万股，融资1.03亿美元。

对此，陈天桥不屑一顾，他说九城三个季度的收入还比不上我一个季度的十分之一。我完全可以把它买下来，但那就没意思了。

瞧瞧这帮家伙，一个比一个狂妄啊。

## 你贪玩，我贪婪（二）

因为魔兽世界，朱骏堪称贪婪魔兽，他踢足球，买飞机，虽然身上的行头不过千元，玩的却都是高端上流。

五年之后，这个让他成魔的游戏，因为网易的争夺，变得扑朔迷离。人们都说这圈子里邪行的人多，这不过是其间之一。

2009年春，网易横刀夺爱，抢走了魔兽世界后续代理权，其时的网易，将魔兽拿来不过锦上添花，却无异于断了九城的活路。要知道，当时九城的绝大部分收入都来自魔兽。

外表平和，做事也比较平和的丁磊，终于露出了商人无善恶、唯有利益的面目，但奇怪的是，坊间对此事的评论竟然呈现一边倒态势，都说这是九城自作自受。

此事渊源，要从另一款游戏说起，这就是与“90后”[①]齐名的劲舞团[②]。劲舞团的运营商是一家名为久游网的中国互联网公司，这年，久游网准备成为继盛大、九城之后的第三家网游概念股，然而就在其发出招股书之后两天，劲舞团开发商T3公开发难，声称“久游网背叛了我们”，并准备正式诉诸法律，久游网不得不中

① “90后”是“80后”的派生词，指1990年1月1日至1999年12月31日出生的一代中国公民，有时泛指1990年以后至2000年之间出生的所有中国公民。在互联网上，“90后”被贴上了“非主流”标签，并常常与“爆炸头”、“浓妆”以及出格、夸张的服饰相提并论，在人生态度上，则被冠以“百无禁忌、道德观念淡薄”等批评性语句。

② 劲舞团，最受“90后”欢迎的网络游戏，类似于网上跳舞机。跟随音乐节拍，在键盘上敲击屏幕显示的对应箭头，完成动作后，游戏中的虚拟人物就会跳出不同的舞蹈动作。

断IPO。

原来，劲舞团在中国内地的翩翩起舞，让九城动了劫杀念头，高达4000万美金的代理费，让开发商T3也动心不已，可是久游网拥有全权代理协议，如何抛弃久游网，转投九城呢？起诉，并且，九城负责全部的诉讼费用。

原来如此，都是劲舞团惹的祸。久游网也有骨气，以4500万美金，将九城击退，同时给自己戴上了沉重的枷锁，劲舞团吸金能力再强，毕竟也是有生命周期的，时至今日，久游网仍然元气未还。

九城呢，似乎也心满意足，毕竟，干掉了一个强有力的竞争对手嘛。九城之所以要这么狠命地敲打久游网，因为两家公司的模式太像了，都是依靠一款游戏吃遍天下。

九城每代理一个游戏，开的都是天价，什么《卓越之剑》、《激战》、《奇迹世界》、《RO2》、《暗黑之门》等。其中仅《暗黑之门》，九城付出的授权费就高达3500万美金。在这个循环中，一旦没有《魔兽世界》代理权，就不可能有此后的上市。而没有上市，就不可能圈到更多的钱运营《魔兽世界》。而没有《魔兽世界》的大获成功，就没有足够资金买下更多的游戏……

这种模式看起来简单，同时，弹性也小得多。一旦出现同样财大气粗的公司，就会形成恶性竞争，利润空间也会挤占一空。说白了，这种模式，只能一家玩。如果有了模仿者和竞争者，意义就不大了，所以，你知道为什么九城必须对它的模仿者大棒吆喝。

但是，九城没法独裁整个游戏商场，2009年，网易决定横刀夺爱了——朱骏当然无力回击。

这就是坊间说九城自作自受的原因，闹来闹去，都是商家的战争，不过大鱼吃小鱼罢了，愿赌服输，谈不上可怜不可怜。

话说回来，朱骏个人，还是颇有些豪气，他是这个圈子里少见的硬汉，虽然也曾处心积虑，也曾杀人不见血，但因为豪气，没落下同样很高调但是被人骂做奸猾之流的周鸿祎那样的下场。

你想啊，九城最开始的两年，全凭一款《奇迹》，接下去又全凭一款《魔兽世界》，一款游戏的收入就占到总营收的90%以上。大家一看，这玩的就是心跳啊，只要游戏开发商大韩或者老美稍微不高兴，九城不就玩完了吗？

朱骏就是这么个玩家，他才不管别的，不求事事顺遂，只要一款游戏成功，就有活路。

幸运的是，这个循环真的让他走下来了，但是豪气的朱骏并不急流勇退，反而变本加厉。还要继续玩下去——朱骏豪放，也狂妄，但他不是莽夫，自有他的手腕——盛大不是靠收购韩国人的股份解除了这个模式的后顾之忧吗？我没你那么有钱，我逆袭行不行：让美国人收购我的股份。

2008年，美国游戏巨头美国艺电游戏公司（EA）收购九城15%的股份，EA的热门游戏理所当然交由九城代理。

玩法不同，目的相同——和游戏厂商捆在一起，一家人。然而这种模式有弊病，且无法医治：第一，自主性全无，靠别人吃饭，哪来的自主性？第二，成为大游戏公司附庸。第三，我的成功不能复制，一个美国艺电游戏公司（EA）可以收购我，但是同时，别的游戏巨头就没法和我合作了。不仅如此，其他巨头还会生气，凭啥投奔他了，那我也不带你玩了。这个逻辑很正常：正因为九城引进EA牵制暴雪，所以激怒了暴雪。

真是一环套一环，恩怨满天飞。不管怎样，朱骏成了上海滩最爽的老板，他凭着一招鲜，横行圈子，百无禁忌。

那年，他开着黑色宾利出门，很多人都说，他开的不是车，而是一套市中心的房子……

## 黏性就是金钱，QQ就是一切

网络游戏确实是电商眼红的肥肉，因为有黏性。要说到黏性，除了让人成瘾的网络游戏，这年还有另一个小家伙，活力四射，让人欲罢不能。

这就是马化腾的QQ。之所以写到此处才出现这位大佬，并非因为他不是电商，而是作为一个模仿者，他或许可以被看作最成功的案例。原因无非是，在大多数电商还处于烧钱状态时，他早就呼呤嗙啷地赚钱了。

赚钱的模式说起来却十分可笑，当然，通过QQ会员赚钱还是后来的事，刚开始的盈利和丁磊一样，属于电商的歪门邪道。

QQ在那年最大的两个传言是，要全面收费，你是否还记得，当时要注册一个QQ号难于上青天，这就是收费的先兆；另一个传言是，QQ要被收购了，但是价钱谈不拢。

后来，这两个传言都被证伪。QQ确实没找到赚钱的门道，但他们已经在尝试了，在新版客户端里，用户发现一个广告条被塞到了对话框的上方，虽然比较生硬，用户也理解，毕竟，人家有了一定的用户基础，收点广告费是应该的。

可是，广告毕竟不是长久之计，在这一点上，马化腾是一个值得尊敬的创业者。年底，中国移动推出了“移动梦网”，这个由垄断国企推行的移动互联运动，拯救了一批互联网公司，腾讯也是其中之一。

当时，腾讯的背景可谓雄厚，拥有过亿的互联网注册用户量，且都是活跃用户，每天都会上线，这就是潜在的消费者啊。但是，腾讯眼巴巴看着这些财神爷，想不出能卖点什么给他们。

后来，移动梦网通过“二八分账”模式（运营商2、SP[①]8），犹如一道闪电，腾讯就飞起来了。

与网易起死回生一样，腾讯也马上开展了收费会员业务，你从页面上再也申请不到QQ了，通过手机倒是很方便，移动QQ业务也上马了，一夜之间，腾讯就成了移动梦网的主力军。

腾讯赚钱的速度也像他的用户注册增长一样，火速攀升，仅仅一年，腾讯实现了1022万人民币的纯收入。

接下去的两年，腾讯一发不可收拾，总算是媳妇熬成了婆，找到了发财秘籍——推出QQ行、QQ秀，还要向同志们学习，学习新浪卖短信铃声、学习网易上线交友业务、学习盛大推出在线网游……

这年，腾讯净利润是1.44亿元，比上一年增长10倍；又一年，腾讯净利润为3.38亿元，又翻了近一倍。[②]

2004年，已经赚大发了的马化腾，细细盘点自己的小企鹅，主要盈利被划分成了三部分，即互联网增值服务（什么会员收费、红钻、蓝钻）、移动及通信增值服务（移动QQ、语音、彩信、铃声）、网络广告。

前两部分占据了腾讯总收入的96%。可见，此时的腾讯，就是一家SP商，他此时的模式就是——和移动通信商捆绑一处，对方提供无线信号，腾讯提供产品，双方分成。

别说，用户真买账，这年腾讯拥有730万收费会员，其中高级会员每月向腾讯贡献10元人民币，“QQ行”会员每月贡献2元人民币；同时，腾讯拥有一千多万短信用户，这些人下载彩铃、图片等

---

① 服务提供商，是移动互联网服务内容应用服务和直接提供者，常指电信增值业务提供商，负责跟据用户的要求开发和提供适合手机用户使用的服务。

② 马化腾的低调与凶猛[J].南方人物周刊，2008（9）.

产品都给腾讯带来收益。

黏性就是金钱啊。一个有竞争力的网站，应该对客户富有黏性：粘住他们的眼球，粘住他们点击鼠标的手指。当然，最终是为了粘住他们荷包里的钱，或广告商口袋里的钱。

没有人对“黏性”作准确的定义。通俗来说，大概就是品牌忠诚度。

客户是利益相关者之一，粘住客户就是希望客户把某款浏览器、某个门户网站、某种搜索引擎、某个输入法、某个邮箱作为自己的首选。可是，话说起来容易，其实也有很大的运气成分，马化腾回想最艰难的当初，谁能料到今日呢?

这圈子的妙处正在于此，谁都知道不是开奔驰就是挖鼻屎，但都有一个前者的梦。形同赌徒，做梦成瘾。

## 年度语录与段子

同桌把QQ名改为“你爹临死前”后加了我们班主任。于是班主任的QQ就经常被提示：你爹临死前请求加您为好友。你爹临死前邀请您玩抢车位。你爹临死前赠送了你QQ秀。你爹临死前偷了您的菜。你爹临死前举报了您……最猛的：你爹临死前给您留言了。

—— 腾讯给你一个猛的空间，他本身也是这么猛，已经成为年轻人生活的一部分了。

千手观音对维纳斯说：咱们来打赌吧！维纳斯说：好啊，输了咋办?观音说：输了就被对方打耳光好啦……

——随便找个电商，跟他说，不然我们比比谁今年盈利多吧，呵呵。

# 创业者之春（2005）

2005年2月，支付宝推出保障用户利益的“全额赔付”制度，紧接着又推出“你敢用，我敢赔”的支盟计划。

纵观全年，从官方发布的一系列政策来看，主要也是围绕在线支付做文章，4月18日，中国电子商务协会政策法律委员会组织有关企业起草的《网上交易平台服务自律规范》正式对外发布。10月26日，中国人民银行出台《电子支付指引（第一号）》，全面针对电子支付中的规范、安全、技术措施、责任承担等进行了规定。

无怪乎马云会说，万一官方要收支付宝那我肯定给，接着补了一句，官方要收，能不给吗……除了马云，马化腾也对电商动心了，9月，腾讯推出“拍拍网”。

2005年看起来是这些“老家伙”们巩固江湖地位的一年，然而这个圈子里永远不缺年轻人，也永远不缺创业者的神话。

## PPG，第一个神话

其实，PPG[①]也不算电商，虽然其前身注册信息是电子商务公司，但人们看到的更多可称之为一家三无公司——无店铺、无工厂、无分销体系，产品依靠OEM代工，销售依靠呼叫中心。但是之所以要提到它，是因为就在它倒掉之后，凡客诚品迅速独吞了这块蛋糕。

---

① 批批吉服饰（上海）有限公司，通过互联网，产品目录以及电话客户服务中心向全球消费者出售服饰、家居产品的企业，公司通过其在中国上海的配送中心，快速服务消费者客户。

就算是宿命，也总有个因果，PPG不是完全的电商，却给电商开了一扇门。

可能失败也就败在这里，因为没有将主要力量放在互联网，所以投放了大量电视广告，这一项成本已经占用了很大一部分资金，直接导致后来资金链断裂。

当然，最根本的原因，借用一句古话，成也萧何败萧何。对于PPG，这个萧何就是李亮。

当时PPG官方网站的文案将这家公司的背景表露无遗：PPG中国公司是位于特拉华州的PPG母公司在华投资的全资子公司。

刚开始，这个略显庸俗的介绍还是很精准的，就像刚进入中国内地的“真维斯”不断强调自己是来自澳大利亚的品牌一样，毕竟很多中国人对服装品牌还是非常崇洋媚外的。

后来，在投资人的强烈要求下，PPG开始转变，说他们是土生土长的中国本土男士衬衫直销公司。可是好事者发现，PPG的销售员却还是言必称美国公司，标榜与生产涂料闻名的美国PPG工业公司①同属一个母公司。

不管怎么说，这年底，33岁的李亮和他创造的PPG模式足以让其在电商圈占据井山者的地位，华盈创投、集富亚洲等VC②的加入让他有了足够的资本。随着巨额广告投入，PPG的衬衫品牌迅速在北京、上海等一线城市打开销路。

---

① 美国PPG工业公司，始建于1883年，总部设在美国匹兹堡市，全球性制造企业，主营业务是生产及经营涂料、玻璃、玻璃纤维及化学品。

② VC，风险投资（venture capital）简称，其实把它翻译成创业投资更为妥当。通常认为起源于美国，是20世纪六七十年代后，一些愿意以高风险换取高回报的投资人发明的，这种投资方式与以往抵押贷款的方式有本质上的不同。风险投资不需要抵押，也不需要偿还。如果投资成功，投资人将获得几倍、几十倍甚至上百倍的回报；如果失败，投进去的钱就算打水漂了。

短短两年后，这家一时风光无限的公司就陷入资金链断裂传闻，并最终一语成谶，就在当时，李亮依旧口风硬朗，声称启动纳斯达克上市，在媒体爆出管理层已经分崩离析的时候，李亮又高调表示，公司已再次引进某著名公司的1亿美元战略投资……

可惜，嘴硬不如钞票硬。

实际情况一点都不乐观，VC最后轮投资早已结束，总共承诺投资不过5000万美金，实际只投了一半。神秘的PPG，谁都不知道它的销量、投入、产出到底是什么状况。

但现实摆在眼前，大家也都知道背后肯定出问题了，而且李亮与投资人之间据说还有“对赌协议”——PPG的销售额必须在两年内达到7亿元人民币，否则，投资人就要撤资啦。

李亮始终不承认有这样的协议，但在两年之后，他叫停了大量广告，欠款事件也登堂入室。

“这是我们的主动调整策略，公司已开始赢利，大量现金存在银行。”PPG如此解释。

从卖模式转向卖产品之后，短暂的两年内，PPG的辉煌也伴随着资金短缺、卷款潜逃等负面消息，日已西沉。

李亮很冤枉，他委屈地质问，为啥你们都要这样对待一个新生事物。

可是，这位开着豪车与客户会面，还购买豪华游艇，专门炫富，个性张扬的创业者，似乎真的不像其他创业者那么接地气……

据说李亮24岁时，就拥有6000万美元身家，他还是个会玩的人，买了18台世界顶级名车，还有一艘豪华私人游艇停靠在黄浦江边。

这年轻人是什么路子呢？据说早在1999年，李亮在美国的某次聚会偶遇软银集团老大孙正义，几番忽悠，得到了日本人的100万美元风险投资，用这笔钱，李亮开了一家婚庆用品网站，迅速造势成功后，转手一卖，赚了1.6亿美元。

至于为什么做PPG，这要从他加盟美国著名邮购和网络直销服装公司Land’s End说起了。

李亮发现这家公司一点都没技术含量，相当简单，最重要的是这种“不开设任何线下的门店，不自己生产任何衬衫，用邮购和网络直销就能直接面对客户”的玩法，很对自己的胃口，他就想着回国开这么一家。

2005年，李亮正式在上海成立了PPG。事实证明，这个玩法确实行得通，于是，当PPG大张旗鼓的时候，其他玩家也跟了上来，如凡客诚品（VANCL）、BBS、51衬衫、BONO。

PPG作为领路者，一共经历了三轮融资，获得的资金在千万美金以上，当然，李亮这个会花钱的创业者，花钱的速度和造势的速度一样快。

最后，过快的扩张导致钱不够花的窘况。

他的模式有问题吗？应该没问题，因为就在PPG辉煌的同时，另一个后来者也加入其中，并且更有成长力。

VANCL，作为这年中国最有名的电商头羊，创始人陈年一开始就知道这个模式有多奇妙。陈年比李亮更懂互联网，他发现PPG的广告集中在传统媒体上，却偏偏忽略了最省钱但对于直销网站最有效的网络媒体，后来，凡客诚品的广告都集中在互联网上。

话说回来，正是因为PPG，那些年的广告商们看到了希望，可惜，到头来，他们手里拿到的都是欠条。

所有的一切，都和1999年，李亮办的那个婚庆网站相仿，融资，花钱，做大，转手套现，只是这一次，他没等到最后那一步，说实话，他玩大发了。

## 方兴东的博客（一）

2005年，对于学者型的创业者方兴东而言，永远记忆深刻。

这一年，他带着时人尚不熟悉的博客闯入圈子，整个互联网为之躁动，这也再次印证了此人“互联网旗手”的名号。

而到年末，他却身陷泥潭，关于公司裁员等种种负面流言一时四起，博客领路人的角色到此时演变为概念炒作教父，一切看起来都成为明日黄花，扑朔迷离。

博客确实是个概念，但谁又能说刚出道时的四大门户不是概念呢?

这年初，纳斯达克突现雷霆天案，盛大购得新浪20%股份，这宗大案，真假难辨，最初人们只觉得此乃某个想火的网友在恶搞，因为这则看起来很不靠谱的消息源自某人的博客。

得知此消息的名门正派，那些媒体朋友们，用他们高超的职业素养一致认定——胡说八道。谁都不信如此重量级的一则消息会从博客这个渠道传出——就像高帅富[①]不相信屌丝娶了白富美[②]一样，不合理嘛——然而现实总是充满了惊喜，很快，此事被证明属实。

之后，方兴东一门心思扑到了关于此事的报道中，他带领的博客中国似乎一时之间比三大门户还要风光。

有眼光的人，总会把一个小小的契机无限放大。随后，博客这种全新的互联网产品成为又一个热点，方兴东感觉被某种东西击中了，没错，是幸福：新浪网“名人博客”上线，博客以燎原之势席卷而来。

他所不知道的是，大佬的介入，正是专业网站覆灭的开始，新

---

① 高帅富，网络名词，形容男人在身材，财富，相貌上的完美无缺。这样的男人往往会博得众多女性的青睐，在恋爱、婚姻中获得成功。

② 白富美，网络名词，指皮肤白皙，经济富有，容貌美丽的女生，她们关注健康、皮肤白皙光滑，工作稳定收入高、经济独立且懂得消费，懂得时尚、追求时尚，有品位。

浪博客的红火，恰恰是博客中国走向衰微的征兆。

这就是2005年，这个看似春天的年份，背后无人知道的冷暖。方兴东是一个出色的创业者，他对互联网的走向如此洞明，却无法预料资本与商业力量对于一个概念意味着什么。

没多久，他就深陷各种传言，看上去他本人并未从博客火了的幸福感中走出来，还在勉力强撑，对于传言更是有问必答，他在博客中写道："2005年一年，我们人员增加了5倍，流量、用户和收入增加了10倍。"而且这还只是个开始，方兴东对于博客的厚望，如今看来是又一个过于溺爱孩子的父母都会做的事情，他理所当然地将自家孩子奉为全球第一，"超女就是博客，博客就是超女，简单纯粹，就是我们生活的本身。"

把博客网与当年火爆的"超级女声"栏目相比，方兴东对博客这个孩子的溺爱，可见一斑。

博客中国在这年的发展可谓生猛，尤其在收购中国黄页并获得风险投资之后，方兴东所要驾驭的再也不是最初的那个小米加步枪的小游击队了。

企业快速膨胀的过程，本质上就是改变的过程，一个文风犀利的文人要成为一个见风使舵的商人，谈何容易？

博客中国在圣诞前裁员，几百家同类型网站也活不下去，让人不得不面对根本问题——怎么赚钱？

此题无解，在年末，方兴东对于那些传言再也无力辟谣，疲于应对。事实上，回首2005年，异军突起的方兴东，只赚了吆喝。这个吆喝很大程度上还要归功于那个用身体搏出位的博主，木子美。

木子美已经连续火了一段时间，当然，火爆的原因无外乎"食色性也"，其在博客中国的博文，描写了大量性事。

你知道，这种题材，总是屡禁不止却又经久不衰，每隔一阵子就会有这样的人或事冒出来，这次，木子美因其成名。

之后，这位大胆的女性在写给母亲的一封信中说："既然出了这样的名，我只能承担。"勇气与率真并未消解此后经年未散的争议，不过，此事带给互联网的副作用是，博客以更快的速度进入普通互联网用户的视野了。

之后，木子美跑去德国的国际博客大奖赛当了博客评委，此时方兴东还在吭哧吭哧地对博客中国进行门户化和商业化改造。

客观恶言，木子美凭借博客走出国门，中国的博客却走进了木子美时代。

作为博客的两个标志人物，创业者方兴东在提起博主木子美时也不得不承认：是她让"博客"概念走向大众。不过他又对木子美现象将博客窄化为"网上写日记"大为不满。

木子美在将博客引入世俗的同时，误导了博客的发展方向，让无数网民觉得在网上写日记就是玩博客——事实正是如此，但博客中国决定作出改变，悄悄地酝酿了一次变革，推出了新版。

这下方兴东走上不归路，大家觉得原来写写日记挺好的，你干吗要把博客中国改得像个门户网站？

殊不知，这正是方兴东努力的方向，事实上，如果木子美将博客这个概念低俗化了，那么，方兴东则将此概念庸俗化了，本质上，二者并无区别。

方兴东的商业之举，谈不上错误，但绝对不正确。将博客网站带到门户网站的路上，只能加速博客的消亡。

新版网站真的像一个门户网，分为科技、新知和生活三大板块，内容更多，且面向大众，还提供广告服务，与之前的学术高端范儿比起来，博客不再神秘了，也没什么特点了。

方兴东却"执迷不悟"，他觉得中国市场永远比美国市场大，博客同样，做一个博客门户没错。言之凿凿，自圆其说，投资人感动了，盛大和软银一共给了他1000万美金。

与此同时，木子美在德国这样介绍中国博客——来自中国的博客非常个人化，主要倾向于个人情感的表白，就是网上日记。

方兴东怒了，他说，新版博客中国才不是这种风格。博客将来是要打败门户网站的。

## 方兴东的博客（二）

方兴东是谁?

此人来自浙江义乌，20世纪80年代就读于西安交通大学。彼时，朦胧诗风头正健，大学校园里的年轻人无不为之神伤，时年20多岁的方兴东也是个校园诗人，且非常狂热，用心写了10年诗。

1987年，方兴东读到了那个年代最火的小说，《平凡的世界》，他不想只做一个诗人了，进而想当一个作家。

到1996年7月，偶然机缘下，方兴东开始撰写互联网文章。

如此看来，这人是个“喜新厌旧”的家伙，见一个爱一个啊。从涉足互联网开始，方兴东就爱上了这个新玩意，曾经十多年的写作锻炼，令其关于互联网的文章栩栩如生，还被《南方周末》冠为中国的“网络旗手”。

到了1999年，他以一篇对微软的批评以及提出的信息时代“知识霸权”概念，成为IT专家，关于互联网有啥动向，问这个曾经的文人即可。

三年后，越写越敢写的方兴东逐渐碰到了当今公知们的难题，他写的很多东西都被删帖了。他很焦虑：“我要的不多，只要能给我一个空间，让我自由发表言论。”

干吗不自己做一个呢？在那儿我是地主，我想写啥就写啥，正好有个朋友介绍给他一种个人平台，就是博客。

2002年8月，博客中国上线，刊发《中国博客宣言》，之后的努力很快有了成效，博客中国的访问量急速增长。一年之后，日均访问量就达1万，再后来，就是木子美成名，博客中国几度因访问量过大而瘫痪。

要扩大阵地必须盈利，必须商业化，但是到底怎么商业化，方兴东似乎走错了方向。

此时，经常去博客中国浏览的软银亚洲投资基金合伙人羊东起了“贼心”，他给方兴东发了一封电子邮件。久旱逢甘霖啊，双方一拍即合，仅仅一个月后，软银亚洲注入50万美元，博客中国正式商业化。

谈到盈利模式，方兴东说：“主要有三个方面，博客广告、移动博客及博客增值。”

2005年7月7日，博客中国更名为博客网：“我们改用了更简单的域名。从发音上，Bokee也更有Google、Yahoo的风范。”

接着，博客网从盛大和软银获得了千万级美金的风险投资。方兴东说：“我们的下一个目标是力争成为全球第一家在纳斯达克上市的博客网站。”

后来的事情，大家都知道，新浪博客越来越火，方兴东很快就“壮志未酬身先死”了——这个圈子里，归根到底还是“大而全”的天下，专业网站要分一杯羹，注定是一晌贪欢。

## 王微的土豆

先说两个后话：第一，王微离婚涉及巨额财产分割；第二，土豆与优酷合并。

从这两件事，可以得出一个结论：土豆网的创始人王微，不是吃素的……闹得沸沸扬扬的故事，王微不为所动，该上市还是要上市，该融资还是要融资，只不过，谁也没想到，不该合并的，他竟然合并了。

关于优酷与土豆合并，坊间编了诸多段子，以此来调侃此事的不可思议与阴差阳错，其中最有名的段子是这样的：优酷总裁古永锵晚饭想吃土豆，就告诉秘书：帮我买土豆。5分钟后秘书说，老板，土豆买了。古永锵随口问：买了几斤？秘书一惊：什么几斤？

段子很好玩，对这个故事的蹊跷也作了淋漓尽致的挤兑。回到王微个人身上，此事之所以令人大出所望，是因为就在合并前不久，王微对优酷的评价是“害群之马”，并指其侵权土豆，而优酷也不示弱，指责土豆盗播优酷的节目。你来我往，唇枪舌剑，不亦乐乎。

到如今，冤家对手成了一家人，商场之波诡云谲啊，呜呼。事实上，双方的合并本身确实是一次互相疗伤的过程。

2011年优酷净亏1.72亿元，土豆更惨，净亏5.11亿元。[①]

土豆网上不上市，都改变不了视频网站亏损的窘境。

即使合并之后，盈利模式还是没有，古永锵这位优酷掌门人，能做的就是把贴片广告从15秒加长到40秒，还推出了一部分收费视频，可惜，互联网盘子是免费的，愿意付费又孤陋寡闻不晓得如何获取免费资源的网友只是少数。

与此同时，优酷这种纯粹的视频网站要面临大佬们的围剿——搜狐视频高清频道上线；百度旗下的视频网站奇艺上线；腾讯视频上线；新浪视频有直播重要体育赛事的财力。

看起来，和前面说的方兴东一样，优酷这个专业网站也有可能被“大而全”的门户大佬们吞掉。

毕竟，这个圈子是需要砸钱的，其中最重要的就是视频资源的版权费用。竞争最激烈的时候，一部电视剧没有几千万元是买不下来的。

不过，卖掉土豆之后，砸钱的问题，王微不用烦恼了。

---

① 视频江湖，谁主沉浮[N].钱江晚报，2013-03-19.

八卦一说完，再说八卦二。

杨蕾是上海文广新闻传媒集团的美女主播，她和王微在某次大学同学聚会上认识，郎才女貌，十分般配，当时的王微刚刚起步，土豆网的第一笔投资——IDG的50万美元刚刚到账，王微需要媒体圈的朋友。

于是，双方互取所需，坠入爱河。

此前王微已经有过一次失败的婚姻，但是杨蕾don' t care（不在乎），她和王微看对了眼，颇有相见恨晚之感。

可惜，王微这个互联网创业者，和其他同行一样，喜新厌旧。

短短的婚姻宣告破裂，办理离婚手续期间，土豆网迎来了最大一笔融资——凯欣亚洲、洛克菲勒财团旗下Venrock创投、IDG和纪源资本的近5700万美元，而杨蕾拿着王微给的十万元净身出户，正常人都会这么想——凭什么啊？我亏不亏啊，反正撕破脸了，打官司吧。

闹了两年之后，两人才正式离婚。

十万块想打发一个老婆，显然是一个身家数十亿元的老公异想天开了。

八卦是没有真相的，创业倒是有据可查。

2005年，王微创办土豆网，还是个十足的互联网菜鸟，土豆5人团队也不过如此。春天还没过完，王微和他的开发工程师，大眼瞪小眼，看着编好的网站，犹豫能不能正式上线，工程师说，“还有好几个Bug（漏洞）没修。要不再等等？”

这时，5个人的创业团队已经照着王微“一个简单的idea（点子）苦干了三个月”，陈士骏的YouTube还没发布，他们无可山寨，王微扪心自问：如果全世界只有我们几个没日没夜地忙活这事，我们是先行者还是傻瓜？这事儿，没准是极其愚蠢的事？我们的idea是完美的吗？我们的产品能有人来埋单不？这些目标用户到底在哪里？咋找到他们忽悠他们呢？

想再多也没用，算了，“发布吧，我已经付了800块钱的新闻通稿费了，不能退款”。

土豆上线几天后，IDG的高翔找上了门，首次见面，两人聊了整整一天，喝了若干啤酒，再之后，王微去了IDG，和投资机构的真正大佬们聊了一会儿，人家觉得这个点子有戏，先后给了四次钱。

六年之后，土豆网跑到美国上市，在上市之后短短三个月内，新浪入股，与乐视战略合作重点发力国内影视剧，大批引进独家剧和海外剧，与中国电信独家推出上传加速8倍等平台升级举措提升用户体验——可是，那个问题犹如毒瘤，王微无法视而不见，公司始终找不到盈利的办法。

又一年，与优酷合并。

现在，他应该轻松了，老婆也离了，公司也卖了，他有钱又有闲，钻石王老五。

王微是文艺青年，自称“每天都会有时间看书，我不觉得时间紧迫到没时间看书的地步，每天去上班大概有40分钟，随手就可以看书。”

对待创业，他有着一般屌丝无法拥有的闲适，大概因为他聪明吧——“我觉得时间很多，每天我的工作可能至少九个小时，其中吃饭一个小时，每天睡六到七个小时，差不多还有六七个小时……”

## 杨勃的豆瓣

王微自称文艺青年，但江湖中人都明白，对于一个商人而言，文艺、普通、二，都只是附属标签，就好比一个武林高手会唱歌，大家更愿意叫他歌手，倒不是揶揄、挤兑，而是这个附属标签比真实身份更容易拉近距离，说白了，通过调侃接地气，何乐不为？

但是圈子里不乏真正的文艺青年，好比文青扎堆的豆瓣网，普通青年根本不会玩。显然，文艺青年的玩法是与众不同的，而创造这个网站的人，不用说，当然是文艺青年。

杨勃是陕西人，1989年，清华大学物理学系毕业之后，他选择出国留学。之后，在美国前后待了11年。那个年头，是美国互联网产业逐渐商业化的过程，当然，远在东方的祖国，发生的很多事情比美国甚至更动人心魄。

就在这样两个端点之间，杨勃慢慢地养成了美国中产阶级都有的生活习惯，喝咖啡、阅读、旅行，直到2000年，他回到中国，这种习惯已经成了他的生活。

看看杨勃，你会发现全世界通行的IT青年专属形象——休闲西服，牛仔裤，沉甸甸的双肩背包，用得脱了漆皮的苹果电脑……

咖啡馆，则成了他首选的工作场所。

回国的一个重要机缘则在于，他不想做一个循规蹈矩的上班族了，他想创业。时至今日，我们仍然能看到关于他首次创业的报道，短短一段话，却极尽溢美之词，甚至将其赞为："在中国的物流革命中实现财富的光荣和梦想。"

光荣与梦想，说得多好。可惜他们失败了，创意有很多，现实只有一种，要么生要么死，如果非要给出一个答案，或许是，运气不够好。

他为什么要创业？报道里说得很明白，为了财富。但又不仅如此，杨勃这位文艺青年，在读大学的时候，也未曾关注过国家、政治这些火热的概念，他爱读书，也爱课本，他是个标准的好学生，一度想当个科学家。

到美国以后，看到梦想中的科学家也许不过是终其一生只做一件事情的普通人，他动摇了。出生于1969年的杨勃，很幸运地在30岁之前想清楚了自己要什么。

他要自由，但是，首先要解决吃饭问题。

加州大学毕业之后，加入IBM，他回忆那并不惊天动地的中产生活："在IBM工作5年以上的人，我能一眼认出，因为他们脸上都漂浮着慈祥的微笑。"你可以理解为他们过得很好，也可以理解为他们已经把全部生命献给了手到擒来的熟练工种，他所在部门做的事情全世界不超过10个人，应该说，是绝对的前沿技术。

虽然是尖端，但是很显然，昨日几何倍增的尖端行业的领路人，却早已被时间遗忘，被历史遗忘。杨勃很幸运地逃离了这个朝生暮死的尖端圈子，要说有收获，拿到国内就翻番的美金大概是最实在的。

在北京国贸的星巴克，杨勃的清华老同学告诉他，现在你回国，不创业又能干什么呢？此话有理，紧接着，这位同学告诉他，加入进来，一起干。

可惜，这家企业在四年之后就归于尘埃，对这份创业记忆，美好的东西不多。但是创业这条路，对这个圈子而言，基本和上班一样，久而久之，也成了标配。杨勃本来想着创业失败再回美国去上班，回去待了一阵，发现不行，吃过肉的人再让他吃素，一般人受不了。

那就接着创业吧，这次，认真干，只给自己干。

杨勃重新回到北京，住在朝阳区的豆瓣胡同，每天背着电脑去附近的咖啡馆写程序，他要做一个网站，文艺青年的网站。

这是2005年，春天，阳光明媚，寒风劲吹。

他一个人就建了这个网站，江湖人佩服他，说他让豆瓣网变得小清新，而且豆瓣网没花一分钱做推广，就已经成为投资者青睐的对象。不知道是不是因为大家觉得他能把"物理"读到博士，也很不容易？

豆瓣网如果花钱做推广，那就不是豆瓣网了。杨勃就像个小老板，梦想开一家店，不需要所有人知道，只接待志同道合的朋友，这种事情，需要淡泊名利的出发点，以及不需要什么成本的运作。

“我觉得用2.5万美元差不多就可以做出一个雏形来。我自己的钱都砸在了快步易捷里头了。”开始写豆瓣网站程序后不久，杨勃就找人投资，虽然是小本生意，自己的钱还是不够花。

当然，说是投资，今天看来，也就是“借钱”——梁文超投了1.5万美元，他的一个同事也投了1万美元。梁文超是杨勃在清华大学时的舍友，当时梁正在硅谷工作。

二人口头约定，1年后可以选择让杨勃还钱，或者转换成相应价值的股票。

2005年年底，梁文超和他同事的“借款”最终换做豆瓣的股票。按照约定，此时豆瓣的估值不到70万美元。

接下来，第二轮“融资”也开始了——原本想融资10万美元。杨勃觉得用不了，就只要了6万美元。

为什么他们找钱如此容易？这就是圈子，早在杨勃2000年回国做“易步快捷”时，就找过投资人，在圈子里混熟了，没事常联系，有事谈生意。

当时杨勃跟陈一舟也接触过，他希望陈以个人名义投资，陈则倾向于以千橡集团的名义投资，个人好说话，牵扯到公司就复杂了，最终无果。

在网站正式上线1年之后，赶上又一个互联网圈钱的高峰，这年，方兴东的博客中国融资1000万美元，奇虎融了2000万美元，千橡融到近5000万美元，土豆也斩获850万美元……相比之下，豆瓣网的200万美元风险投资显得无足轻重。

不管从哪个角度看，杨勃的豆瓣都是小本生意，这在电商圈子，甚至是互联网圈子里都是比较踏实的事情，这个圈子嘛，你懂的，烧钱烧死的企业满坑满谷，踏实做事，慢慢发展的，少！

杨勃比张朝阳、丁磊、陈天桥的年纪都大，他的名气却没法和那几位相提并论，然而作为一个创业者，他有着其他电商身上没有的那种地气，令人顿生好感，就像他的网站——低调、简单，文艺范儿，自给自足，永远没什么野心，但永远怡然自得。

## 贴吧：超女之年

若说杨勃算是老兵中的新人，那李彦宏绝对不是新人，但这年百度贴吧的忽然崛起，让他做了一把创业者，也似乎找到了摆脱恶意竞价排名的新途径。

百度贴吧其实是将BBS进一步细化的主题论坛，因为超级女声，因为李宇春，贴吧火了。

超女选秀与百度贴吧有什么关系？有趣的是，当时超女事件在天涯也非常火，为什么最后成为“现象级”的是百度贴吧？

经历过那一年疯狂记忆的人会心有戚戚，没经历过的，听完八卦也该明白了。

超女之所以火得那么吓人，并在其后催生了一系列选秀节目，甚至惊动了“党中央”，令广电总局下令限制选秀节目，并非偶然。

背后的推手千千万，大家一起做了这场秀，在互联网圈子的推手中，百度功不可没。

超女成功的原因在于，它是一场全民选举，它满足了草根变凤凰的梦想，只要你投下手中的一票，你青睐的候选人就有获胜的可能——这也是为什么当年李宇春登上了《时代》杂志封面。撇开背后的政治寓意，单说这场秀，在游戏规则上，和百度贴吧很像。

贴吧也是如此，你挖个坑，你就是这个坑的坑主，其他人再回帖都是你的粉丝。所以，超女和贴吧都是为草根而生的，并且都传达出一种心理暗示——平凡的小人物成为众所关注的焦点，只需动一动手指，敲一敲键盘——呃，话说方舟子不也是这么干的吗？

这一年，超女的粉丝投票都用手机，人手一机，人手一票，他们发动亲友，把手机抢过来，给心爱的春哥[①]们投上珍贵的一票，甚至有狂热的粉丝还跑到闹市上为偶像拉票，这简直有点西方选举的味道了。

当然，在互联网上他们也没闲着，上百度，搜“李宇春”，咦？原来百度里有现成的粉丝团，这就是主题贴吧。

苦于在现实生活中知音难觅，远隔千里，到了贴吧上，终于欢聚一堂，于是，贴吧火了。与超女有关的贴吧，回帖满员，大家就跑到别的选手贴吧里，试图策反——娱乐圈里的弱智游戏，在互联网上看起来却如此生动，因为他们不经意间把这个圈子弄活了。

有的网友说，我很感动，互联网这个平台，也许真的会改变中国。

时间回到2005年，选秀组织应该是地球上最无组织无纪律的选秀团，他们没有统一的活动，只是四面八方聚集到互联网上的不知年龄也不知性别的符号，但他们俨然打造了这样一个有关平等与民意的气场：评委就是网民的回复。

拉票和投票，这是超女命运的关键，他们现场发挥的重要与否是一方面，另一方面则取决于粉丝团在比赛之后发动的手机投票是否得力。每个李宇春的粉丝，背后都是一个粉丝团，亲友、亲友的

---

① 春哥，代指女歌手李宇春，因李宇春外形中性，性格爽朗，某次随湖南电视台去乡间参加活动，被当地住户笑称为“春哥”，此后在互联网上被广为传播。

亲友、同事……

与普通的社区BBS都具备的互动功能相比，贴吧有一个更明显的属性——以搜索为入口。这得益于百度的老本行，搜索引擎，如此一来，只要搜索“李宇春”，就能进入主题贴吧，在贴吧中又能细分成无数个有关的话题，能聚能分，充分社会化。

贴吧的火爆，给百度带来的实际好处是，有了更多的渠道去做广告，也有了更广泛的群众基础，在各个地方，大家可以本地名称建立主题吧，然后发一发牢骚，爆一爆猛料，实际上是一个分类的主题论坛。

只可惜，后来的新浪微博一出，“贾君鹏，你妈妈喊你回家吃饭”①这样的贴吧语录再无市场。

## 年度语录与段子

清明节到了，昨晚我和家人一起下楼烧纸钱祭奠祖先，留我妹看家。一回来妹就跟我说：“哥，刚好几个人在网上跟你说话，我都帮你回复了！”我很好奇地看了一下消息记录——天啊我老妹居然给我回：“对不起，我哥不在了，除非我去帮他烧纸，不然他没法上来跟你们说话。”

——电商圈子里的阴差阳错与各种误解，不也与此相仿吗？

① 2009年7月16日早上10点59分，在百度“魔兽世界”贴吧里出现了一个只有标题的帖子：“贾君鹏你妈妈喊你回家吃饭”，在短短一天之内创造了710万的点击量和30万的回帖数，迅速成为互联网热门话题。网友称，这句话让人回想起童年时代，妈妈在院子里叫那些在邻居家串门的小孩回家吃饭的温馨。

# 分封王侯（2006）

“在美国，排名前十的电商零售商只有亚马逊和ebay是纯粹的互联网公司。”[1]这话很有意思，细想一下，如果把电商的概念窄化为零售商、互联网公司，中国内地似乎也不多，京东、当当、卓越这三大巨头共分春色。但是如果把圈子扩大一点，只要一家企业有在线销售渠道，就归入电商，情形立刻就不同了，简直可以用繁花似锦来形容。

互联网从诞生开始，谁都知道这是个好东西，但商人们想从中牟利，除了坑蒙拐骗之外，似乎没有别的办法。直到电商出现，虽然骗子依旧，但好歹有人拿模式说事儿了。

发展到2006年，各路诸侯分封领地，电商三座大山正在一步步瓦解，信用和支付，有阿里巴巴全额赔付与支付宝扛鼎；物流方面，中通、圆通、申通三位“佛界大师”一起发力，民营快递业野火燎原。受此影响，渠道与模式开始渗透，都不愿守着自己的一亩三分地了。

大张旗鼓之下，看起来，很美。

## 江山初定，封神演义

那些年，命中注定，他们早已排好座次，水泊梁山一聚义，从此电商一家人，幸福是各自的，不幸是大家的——这个圈子，太逗了，太苦了，西西弗推巨石上山，永无止境。

---

① 急功近利阻碍中国电商超越美国[N].北京商报，2011-11-16.

**卖百货——京东、当当、卓越、天猫、1号店**

电商，就是要人无我有，人有我优，人优我贱……

京东商城：刘强东创立，从1998年的京东公司，到2004年正式进军电商，之后短短两年内声名鹊起，圈中首猛，当属京东。

当当网：单位干部李国庆，海归女俞渝，夫妻创业，1999年成立，圈中号称“全球最大中文网上图书音像商城”。近日传出巨亏消息，唉，曾几何时，人家也没说过不亏啊，你们这些圈外人，瞎操心。

卓越网：金山富二代雷军创立于2000年，四年之后，以7500万美金卖给全球电商老大亚马逊，雷军等一干人弹冠相庆，大醉三天。真的商人，信奉的唯一准则便是——我卖了一个东西，赚了一笔钱。

天猫：2012年1月11日，淘宝商城正式宣布更名为“天猫”。拥有4亿多买家，5万多家商户，7万多个品牌。马云还是马云，淘宝还是淘宝，再改变也是只提供平台，不做买卖，不建物流——财大气粗的另一种玩法，不过如此。

1号店：2008年7月11日，正式上线，这是中国电商的第一家网上超市。两位创始人于刚、刘峻岭（前戴尔公司全球副总裁），目前已获得沃尔玛投资。

**卖家电——国美网上商城、苏宁易购**

传统商家上网吆喝，而且是靠价格战起家的家电连锁巨头，还有比这更靠谱的电商吗？

国美网上商城：2011年5月25日，国美电器网上商城正式上线，一年之后，喊出价格战，并声称要让京东商城看一看，什么才是真正的价格战，江湖上血雨腥风，一触即发。

苏宁易购：2009年8月18日全新升级，面对价格战，观察者说，市场格局形成之前，价格战是电商必修课。然而，苏宁自己未战先输，副总裁李斌说：“电商的产品价格一定会便宜，其实这是个谬论。这二者是不同的零售渠道，按照正常的商业模式，其价格应该持平。”

弱爆了，好吗？

**卖平台——淘宝、赶集网、58同城**

聪明如他，怎么会不知道这圈子里的水有多深？一不小心就会淹死，所以，带上游泳圈，带上氧气瓶，始终轻盈，始终浮在水面。

淘宝：电商圈中的“轻资产”公司，只提供平台，不做买卖，不建物流，试图建设脱离中国实体商业环境的乌托邦，将信用、支付当做看家宝，甩掉物流这个大包袱，圈中奇人，马云、马云。

赶集网：2005年创立，四人创业组为清一色的海归，姚晨代言，网站盈利模式不明。

58同城：与赶集网的关系就像可口可乐与百事可乐、麦当劳与肯德基，基本没有区别，也创立于2005年，创办人名不见经传，毕业于中国海洋大学的姚劲波，对资本游戏更加热衷，游戏模式：融资，烧钱，上市，套现。

**卖专业——红孩子、快书包、麦包包、好乐买、乐淘、开心人**

最苦逼的一群人来了，他们是电商圈子里的“丐帮”，既没扛大旗谋虎皮的胆识，也没纵横八方口若悬河的演技，他们划定一小块蛋糕，想美美地当上一会儿寿星，可惜，这个圈子暂时不过生日。

红孩子：2004年成立，被称为特殊的电商企业。为什么特殊？刚开始，企业注册资本为200万元人民币：四个创始人各掏腰包若干，过了四年，纷纷离开公司，仅剩的最后一位创始人、CEO徐沛欣，也被公司内部人士觉得已经淡出管理层，不管事了。这年，该企业处于“套牢投资人”和“寻求出售”的流言中。

快书包：上线于2010年6月9日，推出“一小时到货”服务：“限时送”、“定时送”配送服务，运费全免。当然，送货区域有严格限制。这种玩法不新鲜，属于炒冷饭，目前处于赚吆喝阶段。

麦包包：叶海峰创立于2007年，直销箱包，他以前在阿里巴巴做箱包外贸生意，后来借助外资著名皮具箱包集团的投资，从而独立经营。旗下拥有多家工厂，属于吭哧吭哧辛苦劳体的制造业，价格有优势，品质有保障，前景无限，品牌较为山寨。

好乐买、乐淘网：先后成立于2007年、2008年，前者由鲁明与李树斌联手创办，后者由毕胜创办，主要直销正品鞋。然而价格依旧昂贵，不具备价格优势，基本上属于没有租金的大型鞋店，品种也较为有限，盈利模式不明。

毕胜甚至苦不堪言，电商就是个骗局，自己入错了行——嗯，不能说实话啊，孩子，果然入错了行，干电商的，那得三头六臂，能说会道，怎么能说实话呢？

开心人：创立于2002年8月，是一家有实力的医药连锁企业，经过七年之痒，终于在2009年开通在线卖药这一电商壮举。有渠道、有价格优势、有资质、有规模，开心人网上药店，只此一家，别无分号。苦不苦，累不累？反正一般叫“开心”的都不咋开心，保守评定吧，这家电商，至少有勇气、有诚意，并且知道，价格与专业是自己唯一的优势。

**卖服务——e龙、携程、去哪儿、起点、世纪佳缘、智联招聘、51job、中华英才网**

价格、价格，还是价格，旅行网站为啥有戏？因为机票便宜，旅店预定也便宜，而且方便快捷，有戏。

文学网站赚点击，爱听瞎话的人很多，编故事的有活路。

婚恋网站，不是长久之计啊，单身剩男和剩女总会嫁娶，也总会对KTV选台式的网络相亲腻歪的。

招聘中间商，想收费？先垄断再说。

**卖内容——新浪微博、China Ren、人人**

此事休要再提，谁说人家是电商我跟谁急，这些内容类网站，在移动互联网变得像洗衣机一样普及之前，永远不要指望赚钱，永远。

**卖虚拟产品——QQ、视频网站、游戏代理**

真正赚钱的是这些家伙，有黏性，有内容，有不可复制的功能，而且一家独大。其中，视频网站的盈利模式较为低级，最开始，部分视频开头有五秒钟广告，到后来，所有视频都有了五秒钟广告，时至今日，所有视频都有了四十秒广告……照此下去，用户很有可能看十分钟广告，再看十分钟内容，再看十分钟广告，整个一电视台的轮回。

话说回来，电商本来就没什么合理的盈利模式，只要有钱赚，何谈模式优劣？

游戏代理商最直接，要想玩，先交钱，简单粗暴，公平交易，实在是电商的楷模，网络的典范啊。

**品牌直销——凡客、小米**

有厂无店，网络营销。品牌直销类电商，目前来看，是最成功的圈内中坚力量，他们肚子里有货，袋子里有钱，面子上有光，看好他们。

凡客诚品：2007年，陈年创立。生生地靠着口碑和服务野蛮生长起来的B2C电商，定位准确，老板有品位，懂互联网，懂营销，踏实肯干，又有PPG的前车之鉴，圈中牛人，无出其右。

小米科技：2010年，陈年的老朋友，电商圈里唯一的商人，雷军，“收编”了一个业务团队，进军移动互联网，首个创举便是“做手机”。雷军会做生意，眼光好，懂得用户体验，手机做出来之后，全部通过互联网销售。

两年后，宿敌周鸿祎再次发动“战争”，狂骂小米，目的正在于给一个月后360的特供手机上市做铺垫，只可惜，成也周鸿祎，败也周鸿祎，所谓的特供手机，无论硬件提供商是华为、还是海尔，须内置诸多360软件，这令人联想到曾经风靡一时的山寨机，内置QQ、斗地主、炒股软件……

**团购——美团、拉手网……**

团购，基本上可概述为“残次品狂甩大杂烩”，比价格，淘宝更便宜，还是收货后付款；比品质，拼不过B2C自营类电商；比服务？别闹了，团购的产品，服务员都对你另眼相看，别挑三拣四了，您花了那么点钱，还想要啥样的服务啊？

所以，团购网站，如果找不到用户不可替代的必须团的理由，比如这种产品这个价格只能在团购网上买到，或者花更少的钱能享受到更尊贵的服务（怎么可能），那么，结果只能是——死路一条。

**行业网站——阿里巴巴、慧聪网，以及一系列行业联盟网站，如华人螺丝网、中国糖酒网、中国开关网……**

行业网站是传说中的电商，与专业网站有类似之处，但受众完全不同。行业网站定位于某行业从业人员，专业网站定位于只卖某类产品，但受众不限制——你懂的，行业网站有点垄断的味道，专业网站有点“苦逼”的味道。

**异类——网吧管理员李兴平打造导航网址hao123**

1999年，年仅20岁的广东小伙李兴平在老家的网吧里当网管，生于草根，长于草根，只有初中文化的李兴平几乎出于本能，将一些站点搜集到一起，整合分类，做了个页面。

如此一来，没接触过互联网的人只需要打开浏览器，就能方便地通过中文名称找到想去的网站。李兴平不经意间制造了一个小小的神话——这个命名为hao123的中文网址导航主页，本身就是其后众多浏览器主页。

李兴平也因此发了横财，从刚开始靠广告点击的几百元分成，到三年后的每月固定近百万元广告收入，直到2004年被百度以千万元收购，他成为电商圈中独一无二的异类。

## 电商到底是谁?

彼得·德鲁克说，未来企业的竞争不是产品和技术的竞争，而是商业模式的竞争。

这话确实没错，不过，模式就像个魔方，玩魔方最出色的人，往往脑子不同常人，模式赚钱固然好，但股神巴菲特却道出了另外一个秘密——我只投资那些看得懂的、扎扎实实的传统企业，比如可口可乐、吉列、联邦快递……

这么看来，电子商务是玩家的天堂，言必称模式，他们天马行空、活力过剩，对模式的热爱甚至超过了对行业本身的忠诚，这是特点，同时，也是致命的弱点。

就像音乐圈中人，如果过于执着地表现歌唱技巧，那他多半会成为音乐系教授，而不是流行歌手。影响力最大的歌手，永远以那些普世、恒久的情感作为主题，而不是常人并不知晓的音律与节拍。

电商的矛盾也在这里，他们热爱创意，疯狂地追寻模式，同时又想成为能够盈利的商人，不客气地说，想得太美了。至少，在中国内地这个平台上，要实现这个理想，需要的因素太多，最重要的就是人这个因素。

电商本身不难理解，一共就四种：

1. C2C（个人对个人交易），以淘宝为代表。

2. B2B（企业对企业交易），马云的阿里巴巴正是此类。

3. B2C（一个电商平台把货卖给很多消费者），京东商城是不二之选。

4. C2B（团购网站正属此类），把若干零散消费者聚合起来，从而达到人多价低。

这四种电商的模式，各有长短，虽然他们都号称电商，但是如果说到盈利，恐怕戳到了痛处。一方面，电商要盈利本身就是个难题，需要有极强的耐力；另一方面，回到开头的那个问题，中国内地的电商要面对的首要因素是人，创业者、投资人、消费者、政策制定者与执行者，都是需要权衡的极为复杂且具有中国特色的人，缺一不可。

俗话说，做电商难，做中国电商更难，做中国内地电商，难上加难。

那么，有没有投机取巧的方式？有，不要做那么纯粹的电商，打打擦边球，还是有利可图的，而且立竿见影。

只举一个例子，小米手机。

电商这个概念本身就有广义与狭义之分，就像我们在本书开篇中所言，广义来说，只要采用互联网渠道销售，就可以称为电商。再细分的话，则有纯粹电商与不纯粹电商两个领域。

以小米手机为例，它是一家有代工厂的制造企业，但所有产品都通过互联网销售；无独有偶，小米创始人雷军的老朋友陈年，也采用了相同的模式，凡客诚品也是一家通过互联网销售代工厂产品的企业。

有人说，把这种企业称为电商，或者他们自认为是电商，并非好事。他的类比论证看起来很可笑——苹果公司每年通过互联网获得盈利达十几亿美金，但苹果绝对是制造商，电子商务只是一个渠道而已。

这位兄台大概忽略了这样一个事实——小米、凡客诚品从一开始就没采用过其他的销售渠道，如果这样的企业不能称为电商，那就没有电商了，京东商城也可以自称为以网络为销售渠道的零售企业。

这不是胡搅蛮缠嘛。

不过这种论点也说明了电商的问题：要想降低风险，加大利润空间，小米、凡客诚品这种“不纯粹”的电商是行之有效的方式。

讨论这个问题不是要给电商正名——是不是电商都没关系，重点在于，通过互联网这个渠道，商家能在免费的互联网盘子上创造一种更高效、低成本的商业运营方式。

这就是未来的必然趋势：电商，将成为商业的标配。

很好理解，想一想三年以后，如果制造企业不能把自己的商品放在网上销售，那它就不止是不够时髦这么简单了。

出于这样的考量，马云曾发出“天下最终无电商”的感慨。这话意思就是说，将来，只要你是商业机构，你就是电商，彼时的电商不再是一种特别的身份，而是一种行业标准。

一旦变成事实，现有的纯粹电商企业，诸如京东、卓越亚马逊等企业又会怎么样呢?

那很有可能将是类似于团购的C2B模式，有可能就是顾客通过电商平台与产品提供者直接议价，从而达到薄利多销，双方共赢的超爽商业体验。

这就是电商的将来。

## 地头蛇出头

中国电商，苦则苦矣，但在这地界上，想要不苦不痛站着挣钱的，都没了，连Over（完蛋）都谈不上，就那么消失了。

这也是中外企业交锋的并不长远的历史中，唯有电商圈子赢得干净利索的唯一理由：淘宝与ebay、新浪与雅虎、QQ与MSN、百度与Google。

你看，胜利的都是本土企业，他们伤人一千，自损八百；他们百无禁忌，饱受非议；他们是地头蛇，通过他们可以读懂中国……

**第一幕：淘宝击败ebay**

在永远年轻的马云心目中，梦想从来不是空谈，这个有着文艺青年理想、二逼青年语气、普通青年做事方法的三合一老男孩，从淘宝击败ebay的这年开始，成为电商圈子里的教父。

中国的电商竞赛中，最富有传奇色彩的交锋正是马云的淘宝写就——当年，ebay易趣有着全球最大、如日中天的名号，并且占据了九成以上中国内地市场份额，然而短短两年，淘宝便以后起的本土企业之名，抢过江山。

马云不是战争狂人，但他所处的行业，不战则死。前面我们讲过，马云为了激励他的小弟们，像一个传销狂人，还跟大家玩倒立，后来，这种做法被观察者们称为“倒立者赢”——有点小狂傲，小粉饰，倒也符合结局，人家确实赢了。

2006年，ebay易趣虽然不再是邵亦波的战场，但这家被国际巨头收编之后的电商依然不失大佬本色，不仅独占了90%的C2C市场份额，易趣还与所有大型门户网站达成中国电商“马其诺防线”——以新浪、搜狐为代表的大型门户网站，除了易趣的广告，不许投放其他类似电商广告。

斗争就是这样，你死我活。

迫于无奈之下，淘宝在起步阶段，不得不跑去央视投放电视广告。在互联网这块主战场上，淘宝网走的是“农村包围城市”的策略，几乎全在论坛和中小型网站上推广。没想到，这招儿还真管用，通过发动各个论坛有影响的发言者为淘宝呐喊，不断制造话题，各种小型活动也在开展，像极了“小米加步枪”。

一批稳定和热情的早期用户就此积累，接下来，马云的江湖关系也帮了他的忙——还记得《天下无贼》吗？淘宝网的广告植入其中，影视剧植入广告此后成为潮流，与电影圈好友们联手，更让马云在多年后成为电影投资人。

要说彻底击败对手，当然不仅靠这些轻武器，淘宝的“核武器”研发出来之后，易趣彻底没脾气了，这就是支付宝。

当时，阻挡网民大量使用C2C电子商务的三座大山，信用、物流、支付，前二者已经缓解，唯独支付是个麻烦事儿。中国用户没有国外消费者那么便捷成熟的信用卡或网络支付的环境，刷卡还不普及，因此支付宝这个在线支付平台一经推出，颇有当年“打土豪分田地”赢得民心的快感，支付宝只需开通即可，再通过在线转账即可充值。另外，支付宝支持收货满意之后再确认付款，相当于淘宝网替买卖双方做了“介错人”①。

再看易趣，对淘宝的这些行动，无能为力，虽然易趣有美国人出钱出力，但就是打不过淘宝这个土包子。

易趣采用的反击手段就是砸钱，增大广告投放量，基本上打开新浪网页，就能看到易趣的弹窗广告。另外，易趣在当年最擅长的事情就是不断更换广告公司。据说，易趣在与淘宝竞争的过程中，最关键的一年，竟换了三家广告代理公司。

唉，可怜的易趣，穷得就剩下钱了——他们也知道网民的使用障碍在哪里，却无法推出一个支付宝；也许他们也明白与网民互动的直接性，可是向国际总部申请8个月才能获得回复……

易趣，与其说被淘宝干掉，不如说自己把自己做死了。

事实上，易趣的东家ebay之所以傲慢，是因为它一诞生就是收费的，所以姿态很高。

这就涉及除了支付宝、“小米加步枪”、“游击战”之外最核心的部分——收费还是免费？如果说支付宝是核武器，免费就是“解放区”——这里充满理想主义，天是蓝色的天，人们互敬互爱，表示毫无压力。

---

① 在日本广泛流传的自杀方法“切腹”中，那位被找来作为切腹者助手在最痛苦一刻替其斩首的人被称为“介错人”。介错人一般是剖腹自杀者的亲友。武士如果战败但输得光荣，对手可能会为了向其勇气致敬，而自愿担任介错人。

我们早已知道，从开始做淘宝的时候，马云就说，三年内不许盈利，2006年前后的中国C2C市场远非该不该收费，而是怎么让用户尽可能多起来，用俗话来说，还没学会走呢，就想飞，真是异想天开。因此，广积粮、高筑墙才是当务之急。很显然，跟试图通过收购易趣来中国坐享其成的ebay相比，本土电商马云更懂得中国?

实际上，不仅电商靠这招击败外商，在中国市场的很多行业中，本土企业家都懂得运用这招：柳传志高举民族品牌大旗击败了众多国际电脑公司；张瑞敏、倪润峰也在此起彼伏的价格战中用民族牌打败了众多日本家电公司；在2000年前后的饮料食品行业，娃哈哈宗庆后则靠城乡渠道的创新，取得了让人骄傲的业绩。

你看，大家的策略无非这几种——民族主义、价格战、农村包围城市。在互联网这个圈子里，你也能发现这些东西的影子。

至此，淘宝完胜易趣ebay可以总结为“游击队打败了正规军”：

其一，淘宝的技术很好，而且很富有中国特色。

其二，ebay易趣在竞争中效率太低，大公司都有这个毛病，直接导致淘宝速胜。

这也解释了为什么很多互联网公司被美国人收购之后反而加速灭亡，因为他们不懂中国。

**第二幕：新浪走起，雅虎淡出**

秋冬交替，万籁俱寂，全球IT市场很低迷，而中国各大门户网站却喜讯频出，这事儿也不怪——这是中国嘛，风景这边独好，你懂的。

在这年的三大门户网站对外营收公报中，新浪一马当先，优势明显，甚至在全球排名也升至第7位，为中国网站全球排名截至当时的历史最高记录。

新浪的掌权派们说，新浪要实现永续经营，成为一家百年老店；在大家都还吃不饱的时候，花钱去听一场高尚的音乐会是不现实的，因为这时更多要思考的就是如何寻求企业的中长期发展……

新浪也是本土互联网企业中最懂得中国国情的一个，与淘宝击败ebay的路数相近，新浪的策略也是“广积粮、高筑墙、缓称王”。

再看国际巨头雅虎，迫不及待地做大做强，收购3721、入股阿里巴巴、一拍网、一搜网……很不幸，雅虎在贪多嚼不烂的半吊子之路上生不如死，这是该国际巨头在海外扩张中遇到的唯一的难题——它不懂中国。

其实雅虎并购3721之后，周鸿祎掌权，对雅虎中国做了大幅度的改革。

周是个务实派，且颇有本土游击队领袖气质，他并不认同雅虎总部坚持做门户的想法，实际行动看起来就是和美国人对着干，虽然拿着美国人的工资，但不听美国人的话——大刀阔斧，砍了中国雅虎并不擅长的一些频道，主推房产、汽车、娱乐、体育等内容，率先把免费邮箱扩容至1G——实际效果很不错，扭亏为盈了。

可是，别以为美国人通情达理，他们有时候同样很傻，美国总部说，周鸿祎你这个中国同志，懂什么叫互联网不？我让你干啥你就干啥，别自己瞎胡闹，你挣的那点钱，我们压根不稀罕，我们在下一盘很大的棋。

周鸿祎是地头蛇，哪里受过这种气，去你的吧，我不干了，转身走人，做了360，专杀3721，“大刀向鬼子们的头上砍去”……

在周看来，美国管理层在投资决策上太短视，太不爷们儿了，中国雅虎本土化被阻止，同期新浪、搜狐和网易等门户网站却赚钱如拔草，雅虎在中国乃至全球都要失败。他算是把美国人看得透透的了。

雅虎中国在与新浪的门户之争中，也算是被周鸿祎一语成谶，落荒而逃。

还是那句话，就像ebay易趣一样，雅虎中国不是输给了新浪，而是输给了自己。在进入中国之后，雅虎中国换总裁比时装模特换服装的频率还高，且投资啥黄啥，阿里巴巴作为雅虎投资的公司，是个例外，但是马云在阿里巴巴的周年庆典上只字不提中国雅虎，且双方的合作更像是生理合体、各取所需……

回头看一下，其实雅虎中国本来有很好的机会，怎奈天时地利不和，最终被新浪等本土游击队打得屁滚尿流。

早在1998年，中国三大门户一起发力，搜狐、网易、新浪纷纷登上江湖，杨致远与方正合作成立雅虎中国，作为一家已经成名的国际互联网公司，雅虎当时已经遥遥领先。

可惜，雅虎永远不懂中国，就像白天不懂夜的黑……更何况，中国国情，是一个多么玄妙的东东啊。

当时中美正就中国加入世贸组织在紧张谈判，中国雅虎一开通，就上了监管部门的名单。在把握不住政府态度的情况下，杨致远只能保守起见——中国站完全成了英文站翻译版，鲜有创新和本土化的东西。

其时的首任总裁当然明白，门户一定要内容庞杂，做成新闻超市，才能缓解中国网民对外界新闻的了解欲望。但美国总部却固执己见，雅虎在其他地方不作改动就能成功，为什么到了中国不行？

因为有中国国情呀，唉，说了也白说。

紧接着，1999年中国驻南联盟大使馆被炸，新浪迅速报道，从此凭着复制粘贴过生活的新浪、网易和搜狐，在门户市场上开始反败为胜。

直到2006年，已经接过周鸿祎“雅虎中国领路人”一职的马云也决定开始对这家美国公司开展本土化策略，他请来了互联网高手谢文，谢文不明就里，本以为有了施展拳脚的天地，不成想“里面的水深得让人害怕”，他一心开展Web2.0战略——全方位的城市门户、免费邮件、密切与美国总部联系，只运行了短命的41天。

之后，新总裁上任，老生常谈，想将雅虎中国重新带回门户之路，可是放眼一瞧，中国的四大门户中早已没有雅虎的位置。

雅虎中国在2006年年底的目标是资讯点击量达到每日6000万次，全站日流量达到1.5亿次，再看新浪，同样的数据，人家当时已经达到13亿次。

真应了一句歌词“当初是你要分开，分开就分开……爱情不是你想买，想买就能买啊”。

## 黄金搭档

在分封王侯的年代里，那些曾经共同打下江山的兄弟们，是电商圈里的一个个匹夫，更是一对对黄金搭档。

首先说说雷军与陈年。

雷军现在是小米科技的老大，但他与陈年，有着千丝万缕的关系。乔布斯去世后，雷军终于接过了神的接力棒，像乔布斯一样身穿黑色T恤衫、蓝色牛仔裤，脚蹬帆布鞋，站在巨大的投影幕前，给他的教徒们演示新手机——全身行头，皆来自凡客诚品。

凡客是很扎实的企业，那种品牌感觉，一看就是雷军的菜。在金山时代，有三个外号是他最接受的：“中关村劳模”、“拼命三郎”、“互联网活化石”，显然，他不想让自己成为华而不实的代名词，换句话说，他不想被归入高富帅，只愿意活在屌丝们的队伍里。

22岁，雷军加入金山初创团队，苦苦地、狠狠地敲打键盘，目标是把企业做“上市”，他是个具有高富帅气质的屌丝，总是努力让自己再苦一点，这样就能显得更聪明一点……

雷军与陈年后来相识，一起把卓越网卖了个好价钱，这样两个人是怎么碰到一起，然后又怎么在圈子里如鱼得水的呢?

我和雷军，结识于1998年，当时他在金山，我在中国图书商报。后来他和王树彤做卓越，拉我帮忙，由此开始，已经10年了。卓越网前后5年多，很不容易。但期间，无论雷军还是联想朱立南——朱总，他们对企业的经验和理解，对我的帮助之大，非片言支语所能表达。

2005年我离开卓越网，雷军全力支持我创办我有网。期间我用了差不多8个月写《归去来》，雷军看完小说，和我通了一晚上的电话，因为我们同龄，他说："你在你的路上走的时候，我也在走。"直到昨天还有一个资本家告诉我，雷军在几个月前和她吃饭，还逼问她对《归去来》的看法，弄得她不知道该说什么。

这个资本家说，她的反应，让雷军很不高兴。但雷军还是要坚持对她说透，雷军的文学评论是：陈年因为《归去来》升华了。我昨天的结论是："升华"这两个字，也还真是雷军作为有为青年的一贯调调。但我现在觉得，我坚持对雷军无论当面还是背后持之以恒的调侃，难道不是过于刻薄了吗?

2007年，我决定做Vancl（凡客诚品），雷军还有IDG的林栋梁兄，没有半点怨言，继续支持我——直接点说，以他们在融资领域的影响力，如果他们怨声载道，Vancl肯定困难重重。由此，就是凡客诚品的三年。我们从第一天销售15件衬衣，到现在每天平均近20万件的男装、女装、鞋、童装、家居、等。

三年间，雷军既是凡客诚品的第一个试衣模特，还是凡客诚品的第一个明星代言人，也是凡客诚品始终排名前五的SVIP用户。我还记得雷军有天如获至宝地（对不起我又调侃他了）——告诉我：投资者的最高境界，就是帮忙不添乱。退一万步说，即便雷军投资了许晓辉，他们有什么错？我看没有。

回头看三年前自己的出发点，现在，只有把“29元”醒目突出强调在韩寒身旁，才是对的。品牌溢价？品牌定位？品牌提升？在过去的一年里，无数个咨询公司跑来提醒我；过去两个月，三十多家广告公司劝我不要把“29元”那么突出。后来我的结论是，这些都是扯淡，是传统品牌腐朽的扯淡。暗室里策划的所谓定位和提升，都是试图迷惑用户的旧梦。只有用户体验造就的品牌认同才是最好的品牌实践。①

用户体验，这是个广为人知的词儿，也是许多企业挂在嘴边的词，很简单，就是让买了产品的消费者体验到物有所值，说一句不错，可是，究竟有多少企业能做到这一点？很难讲，但是陈年确实做到了。

在互联网这个圈子里，尤其难得。沽名钓誉者、炒作出位者、借船出海者、心术不正者，比比皆是，这个圈子是当今中国最富有创造力的领域，同时也是最有争议、有最多妖魔鬼怪的圈子，要做到踏踏实实，不简单。

再看雷军，他自己也没闲着，除了自己创业，他也乐于做一个投资人，被他投资的那些公司创始人，组成了雷军的“兄弟连”。

圈子里的搭档，理应是朋友。

## 后来者的活法

2006年，时年25岁的于敦德决定创业了，他是个旅游爱好者，也是网站爱好者，于是找了几个朋友，共同出资几十万元，建了个旅游网站，取名“途牛网”。

当时，携程网、去哪儿网已经戳在圈子里，这个后来者为什么

---

① 引自2012年2月3日中国企业家网，《陈年：在势利的世界里，情绪分文不值》。

相信做同样的东西还能活下来呢?

事实上，此时你要问他想怎么干，他自己也说不出来。但是他有热情，对于全国各地的景点图片他很感兴趣，而且全凭手工，给自己的网站图片库里添加了40 000张景点照片，每天的工作就是搜索照片，然后加到网站的图片库里。

当时，他没想过怎么赚钱，反正玩得挺开心。

你看，在这个圈子里创业，得有一股但求耕耘不问回报的潇洒劲儿，说好听了叫洒脱，说难听了就败家……

但他毕竟是在创业，一点不考虑赚钱也不靠谱。图片都搜索得差不多了，几个人坐一块商量，咱们的商业模式究竟应该是什么样的?

第一，要让更多的人加入进来，这样就能凭借高流量给其他产品打广告；第二，直接卖和旅游相关的产品。

第一种方式比较传统，而且论坛广告招人恨，估计无法长久。那就第二种吧，卖什么产品呢?机票、门票?没创意，要不卖路线图吧——把旅行社提供的很多旅游线路在网站上展示，吸引游客与旅行社签订合同，签订一单，途牛网就从中收取费用。

还行，看来这个网站也并不是纯粹的后来者，更不是一味的败家子，人家刚开始创业就设计了一个模式。这个圈子，最不缺的就是模式，但真正行得通的、能挣钱的模式，不多。

于敦德和他的途牛网，也有凡客诚品的气质——低调、实际、注重可操作性，且只卖一种产品——这样的电商，谁不喜欢呢?

由于有海量图片作基础，且途牛网卖的是固定路线，这比携程网更进一步，携程还需要你自己规划路线，它只负责提供更便宜的机票和酒店，途牛网则替旅客规划好了路线，并且经过验证，这个产品很诱人，创业四年之后，途牛网的年收入近4亿元。

这就是后来者的活法，如果说同质竞争最无趣，那么看似同质实则细分的模式就妙得多了。

创业时能够把模式都想清楚，这当然是理想状态。然而，大多数创业者似乎并不是这样。如美国著名的社交网站Facebook，“宅男”马克在创办之初，仅仅是为了让哈佛在校男生更方便地把妹。

说点正经的，在电商圈子里，模式有很多，但他们都无可避免地面临一个问题——真正盈利之前，怎样度过漫长的烧钱期。

为什么要烧钱？为什么看起来要不停地烧下去？

因为模式出了问题，要么是设计的时候就没真正想到盈利环节，要么是忽略了实际操作中可能遇到的问题。PPG的模式不错，但烧钱烧得太狠，倒了；京东商城也一直在烧钱，虽然刘强东说只要现在停止投入，立刻就能实现盈利，这话可以信，但不可全信，毕竟，这种纯粹的电商企业，完全靠吃差价存活，它已经把利润降到最低了，即使能盈利，也是薄利。

如果要和这种类型的企业竞争，步其后尘必须拉开差距，凡客诚品学的是PPG，二者差异在于凡客诚品没在中央电视台打广告；五百城学的是京东、卓越，但它的独特之处在于，以城市为平台，并且没有自建物流，说白了只是一个大型网络3C产品中介商。

烧钱不是目的，烧钱是为了扩大市场占有率，提高知名度，提升企业的投资价值——如果电商只是为了做大卖给投资者，烧钱就无可厚非。

## 年度语录与段子

曾经被所有人说好的事情没那么好，比如电子商务；现在被所有人说坏的事情其实也没那么糟糕，比如电子商务。电子商务就是个万金油。

——王峻涛

# 一直是黑马（2007）

大量婴儿在这一年有计划地诞生了，因为该年是所谓“金猪年”。大家其实不知道这意味着什么，可是大部分人都说这是个好年头，那想必是真的好。

接着，经济学家也来印证这个说法，他们预测，这年中国的国内生产总值将全面超越德国，排在美国、日本之后，雄踞全球第三大经济体宝座。

外部环境似乎很红火，包括政府官员、普通民众都一派喜气洋洋，情绪激荡的样子。

电商的春天，似乎就在眼前，又遥不可及，面对大片大片的“不明真相”的群众，怎样让他们明白电商究竟是什么？这是个难题，谁能简明扼要地回答这个问题，谁就会成为当之无愧的黑马。

## 凡客诞生记

前面说过陈年，但关于他的身世并未交代。2007年，凡客诚品横空出世，有必要先了解一下这个神秘的男子。

在中关村，创业是稀松平常的事情，说不准哪个扛大包的小伙就开始进军IT界了。陈年当初刚来的时候就是个一无所有的“北漂”，他出生于山西闻喜县，当时贫苦困顿。

1999年，已经进入而立之年，这位典型的文艺青年酷爱中外文学，跟人聊天也三句不离世界文学名人。写文章更是一把好手，著名的专栏作家许知远是他的好朋友，后来知道他要告别作家圈子，转而卖书，觉得有点小惊讶，陈年的回答却很直白，通过赚钱，才证明一切。

这话一听就是穷人说的，他的过去，也着实和穷困、波折脱不了关系。

陈年的父亲是他们县里考上北京大学的第一人，母亲是北京高干之后，在那个特殊的时代，母亲不得不把他生在闻喜，父亲则被下放到武汉，正在接受再教育，绝对不能因为孩子出生而回家，母亲苦等不来，只能离开山西回到北京，小陈年就这样成了闻喜县的陈氏遗孤。

到了高中，陈年打听到父亲的讯息，跑到大连投奔，后来，还真的考上了大学，可是他无心读书，宁愿辍学去闯江湖。到了北京，也找不到自己的母亲，更不知道自己能干什么，梦想当个作家，用自己唯一的本事混口饭吃。这样一个人，是绝对的另类。

此后他加入媒体圈，当过记者，编过杂志。到了2000年，雷军和他成了好朋友，正好要办卓越网，邀请他加盟，负责网站的图书销售。也就是此间，有了许知远对他弃笔从商的惊讶。

几年光景，陈年从一个书生成了书商，做互联网买卖还真不赖，卓越网卖给亚马逊，陈年当了执行副总裁，身世飘零的叛逆青年终于获得了世俗的成功。

再后来，他抛掉股权获得几百万元人民币，全部投入凡客诚品——这个互联网服装快消品牌，经过短短三年，就凭借陈年对网站的精准定位，通过销售款式简单但品质有保证的服装，达到了一年50亿元人民币的营业额。

要说做凡客诚品，也不是拍脑袋想出来的，一切都是时势使然。

这一年，在铺天盖地的PPG广告中，雷军找到陈年，说哥们儿，咱们模仿一下吧。于是拉了一个小分队，目标是做“PPG第二”。七个创业者中，只有一人做过服装，其他几个就听他讲面料、裁缝，听着听着就睡着了。

这行业水很深——就像所有圈外人看一个圈子的感觉一样——

少用一根纱，就能便宜不少钱，当然质量也是天壤云泥。

不过有一个好处，凡客诚品上线的这年，国内服装制造业相当发达了，在温州、宁波、晋江等东南沿海一带的城市，随便一个小作坊都能做出国际大品牌。当地的那些小作坊都有了品牌意识，纷纷投入重金，邀请各路明星给自己的品牌代言，再花钱去中央电视台、省级卫视投放海量广告，经营方面，通过直营店和加盟店，迅速实现资金流转，很快就在中国基层城镇打开局面。但是，当时还没人想到在网上做生意的点子。对于这些家族创业者而言，互联网还是太遥远了，电子商务更是一个概念，还不知道该怎么做。

陈年知道啊。他掏出全部身家创业。这些钱正是他在卓越网当职业经理人的回报，钱砸下去，他自己又重新一无所有了。这一举动，让他的伙伴们踏实了——老大都玩命了，还担心什么。

刚开始，他们就在北京中关村西屋国际写字楼租了一套140平方米的两居室，作办公室。邻居都是IT圈子里的小商贩，上上下下全是扛着电脑配件的。

要开个全员大会都找不到合适的地点，雷军就把金山的办公室借给他们，陈年当时热衷的服装品牌是杰尼亚、Boss，他对自己的创业伙伴们说，杰尼亚或Boss要靠我们来颠覆，我们就要用最好的工厂、最好的面料，做出一样的东西，但是价格只卖杰尼亚或boss的一半，甚至更少。

就像所有的创业者一样，他们的口气很大，多年后回想，很可笑。更可笑的是，他们竟然打算就近取材，在北京木樨园布匹批发市场拿货，再找周边的服装厂加工。

这显然是不可行的，因为成本更低的基地根本不在北京。经过圈内熟人指点，他们又跑到江浙找代工厂。碰钉子是少不了的，这个不知道要干嘛的互联网公司受到对方冷落，因为谁也搞不明白他们的商业模式，更没听说过在互联网上卖衣服。

即便有些老板胆子大，愿意尝试，但开口就是凡客必须支付订单一半的金额当作预付款。一旦从厂里出货，尾款就必须结清。

条件固然苛刻，更崩溃的事情还不少。几个人关在房间里选模特，都觉得和想象的有差距，陈年做过杂志，对模特的要求更高。

于是，第一期DM杂志[①]只给顾客展示了两款衬衫、一条裤子。衬衫又根据领子不同分为两款，各有三种颜色。

就这样几个简单的种类，就把这几位没做过服装生意的创业者累得够呛，给衬衫摆个pose（姿势）也不会，大家都别忙了，停下手里的活儿，过来摆pose——杂志塞到衣服里，不行，显得很山寨；那垫一块海绵吧，不行，不平整……这可咋整？请高手吧。高手来了一阵摆，漂漂亮亮了。

隔行如隔山啊。

看到别的服装品牌广告上，模特都牵着一条狗，他们就到附近借来一条狗，结果那狗很不给力，大家就拿着狗粮和骨头逗它……

也有好消息，那就是凡客模仿的那家企业，PPG，此时开始江河日下了。陈年很得意，这是必需的——第一，PPG一上来就抡起大锤砸广告，那都是按秒钟计时的啊，真是不心疼。PPG的退换货很不仗义，只要标签损坏，不给退；退货邮费，用户掏——这就是个大一点的淘宝卖家嘛……

陈年就做得很彻底，只要您不满意，退换货随意，第一次退货的邮费，凡客为您掏。有人说中国现在的企业，没几家光明磊落的，凡客诚品可以算一家。

陈年对凡客的品牌定位是，一如既往的高品质低价格。

这样做当然有代价，那就是销售额做上去了，亏损不见好转，

---

① DM，直接邮递广告，是商家采用的一种向潜在客户邮递产品宣传册的商业宣传手段。

无论如何，这种亏损换来的是品牌价值，总比砸在广告上强。至少，在消费者看来是这样的。

## 黑马宿敌：雷军与周鸿祎（一）

雷军和周鸿祎的恩怨，本质来讲是因为这俩人都太贼了。

二人是湖北老乡，雷军出生于1969年12月，周鸿祎出生于1970年10月，都算知识分子家庭，雷军的父母是教师，也有一说是官员，周鸿祎的父母是测绘工程技术人员。

雷军是标准的好学生，记忆力好，聪明，而且是那种很会规划人生的人；周鸿祎则显得江湖气更重，他从小在河南长大，从幼儿园开始跟同学打架。刚到西安上大学时，周鸿祎有个同学被高年级学生欺负，他为同学出面讨教。结果被对方的"小混混"朋友给捅了一刀，脑袋上也被砸了两个酒瓶。这导致周鸿祎脑震荡，身上也缝了好几针，最后还被学校通报批评。

周鸿祎一想到这件事儿，就满是唏嘘，他回想自己被打，全宿舍的同学没一个人出手帮忙，这让他不禁后悔，因为深深感到，并不是每个人都像他满腔热情，大多数人是有冷漠一面的。

同期，雷军已经考入武汉大学，周鸿祎去西安交通大学更是保送上学，都是好学生。上学期间，硅谷热风靡全世界，周鸿祎看到了《硅谷热》，雷军则看到了《硅谷之火》——命运将两人牵到一起，捆绑销售。

更巧的是，两人后来的妻子同在方正集团工作。

从西安交通大学研究生毕业以后，周鸿祎很幸运地被分配到北京方正公司。此时的周鸿祎还只是IT圈的小菜鸟，对已经在金山公司当上总经理的雷军非常敬仰。这年，周鸿祎在朋友安排下，邀请雷军吃饭，两人一见如故，相谈甚欢。

这年正是诸多互联网公司创立之年。

十年之后，雷军和周鸿祎正式翻脸，成为互喷垃圾话、冷嘲热讽的对手，颇有文人相轻的那股酸味儿。

回到十年前，在初次见面之后，雷军经常开着金山创始人求伯君给他的老款捷达，找周鸿祎和其他朋友，一起兜风，去北京大学看电影、看女生……

周鸿祎后来谈及此事，他说自己逐渐感觉到了雷军“骄傲和难以接近的一面”。在工作上，雷军有资格自负，尤其是面对初出茅庐的周鸿祎。有几回，周鸿祎兴奋地带着自己的新创意找到雷军，话未说完，雷军就会兴味阑珊地婉拒他的创意。

于是，周鸿祎对雷军也慢慢不再那么热情，不过总归来说，还算朋友。

后来，周鸿祎辞职单干，创办了3721公司，正式步入互联网江湖。同年，联想投资金山，雷军出任重新整合之后的金山总裁。

3721涉及互联网搜索业务，与百度存在竞争关系，周鸿祎的策略是安装了3721的用户电脑会自动强行卸载百度客户端。周鸿祎在许久后向用户道歉，但这种策略却连同“流氓弹窗”一起，给他贴上了“流氓软件之父”的牌子。

周鸿祎当时带领3721与百度打得不可开交，雷军则带着金山和微软抗衡。

2003年年底，周鸿祎卖掉了3721，收购者雅虎付出了1.2亿美元的代价，收购之后，周鸿祎出任雅虎中国总经理。一年之后，雷军创办的卓越网也卖掉了，收获7500万美元。

博客中国的方兴东，在圈子里左右逢源，他和周鸿祎、雷军的交情都不赖。他说2004年前后，这二位冤家其实还常在一起吃吃饭，包括分别卖掉公司赚了钱，也都在一起庆祝，雷军酒量很一般，喝点就高了，周鸿祎能喝，但是喝高了以后话很多。

2005年，3721的老对手百度，上市了。周鸿祎心里很不舒服，除了李彦宏这个冤家的个人因素，还有一个原因，他始终觉得3721原本可以做得比百度更大——这一点，百度至少没用流氓招数，百度用的是大盗标准。

这大概就是窃钩者诛窃国者侯的道理吧。

这时的周鸿祎，在雅虎中国也不爽，美国人跟他脾气不和，于是出走。由于签订了竞业协议，周鸿祎在互联网圈子里必须蛰伏一年，这一年，他成了天使投资人。

2006年，周重出江湖，创办奇虎公司，主打搜索和社区业务，这次的目标是雅虎中国，远程目标是百度，他是个记仇的人。

然而，江山早已易主，他在搜索江湖中已经无力回天，倒是不太重视的杀毒项目柳暗花明，2008年，奇虎出奇制胜，正式更名为奇虎360，主营业务转向免费杀毒。三年后，奇虎360成功在美国上市——周鸿祎也算是出了一口恶气。

就在周鸿祎转型做杀毒的时候，雷军也没闲着，他不止卖软件了，转而做游戏，并且有模有样，也把金山带到香港上市。上市之后功成身退，雷军辞去金山总裁一职，退到幕后专心做了两年天使投资人，此时周雷二人交情尚可，还一起投资过游戏公司。

至于二人交恶的导火线，有人说是一个叫傅盛[①]的人。

知名互联网评论家程苓峰对此事的评论如下："就在雷军准备投资傅盛做可牛影像软件时，雷军收到周鸿祎的带话：不要接受傅盛，接受就是作对。雷军也带话给周鸿祎：第一，傅盛给你打了几年工，但不意味着一辈子是你的人，卖给你了。第二，我跟傅盛讨论的业务不跟360竞争。第三，你让我不投资前360员工，可你投资

① 傅盛，2003年加入3721公司。2005年11月，加入奇虎公司负责客户端业务，打造了安全类软件360安全卫士。2009年9月9日，傅盛正式出任可牛影像CEO兼董事长。2010年11月10日，金山安全与可牛正式合并成立独立公司，傅盛出任金山网络CEO。

了多少金山前员工？”

2010年11月10日，金山安全与可牛合并，成立独立公司金山网络。半年之后，也就是3Q大战刚刚告一段落之际，腾讯入股金山软件，以16%的股份成为金山大股东。

这下，矛盾已经很明显了，雷军站到了周鸿祎的对立面，双方彻底反目。

雷军、周鸿祎都是那种很有魅力的商业人物，相比于周鸿祎，雷军走得更顺，1992年加入金山，6年后，仅仅28岁就成为金山CEO，又过了10年，37岁就带领金山登陆港交所。

雷军成为金山CEO当年，周鸿祎也开始步入辉煌，创办了3721；8年后，35岁的周鸿祎创建奇虎公司。用了5年时间，40岁的周鸿祎也把企业带到美国上市。

两个人太相似了，只不过一个低调，一个张扬，两个人注定无法共容。

雷军如果就此作罢，提前退休，估计也不会有后来的争端。可是雷军身处电商圈，怎么可能在40岁这样的黄金年龄退隐呢？

很快，他拉上一个豪华团队创办小米科技公司。虽然是硬件制造，但硬件是幌子，背后的移动互联才是真正目标。在做天使投资人生涯中，雷军就投资过一系列移动互联企业，诸如乐讯、UC优视、资费通、多看，游戏和IM多玩等。

周鸿祎一看，哟，我也看到了移动互联，你雷军又先我一步啊，不行，我也做手机。

俩人都是创业黑马，也一直是宿敌。

在PC互联网平台上，周鸿祎的360做的杀毒生意，同时衍生出浏览器、网址导航，盈利点在于网络流量。然而在移动互联平台上，虽然也做了一系列产品，什么360手机卫士、360浏览器HD、360手机桌面、360电池医生、360安全备份等，可是装机量远不可比肩PC装机量，想通过手机流量赚取可观回报有点壮志难酬。

就在这个背景下，周鸿祎推出特供手机，以硬件带软件，这些便宜又好用（至少周鸿祎自称360手机各种牛各种无敌）的硬件，都内置了360软件，这下，就不愁没有足够的装机量了，只要用户买了手机，就等于买了360软件。

既然要做手机，周鸿祎就得想法给手机造势，咋弄呢？老套路，逮住一个对手狠狠地吵上一架，这次，现成的对手就是雷军。

于是，周鸿祎连发十几条与小米手机相关微博，吐槽小米手机的各种小Bug，比如CPU频率、A8和A9架构CPU的差别、手机屏幕大小等问题——一句话，小米手机是吹牛吹出来的，我们360手机是货真价实的。

雷军回应："既然某人想做手机就好好做：第一，不靠骂人吵架做市场推广；第二，不靠抄袭剽窃模式跟进做产品；第三，不靠控制安全入口强推软件窃取用户信息；第四，放下AK47，不要沉醉于东方不败的幻觉中。做一个正常商人，用产品说话。如果产品真的过硬，就不用天天靠嘴巴到处骂人活着了。"

周鸿祎一看雷军搭腔，正中下怀，立刻贴了上来近身搏斗："亲爱的雷总，您做手机可以炒作、做秀甚至故意摔苹果手机，语言羞辱乔布斯，骂诺基亚，怎么都忘记了？干吗总把自己放在道德制高点，把自己供上神坛，您也是个商人，凭什么其他手机厂商不能做互联网手机，大家竞争肯定能做出性价比最好的手机。您是否觉得谁也不能碰您的奶酪？您这不就是机霸么，欺行霸市。"

明眼人一看便知，周鸿祎的招式确实是江湖上著名的借力打力：周鸿祎连发十几条吐槽小米手机和雷军的微博，目标明确，就是要找个牛的对手，这个对手被激怒后，双方交战越猛，对周鸿祎的产品上市越有好处，造势啊，这就叫借力打力，妙哉，脸皮需要厚哉。

“我承认，我把小米的问题抛出来，这是竞争的手段，但我没有造谣和无中生有。我这是阳谋，不是阴谋。”周鸿祎还颇有点坦荡荡的感觉呢。

二人从最初的惺惺相惜，到后来反目成仇，都印证了一个世间规律——牛人与牛人的交往，总是开始于共同的时间与爱好，分化于共同的成长与壮大，翻脸于共同的利益与结局。

## 黑马宿敌：雷军与周鸿祎（二）

**雷军自述①：**

乔布斯我没见过。他的问题我都想明白了，就算见了，我也没什么问题可问他的。对他本人，我已经没什么好奇心了。太多的传记和长达几十年的关注，他就像在你的身边一样。我会关心他下一代会出什么产品，这是技术层面的关注。但是我已经没有像一般人关注他的健康状况怎么样。

我认为他是这个时代的伟人，他的光芒罩住了所有明星。他就是好莱坞大片，风云变幻，他始终在那里。他经过离开苹果的12年，1985年离开，1997年回来，12年的历练，当他重新回来的时候，依然熠熠发光。这个东西真的是没招。就连比尔·盖茨，他90年代初成为时代巨星的时候就说过：我不过是乔布斯第二。

但乔布斯有一天也会死，所以我们还有机会。我们生存的意义就是等待着他挂掉。当然，一方面，我们衷心希望他万寿无疆，另外一方面，我们不希望他太强的光芒使这个世界黯然失色，我们希望这是个五色斑斓的世界。

然而，这个世界没有神，因为新一代的神正在塑造。这个世

① 乔布斯有一天也会死，所以我们还有机会[J].创业家，2011-08-30.

界，不是三大门户就能笼罩天下。在中国，未来黄金十年里面还会诞生一批又一批的英雄。大家要珍惜，别浪费时间了。所有人的成功都取决于中国的黄金二十年。

每次成功都是时代的记忆。如果深刻理解了这一点，才能保持平和的心态，成也不会多惊喜，输也不会多悲伤。要是以一百年为单位来看，这些都是浮云。过去20多年里，我所经历的企业的变迁不也都是浮云吗?我已经想得很透了，我想要什么，我要怎么做。最本质的是什么东西呢?最本质的是你要懂自己。

有一天，“雷军”二字会和一个伟大的企业的名字深深联系在一起吗?我觉得这个东西也都是浮云。我们都知道GE是爱迪生创办的，可真正把GE做成的未必是爱迪生，他们都成了浮云。思科是谁创办的?忘了。我要告诉你，这不重要。

看过无数次之后，如果不相信点什么，真的就虚无了。

**周鸿祎自述**①**：**

在互联网行业里，3721一直是我想竭力摆脱的梦魇，包括我做360都是为了要摘掉这个大帽子。3721，曾经开创了很多的创新，包括地址栏搜索、插件推广、代理渠道。现在QQ的地址栏搜索插件，就是马化腾抄袭3721的。

本来是一个创新的产品，是方便中国人上网的产品，为什么会失败？这是我一直在思考的。3721失败，是我忽视了用户的感受，不尊重用户的利益，眼里只有竞争对手。最终，3721赢得了战斗，但却输掉了战争。换句话说，不是竞争对手打败了我，是用户打败了我。

2006年下半年，我面临着人生的最低谷，别人给我戴上了“流氓软件之父”的帽子，向全国通告，不跟我的公司和我投资的公司

① 2010年11月6日，周鸿祎撰文《不得不说的话》。

有任何商业关系。一睁眼，就是媒体上铺天盖地的骂声。我把自己关在屋子里，连着一个星期不敢出来，砸坏了一张桌子和两扇门，被冤枉的愤怒让我几乎要冲过去决斗。但我最终冷静了下来，这个潘多拉的盒子终究是我打开的，我只能自己亲手合上它。

我从来都不是一个商人，是一个头脑简单、爱冲动的程序员、产品经理。我心里留不住话，自认为有点小聪明，喜欢点名批评人、挖苦人，但我觉得我是一个敢担当的男人。一人做事一人当，不使小动作，不说假话，不暗地里害人。我小时候打架是这样，现在做公司也是这样。

360安全卫士，从根本上讲，就是为了洗刷强加给我的罪名，动机其实是自私的。但是，我让它吸取了3721的教训，一定要尊重用户的利益，尊重用户的体验。所以，一个简单的产品受到了人们的欢迎。这让我相信，你对用户好，用户会报答你的。一个公司对用户不作恶，是成功的基础。

简评：

雷军谈梦想，谈未来；周鸿祎谈现实，谈战斗。雷军是个更虚的存在，周鸿祎则是个真实的人。二者没有优劣，都是这个圈子里应该有的角色，唯一的区别是，雷军没有失败过，周鸿祎则是屡败屡战，就是这样。

## 号外：从免费到赚钱

周鸿祎虽然喜欢吵架，但他真的不是胡搅蛮缠，反而看起来成竹在胸，他这个套路的玩法，也不得不这样。但是很多人想不明白，做一个免费的杀毒软件，他究竟怎么赚钱?

“互联网老是攻击‘便宜没有好货，免费没有好货’，这说法很幼稚。”周鸿祎最不怕的就是非议，相反，他是个典型的“屌丝逆袭”玩家，他喜欢反其道而行之，更何况，免费这条路，本身就是互联网的基本道路。

1995年，当时只是小程序员的周鸿祎在方正集团第一次接触互联网，此后他开发出了飞扬电子邮件系统。就在这一阶段，他对互联网的“三观”[①]开始形成：首先，只有吸引大众上网的互联网产品才是好产品；第二，互联网是“不花钱”的。

虽然互联网本身是免费的，但周鸿祎“相信安全市场和网游一样，在免费之后，通过增值服务和高级服务收费，完全有可能从10多亿元涨到100亿元。”

这就是从免费到赚钱的秘密——增值服务、高级服务收费。

这个模式最经典的案例就是腾讯：“靠QQ起家的腾讯拥有中国最好的免费模式，以免费服务获得巨大的用户群之后，再接触到用户的成本几乎为零。像腾讯如果推出新产品，只需要在自己的用户中做个介绍，一夜之间就有很多人去用，除了增值服务收费外，对市场成本的节省以及巨大的品牌价值，是免费模式得来的无形资产。”[②]

周鸿祎的战争缘起于腾讯，大概也因为“羡慕嫉妒恨”。

那么，在用户数量积累到足够大之前的这段时间，是否可以通过广告来赚钱呢？周鸿祎很不齿这种做法：“有一定数量的用户群之后，奇虎360就会推出增值服务，但不会在软件里搭载广告，广告不是我们的方向。”

他的方向是什么？增值服务，小算盘打得劈里啪啦：比如360在线存储这个增值服务，只要有1%的用户愿意付费，每月就算收10

① 即俗称的世界观，人生观，价值观，互联网上通常用来指代一个人对于世界、行业等的固有看法。一旦发生某些令人惊讶的事件，网友通常会用“三观被毁”表示受到极大震惊。

② 周鸿祎融资开销过半：360免费杀毒艰难穿插[N].经济观察报，2009-12-06.

元，庞大的网民基数就能把这个数字放大到每个月3000万元，一年下来就能达到数亿元……

他有想法，对于免费与盈利，始终在思考。今天的奇虎360，周鸿祎强调自己玩的是阳谋："我们当然想上市，只有上市才能让投资人和公司的员工得到应有的回报，也才能进一步增强公司在行业内的话语权……通过提供免费的杀毒软件，360平台上的用户越多，其盈利价值也就越大，前提是我们必须把产品做好，因为对用户是免费的，他的更换成本为零，如果你的产品不好用，他会毫不犹豫地把产品换掉。"①

至于亏损，周鸿祎哼哼一笑，你们以为我们亏欠，其实360宣称已经收支平衡了。虽然360杀毒软件是免费的，但是基于这个平台，会有很多收费的增值服务，比如别的杀毒套件、浏览器引导等小插件，那些普通用户看不到的角落聚少成多，利润大大的。

## 老男孩马云（一）

马云一直是一匹黑马，他似乎做什么都会成功。

在1999年之前，马云不名一文，那是个草莽争雄的年代，门户巨头雏形初现，在当年，媒体眼里的十大商业网站依次是：新浪、163、搜狐、网易、国中网、人民日报网站、上海热线、China Byte、首都在线和雅虎中国。

显然，这些网站都是新闻和资讯类的门户网站，基本上，除了163做电子邮箱在将来可以收费，但是一收费肯定死光光之外，别的网站压根没把赚钱作为目标，而媒体给他们排名的打分标准也很搞笑，第一是谁最火，也就是访问量大，第二是谁的内容最多，信息海量，第三是看谁的首页设计得更好看……

① 周鸿祎融资开销过半：360免费杀毒艰难穿插[N].经济观察报，2009-12-06.

在当时的互联网圈子里，成长方向无外乎两个：其一就是新浪、网易和搜狐这种热得发烫的“门户”一族，它们在当时的价值已经被无比夸大；另一个方向是剑指赚钱的电子商务，说起来很搞笑，时至今日电商也没能赚钱，看看当时最着急发财的电商是谁？刘波[①]、宋如华[②]等圈钱高手，一心想靠网上书店和电子商务去股市上套钱，另外一部分电商则老实得多，代表人物就是马云。

1999年春天，在国家外经贸部搞了一年网站，竹篮打水，他不得不重回杭州，和他的小弟们弄了个名叫阿里巴巴的网站，之所以在杭州，是因为浙江省是市场大省。

与此同时，北京的郭凡生成立了慧聪研究院，正热火朝天地和投资机构谈判要钱。十年之后，阿里巴巴与慧聪在电子商务市场上不可同日而语，马云选择的杭州，功不可没。

浙江省有全中国最为众多的外贸中小企业。但是，这些企业头疼的问题在于购销资讯短缺、产购信息不对称，以及国际业务和转口贸易成本偏高、中介过多，他们急需一个包打天下且成本低廉的中介渠道。

马云聪明地抓住了这个点子。

他在公司正式开始运作的那天发表讲话：“我们要办的是一家B2B的电子商务公司，我们的目标有三个：第一，我们要建立一家生存80年的公司；第二，我们要建设一家为中国中小企业服务的电子商务公司；第三，我们要建成世界上最大的电子商务公司，要进

① 刘波，号称“神童”，1999年股市上，其创立的中国第一文化概念股“诚成文化”股价扶摇直上。后被爆出有“坐庄”操持股价之嫌，因涉嫌“金融诈骗”，仓皇逃匿。

② 宋如华，本是大学教授，后创立托普集团，在全国范围内兴建“托普科技园”，因涉嫌“非法集资”、“炒作概念”等资本游戏，出逃国外，至今未归。

入全球网站排名前十位。”[①]

当然了，如果当时你在场，肯定觉得这是在吹牛，事实上，这也的确是在吹牛。

幸运的是，上线半年之后，网站运营得出奇的好，美国的《福布斯》杂志也被吸引过来做专题报道，美国记者寻根追底，跑到杭州，终于在湖畔花园住宅小区找到了马云的公司。

2000年7月，马云作为第一个登上这家杂志的中国企业家，显得很“Geek”[②]——身穿一件明显不合身的大蓝花格衬衫，袖子卷起来，双拳紧握，满脸的笑容仿佛在勇敢面对全世界。

这年，阿里巴巴被评为全球最佳B2B站点，名列综合类第一名。他们似乎提前实现了当初定下的后两个目标。

《福布斯》的文章是这样写的：“阿里巴巴自1999年3月10日成立以来，已汇聚了全球25万商人会员。每天新增会员数达到1400人，新增供求信息超过2000条，是全球领先的网上交易市场和商人社区。”

很快，马云得到了风险投资，美国著名投行高盛和由传奇的日本投资人孙正义领导的软银公司先后对阿里巴巴投资2500万美元，阿里巴巴也从杭州搬到了更繁华的上海，还在美国、英国、日本和香港分设子公司。

这个小个子老男孩，从来不缺野心。

紧接着，热爱武侠小说的马云请来金庸老先生，并且将此次电商的行业活动命名为“西湖论剑”，同样是金庸迷的王峻涛、王志东和丁磊悉数到场，马云成了武林盟主。

---

① 马云：唯一的互联网明星[J].人物，2012（2）.

② 早期作为贬义词出现在美国俚语当中，现主要指对科学（包括但不限于数学、物理、化学、生物、天文、IT）抱有狂热爱好的一类人。

但他不是没有失败过。很快，全球化布局就显露出恢弘有余细致不足的缺憾，电子商务如何赚钱还是不得门而入，花出去的钱却与日俱增。

他害怕了，如果这样烧下去，将和历史上很多昙花一现的互联网公司一样死无葬身之地。就像当初回到杭州一样，他马上关掉了海外公司，固守中国。

其实，这个时候的阿里巴巴，如果像网易那样涉足SP，或者做网络游戏，都能大把赚钱，马云没那么干，就像他说过的，别人做过的事情，我们不要去做。

坚持了两年，他的梦想没变，等到这波全球危机过去，他已经笃信阿里巴巴很快就能盈利了，别人问他赚多少钱，他笑了，不多，就挣一块钱。

他再次证明了那句老话——商业成功，无一例外都是抵得住诱惑的结果。

“本想将心对明月，奈何明月闹非典”。马云也不知道是喜是忧，因为他隐隐觉得这没准是个机会，因为电子商务不需要出门……

结果还是让他大吃一惊——由于常规的商务活动被彻底终止，很多企业不得不转而上网，通过一条网线寻找新的机会，阿里巴巴因此流量翻番。

接下来，淘宝网上线，支付宝出炉，他把自己做成了传奇。

## 老男孩马云（二）

马云从创业以来，失败过，但他身上的黑马特质，却从未因此消减半分。从阿里巴巴开始，他就一直是黑马，时不时地给人惊喜。

许多企业家认为，最成功的企业可以用五秒钟告诉别人自己是做什么的。马云似乎不符合这个标准，他的想法太多，或者，电子商务这个圈子根本没法用一句话来概括。

很多关注阿里巴巴的人夸夸其谈，把这家企业到底是什么，到底在做什么说得头头是道，马云一听就笑，“你们确定自己知道吗？告诉你们，其实连我也不知道。”

就像科学界的天才们热衷于想象力与不可预知一样，马云也热衷于未来的不可预知。这个小个子长得有点怪的中国人似乎总是有无尽的想象力，创业之初他手舞足蹈，眉飞色舞，十几年过去了，他依旧是那样。

更奇怪的是，他其实不是一个浮夸的人，相反，他一直在做一些实际的工作。可是外界对阿里巴巴的关注，偏偏将这个电商圈子里最实际的故事塑造成一个泡沫般的险象：

阿里巴巴的股票被抢购，富士康老板郭台铭、美国思科的钱伯斯等都是抢购者；在国际配售部分，阿里巴巴获得超过1800亿美元以购金额，这个数字比发行价翻了186倍；在散户公开购买部分，也超额认购翻了259倍，创造了港股发行的新纪录。

有人问了：“阿里巴巴是否是中国.Com的泡沫？该公司最大的财富也许是他的创始人马云，马云在公众眼中是个有魅力、善言辞并懂得利用媒体的人。他拥有大胆的想法，怀有巨大的市场目标，以及对商业的敏感，这都使他吸引了人们众多的眼球。”

这种怀疑是有道理的，因为阿里巴巴在香港上市之后的景象有些吓人——阿里巴巴挂牌当日收盘较发行价上涨192%，市值突破2000亿港元，相当于三大门户，再加上盛大和携程的市值之和，瞬间成为中国互联网业首家市值超200亿美元的企业，公司市盈率则高达不可思议的300倍。

这就是2007年电商圈子里最大的新闻。当年，阿里巴巴的市值位列全球第五，排在前面的分别是Google、ebay、雅虎、亚马逊，这四家的市值分别是2220亿、474亿、418亿和357亿美元。

这下，马云吹牛更有底气了，他说，三年内，我们的市值要超过1000亿美元，成为全球互联网公司前三。

当然，事实已经证明，这次他真的是吹了一个过分的牛。[①]

不过这年的疯狂情形还是让人兴奋，著名的中国经济观察者吴晓波说："在未来的岁月中，如果中国要诞生世界级的伟大公司，出现取得世界性声誉的中国企业家，互联网也许是仅有的领域之一。"[②]

在这个领域之内，最有可能出现的世界级企业家，马云肯定占有一席。

## 年度语录与段子

凡是你担心的事儿，一定会发生。

在中国互联网这片弱肉强食的丛林中，封闭抄袭是垄断巨头的通行证，创新是弱小创业者的墓志铭。

——周鸿祎，骨子里的悲观主义者

相传，腾讯入职第一件事：卸载你的360。奇虎入职第一件事：忘记你的QQ号，扔掉你的小米。百度入职第一件事：注册一个百度hi。盛大入职第一件事：去打一小时游戏。小米入职第一件事：被带到一个房间，对着乔布斯的像，拜三下，对着周鸿祎的像，吐三次口水。

——圈子里的恩怨，就是人间喜剧

① 根据腾讯科技2012年5月25日文章《阿里巴巴集团市值在2016年将达1500亿美元》，阿里巴巴集团截至2012年5月，估值为550亿美元。

② 新经济图景下的中国制造[N].中国经营报，2007-12-30.

# 老树新花（2008）

2008年最流行的话题：“你买到奥运会的票了吗？你看哪场比赛？”但是最流行的问候却是：“今天你偷菜了没？”

偷菜，成为职场人士的通用开场白，一方面证明互联网已经成为当今职场无法剥离的平台；另一方面说明电商有无数可能，但只有最简单易行之道，方有引爆流行的潜能。

开心网是这一年最大的发现，与此同时，在硬币的另一面，电商这个已经不新鲜的概念结出了许多新鲜的果子，令人惊喜。

但是别忘了，始于这一年美国次贷危机的全球金融风暴，只是开了一个头。

## 纠结在新旧之间

10年前，美的集团也曾尝试进入电商领域，他们着手建立了意在形成“家电行业买方联盟”的电商交易平台，取名为商路易，这个平台的商业逻辑是：吸引大型家电企业参与，由买方主导进行组团采购，从而为家电企业及原材料供应商都创造一个网上用户甄选、采购问价、订单形成、物流运输、支付、票据、信用评价等全流程的采购链条。

商路易的目标市场是当时全国高达1500亿元的家电原材料采购业务，其延伸业务是家电产品网上销售（B2C）。

这个设计其实是很精明的，因为和现在的电商不同，商路易的设计是要求盈利的：加入平台的商家需要交纳手续费、会员费及其他相关费用。

如果商路易能按理想的计划实施，那中国的电子商务发展速度至少能提早五年，而阿里巴巴、京东之类的公司可能不会出现。那为什么这个理想最终湮灭无声了呢？

发起者美的，也是一个家电厂商，其他厂家对此当然抱有疑虑：我为什么要加入这个平台呢？加入之后，我的采购数据，美的就会统统知晓。

很难讲美的有没有这样的用意，但是商业世界中，防备之心有时候比商业创意更必需。

最后，美的的理想只能在内部自己实行了，在并购小天鹅、荣事达等企业之后，美的在公司内部应用这个平台——今天的美的，你看到了，称其为国内家电厂商最值得信赖的，一点都不为过。什么？格兰仕、海尔、TCL……别闹了，去京东商城看看他们的产品用户评价就好了。

说美的的这个事情，是为了引出这么个道理——电商的模式，其实就是介于新旧之间的模式，传统厂商如果能利用好电商，一定可以再创新高；反之，未来会变得更不可预测。

再说个联想的段子。

联想做手机很多年，但一直纠结的地方在于，找不到合适的商业模式。最开始，联想手机的策略是不做广告，专注于二四线城市。但这样做的缺陷在于，赚钱但品牌影响力差。在国内一二线城市，很多消费者甚至不知道联想还有手机业务，于是联想及时改变，重资请来台湾艺人小S做广告代言，营销费用翻番，遗憾的是销售渠道并未显著扩张。

2008年初，联想把手机业务卖掉，获得1亿美元，并决定5年之内不会重启手机业务。

可是，谁又能对IT圈的瞬息万变坐视不理呢，一年半后，苹果iPhone手机火爆全球，智能手机成为IT圈的新战场。联想又花了2亿美元将早先卖掉的手机业务赎了回来。

挺逗的，是吧。

移动互联，目前来看还只是偷拐抢骗的初级阶段，但不可否认的是，诸多电商已经与这个圈子发生了密不可分的联系，电商将来要盈利，最有前途的一条路，就是移动互联。

## 1号店，绕来绕去的圈子

传统行业要利用好电商，说起来简单，做起来，其实也简单。2008年，圈子里的一对黄金搭档创办了一家在线商店，令人惊喜。

于刚和刘峻岭，此前都是戴尔的高管，2007年底，二人同时从戴尔离职，此后便消失了……

半年之后，电商圈子里忽然出现了一家名叫“1号店”的大型网上超市，发展势头超猛，大有京东商城当年之勇。这家公司的幕后老板，正是于刚和刘峻岭。

当时，圈子里的这种垂直电商数不胜数，综合类网上零售则是其中最难做的一块，两人不打无准备之仗，离职的那半年一直在四处找人，他们的市场副总是有丰厚电商经验的台湾人林文钦，他们的网站系统设计师是51job的前CTO（首席技术官）……

随后的几年，1号店的发展势头迅猛，堪称跑得最快的中国电商公司，成长率达到192倍，销售额从2008年的417万元蹿升至2010年的8.05亿元。[①]

要说这家公司的秘密，其实一点都不稀奇，无非是价格更低，种类更多。[②]怎么送货呢？1号店有完备的物流体系——京津唐、长三角、珠三角等地大部分城市以及武汉等都是次日到货，而在

① 控股1号店，沃尔玛中国电商路径明晰[N].经济观察报，2012-02-25.

② 1号店的商品均价比传统超市低3%~5%，品类超过15万种，约为一家沃尔玛或家乐福门店的6倍。

上海、北京等一线城市，还有“半日达”、顾客决定收货时间的“定时达”和“一日三送”等模式，这些都属于1号店的“供应链革新”——虽然并不是那么新，早些年的电商探路者们早就提出过“快速送达”的构想。

别的不知道，至少，能在半年内上线一家各个环节都堪称完美的电商企业，除了创始人懂这个圈子的玩法，最重要的是，财力需要相当的雄厚。

事实上，1号店选择投资者是有讲究的，不管平安还是沃尔玛，他们选的都是战略投资者，而放弃了投资机构直接给钱的模式——这是官方的说法，坊间也有说法，认为这是给自己贴金，什么战略投资？实际上就是没钱了，又不愿意找风投，本质一样，而且两位创始人让出了绝对控股权，离开是迟早的事……

不管怎样，1号店还活着，而且在2008年，是电商圈这棵老树上开出的新花朵。

如果真如其所言，战略投资与风险投资确实是有区别的。于刚做过跨国公司的总裁，他知道一个企业最要命的东西是什么。虽然是电商，但他决定做改变模式的人——竞争环境非常残酷，我们必须明白电子商务的本质，国内电商业的普遍做法是：先砸广告，通过广告在短时间内获得用户数量，获得规模效应，然后做仓储、物流等建设，俗称“先跑马圈地后练内功”。但是1号店的投资，30%~40%用于仓储配送，30%多用于IT建设，广告营销占投资的比例不足10%，远低于行业竞争对手平均水平。①

能说出这些话，很显然，于刚是个理论派，并且在干活之前就想明白了所有环节。俗话说，磨刀不误砍柴工，机会总是青睐有准备的人，果然没错。

① 1号店创始人于刚回应出让控股权[N].21世纪经济报道，2011-09-02.

但是不做广告不等于不要推广，只不过于刚和刘峻岭的推广方式显得很抠门，为了推广网站，两个人甚至在地铁站和小区发过广告。

在迅速做大之后，1号店的野心更大了，他们不仅是网上超市，还提供订机票、缴水电费、信用卡还款等虚拟增值服务，还有1号医网、1号药网等频道……

以前担任跨国公司总裁时，两人就知道一家卖东西的公司最重要的环节是供应链管理，包括配送、采购、库存和库容。

这恰恰是电商最要命的环节，太多的电商砸了大钱做广告，却疏于供应链管理，如此一来，客户的最终体验大打折扣。

供应链管理是个相当复杂的工程，而且环环相扣，盘根错节。

1号店的库存管理甚至难度更大，因为品类庞杂、保质期也很短，包装不同，体积大小不一样……

要解决这个问题，必须自己动手开发管理系统，1号店做到了。他们的资金甚少用来做广告，都花到这些别人看不到的地方了。

最大的一笔钱应该是花在了物流建设上，这是电商都知道的要命环节，也是最烧钱且不一定能看到成效的环节，同时也是迟早都要面临的一个核心要素——企业要自己开发商业软件。1号店正是这么做的，通过自己的软件把全中国划分为200万个不同大区，分区之细致，远甚于邮政编码。

后来离开1号店，台湾人林文钦如此点评老东家“低价、物流、配送、市场推广树立了四个标杆”。[①]其中，物流和配送都属于供应链管理。

另外，出色的采购与议价能力也是成就1号店的秘密。为什么刚创业就能做到这种水准？于刚和刘峻岭本身就是企业界名人，他们的人脉是一般创业者没法比的。

---

① 国内首家网上综合超市B2C新星：1号店[N].经济观察报，2010-03-10.

## 王兴：最时髦的山寨

从校内到饭否，再到美团，他一次次成功，又一次次失败。2008年，是他最风光的一年。

大多数人都知道这几个网站，却少有人知道它们的创始人，此人名叫王兴，毕业于清华大学，此后去美国留学。

2005年，扎克伯格的Facebook诞生于哈佛大学男生宿舍，同年秋，回到中国已经两年的王兴决定模仿这个创意，他的产品就是校内网。

从一开始，王兴就是个不折不扣的山寨创业者，但这不妨碍他成为电商圈子里的一个符号人物。

此后，校内网上线，仅用时三个月，就有了三万多注册用户，次年，校内网成了国内最大的中文社交网站。

可是，我们早就知道，这种网站怎么赚钱是个头疼的事情。陈一舟早年做China Ren的时候也辉煌过，不过昙花一现而已，如果不能迅速找到盈利点，这种社交网站只有死路一条。

王兴没找到赚钱的门路，只好去找风险投资。很不走运，他在和红杉资本接触时，问题频出，第一次是把商业计划书丢在了出租车上；第二次是电脑连不上投影仪。投资人一看这情况，开始摆谱了，唉，毕竟是年轻人，毛手毛脚，不可靠。

王兴只得转投另一家美国风投公司，之所以找美国机构，是因为他的一个朋友与这家机构相熟。背后的细节却是，这家公司压根没打算在中国常驻，总部的人派来的市场专员选择放暑假的时候来中国，校内网的在线人数很惨……

他想换VC，但是来不及了，亏损越来越多，必须赶紧出手，还是那个做China Ren的陈一舟救了火，他掏了200万美金，买下校内网，之后改成了人人网。还重新获得软银的巨额投资，垄断了国内大学生社区。

第一次山寨，也算是善终，王兴却显得颇为失落："当我们公司已经欠下相当于我个人100个月工资的债务的时候，我们没有太多选择。”

这时到了2007年，王兴不能闲着呀，他得找事做，还是看看美国那边有啥新玩意吧，一看，哟，Twitter[①]火了，行，那就接着山寨。

这就是饭否网这个国内微博开山者的前世今生。饭否当初很火，但是由于没有类似于今日的“新浪微博小秘书”，也不删帖，终于因为一起敏感事件而被迫关张。

这次山寨，可谓红得快，死得更快，最关键的是，它甚至没能变现转卖，活生生地被关掉了。

不过王兴对于自己的山寨行为看得很清楚：“国内的SNS做得有好有坏，但离Facebook差距太远了。一方面，国内有QQ，抢占了不少市场；另一方面，我们与美国整体差距挺大的。做一个顶级公司，不是一个人也不是一个团队能搞定的。从IBM、微软、Google到Facebook，它们是四代顶尖IT公司。做到这个程度，不是个人和团队的努力，而是综合国力和社会水平的体现。差距是全方位的，如果我做，我也做不到Facebook那级别。像百度在中国很牛，但和Google不是一个量级的。”[②]

这是此君最令人感动的气质——他不否认自己的山寨，但他知道自己的山寨对象意味着什么：那是一种完全不在一个量级之上的企业效应，亮点在最后——百度在中国很牛，但和Google不是一个量级的。

至于王兴为什么总是在第一时间成功克隆国外优秀创意，源于他的用功：他常常用浏览器打开几十个国外的科技网站，所以他

---

① Twitter（中文译作：推特）是国外的一个社交网络及微博客服务的网站，注册于2004年，正式运营于2006年，被看作“微博”的鼻祖。

② 王兴创业记：他为什么总是第一个[N].中国经营报，2012-02-15.

总能在第一时间看到最新的Idea。而且，他不止是看看，有的人能说，有很多点子，王兴能做。他看到点子，并认为可行，就立刻拉一支队伍上手去做。

电商做到这个份上，也算一种极致了。

这一年，尚处于红火的初期，王兴丝毫没想到短短一年之后，饭否网会被关停。他更不知道，两年之后，他将重整旗鼓，进军团购江湖。

依然是山寨，但这次将是最后一次。

从社交网站到电子商务，王兴有自己的逻辑：美团网是一种基于社交化网络，同时兼容了电子商务的新模式。与SNS社交网络不同，社交网在前期必须烧钱，长久亏损几乎是必然，美团网却不是如此，一开始就有很清晰的盈利模式。

美团的模式就不说了，成千上万的团购网站早就让大家没了脾气，基本上都一样没什么本质区别，但王兴是个低调的人，他一点都没有互联网圈子里的激进、勇猛，在美团网获得阿里巴巴5000万美金的投资之后，王兴第一件事就是踏下心来，做好产品筛选和客户体验。其他创业者，想到的第一件事，总是扩张，扩张，再扩张。

2010年3月4号，美团的第一单生意推出——梵雅葡萄酒品酒套餐，吸引了近80人购买。到了下一个月，一天能卖几百份，再过几个月，能卖几千份，一天上万份的情况也出现了。

美团上线不久，同类型团购网站纷至沓来：窝窝团的第一单生意是健身体验券；F团第一单生意则是庭院时光西餐，售价达到惊人的1.7折；拉手团也上线了……

之前的创业，他屡战屡败，甚至因此荣获“连环创业家”的“美名”。

对此，他没有任何表情，这个初次见面非常不好交流的“屌丝”，只有在互联网上写下心情时才让人一窥究竟，对于未来，他写道：“阿兰·凯说过，预知未来的最好办法就是创造它。”

## 开心网，一时无二

恍若隔世，你还记得2008年最火爆的那件事吗？不是奥运会，你在公司里上班，最开心的莫过于每天给同事的车位贴条，去同事的菜园子里偷菜……没错，开心网。

成立之初，开心网上的偷菜、抢车位等在线小游戏一下就火了，那段时光，真的开心。以至于创始人程炳皓对于主动上门要求在开心网上做广告的大企业婉言谢绝。

那时候，程炳皓不接受媒体采访，不在开心网上做广告，开心网真的是一个纯粹的开心社区。

很多观察家把开心网和Facebook作比较，觉得大有作为。再和国内的互动社区比一下，简直惊为天人：

首先，新浪CTO出身的程炳皓是这个圈子里最好的产品开发者，开心网的那些应用，真的是上线一个就火一个，而且游戏虽然简单，却毫无Bug，令用户爱不释手。这是多少程序员的梦想啊——就这样把用户征服……

其次，开心网的目标人群找得很准，就是上班族。相比于大学生，上班族这个群体在线时间更有规律，对这种社交网络的需求也更大。

最后，开心网的团队凝聚力不错，直到注册用户达到3000万，这个团队也不过40人，他们在一栋破旧的写字楼里办公，楼下是办假证的贩子团伙。

那是一段美好的时光，这样一个近乎完美的网站，无疑给人们留下很多遐想，资本、商业、梦想，不一而足。

人所不知的是，程炳皓开创了如此美好的互联网产品，但他本人的经历，却颇为励志。此人既没有国内顶尖高校的教育经历，也不是海归精英，他只是一个拥有中专学历的普通人。

程炳皓是北京门头沟人，父亲在工厂上班，母亲是普通农民。程炳皓很聪明，尤其数学是强项，本来顺利的话，他一直读完高中考一所北京的名校不成问题。然而初中毕业这年，父母倾向于让他去读中专，这样就能迅速拥有城市户口了——没错，虽然程炳皓是北京人，但是拥有北京城区的户口，才算真的拥有了北京户口……

听话的程炳皓说，身体发肤受之父母，理所应当，你们让我干啥我就干啥。

读了坑爹的中专，程炳皓觉得百无聊赖，直到三年后，偶然机会接触到电脑编程，他开窍了，从此立志要成为顶尖程序员。

很多年后，他曾说："程序员是非常单纯的人，写程序不复杂，复杂的是这个世界。"你看看，什么是屌丝，这就是屌丝——他们专业技术高超，但他们眼里的现实世界凶险异常。

1991年，程炳皓毕业，进入原子能研究院，从打字员做起，最后成为专业程序员。1997年，程炳皓步入那个"复杂的世界"，正式进入"城市白领"阶层，一年之内跳槽五次之后，到了新浪，此后一干就是十年。

程炳皓在新浪内部主要负责搜索业务，然而面临百度的"作恶式扩张"，新浪无以匹敌，在内部经历多次反复之后，2006年，新浪虽然已经把"爱问"做得有声有色，高层却最终决定终止这个项目，理由很逗——再努力也很难追上百度了……

程炳皓为了这个项目，每天工作12个小时，还因此得了眼病，没想到苦干几年，一夜间付诸东流，"我已经做到自己的极致了，是公司从战略上考虑终止了这个项目，这让我体会到了在一个大公司里创新的困难。这条路被堵死了，那我只好自己去做一些事情。”①

2007年，程炳皓辞职，他的全部存款是300万元，他决定赌一把，带着六个小弟，开始做开心网。“我觉得人不应该把自己的快乐寄托在一个目标的实现上。生活中充满了抱怨、压力、猜疑，搞得很不愉快，人应该尽量让自己是开心的。”②

程炳皓后来拒绝广告商，大概也是因为开心网起家太顺利，没过过苦日子。刚上线的那一阵，基本上没打广告，纯粹靠口耳相传，就在白领这个圈子里迅速火了，最顶峰阶段，开心网一天就买了两百台服务器。

口耳相传也是有秘密的，原来程炳皓原来的新浪同事，此时也分布在很多知名企业，他们的帮忙，客观上也帮开心网做了推广。

当然，到了后期，开心网还是开始植入广告了，中粮的悦活果汁是最大的一笔，但即便如此，开心网的广告收入也没泛滥，顶多每个月几百万元而已。程炳皓依旧保持着程序员的那份“闷骚”——我们很谨慎，因为太多的广告会让客户反感。

最多时候达到5000万注册用户的开心网，本来有机会成为一个更加商业化的网站，但新浪微博、QQ农场的上线，或多或少抢走了客户。

值得注意的是，QQ农场在火过一阵子之后，也不了了之了。

互联网最严厉的批评者，那位在雅虎中国当过总裁的谢文对此的评价是——开心网不能成为中国的Facebook，因为一开始就错了。Facebook做的是通用平台，靠平台来带用户；而开心网被称为“恶搞型社交娱乐网站”，主打偷车位、卖奴隶和偷菜，是靠应用来带用户。

事实上，这种说法也略为偏颇，互联网世界没有定规，并不是

①② 程炳皓：“开心”创造奇迹[N].科技日报，2009-10-19.

做网页游戏就没前途，想一想腾讯，只是一个小小的QQ就做成了这么大的盘子，开心网凭什么不行?

开心网的核心组件是两个，一个是转帖、一个是网页游戏。

对于转帖，刚开始开心网并不对外部网站开放，也就是说，用户如果要转一个帖子，必须亲自把内容粘贴到发表框，然后才能引起其他好友的转帖，而这种相对封闭的做法注定被日益开放的互联网淘汰。新浪微博的转帖功能就开放得多，只要是在网页上的内容，都可以随时转到微博上，开心网转帖这个战场就这样被抢走了。

网页游戏也是相同的道理，开心网拒绝接入第三方应用，客观上把这个平台做成了一个小圈子，这对于一个平台网站基本属于自断后路。

当你的用户产生审美疲劳，而新的创意尚未跟上，第三方软件又未被引入，结果只有被遗弃。

就说后来居上的QQ农场，一夜间抢走风头，就在于QQ空间是一个更加开放、联结更为紧密的平台。

在互联网江湖上，从来没有一个产品靠单打独斗一直活下来——想一想曾经辉煌过的那些应用和网站，一款好用的工具或者一个网页，终究会过时，不过时的只有与用户之间的关系。

在创立三年之后，国内的社交网站已经天翻地覆：人人网号称中国版Facebook，而且顺利登陆纽交所；腾讯朋友圈复刻了QQ空间的模式，吸引了大波第三方开发者；新浪微博强势登场。开心网就像一个犯了错的孩子，在这些大人的包围中，窘迫不堪。

## 年度语录与段子

夏天活捉到蚊子该怎么办呢？1.当然要抚养它；2.送它上学；3.给它买房子；4.帮它娶媳妇；5.给它看孩子。不然你还能怎么办呢？ 毕竟它身上流的是你的血……

——电商就是这只蚊子，面对它，我们还能怎么办？

# 第三部　死去活来

2009年开始，到2012年告一段落，电商们随着各种互联网产品继续深入人民大众，用互联网惯有的不羁和无厘头风格践行着“生命不息、折腾不止”的价值观，这原本沉重不堪的世界，因为有电商的存在，变得充满戏谑与轻松。

就像那个超级冷的段子所言——午时三刻，烈日当空，监斩官下令：斩。突然死囚一阵哈哈大笑，监斩官问道：你因何发笑？死囚迟疑片刻道：专家果然没说错，每天笑一笑可以延长寿命5秒……你现在知道，为什么电商再苦再痛，也还是装作一副无所谓的样子，甚至谈笑风生，指点江山了吧？

因为专家说的没错，每天装一装，每天烧一烧，可以多获得注资，活得更久一些。也能给消费者们带来一丝丝可爱的希望。

# 刘强东，继续电商（2009）

世界在下滑，中国却纹丝未动。这不免让人心生疑窦，有很多批评者说政府不该拿四万亿元人民币刺激经济，那无异于饮鸩止渴。他们又怎么懂得，在某些人的眼里，数字是只能上升不能下降的，弯路是打死都不能走的，市场是永远都信不过的。

虽说经济遭遇寒冬，但很显然，内部环境其实并不冷酷，这也解释了为什么中国电子商务能够在这一年熊熊燃烧，在支付瓶颈、物流体系、信用制度等障碍相继打破，又遭遇了假货、信用体系、盈利模式等阻截，B2C、C2C、B2B三驾马车狂飙猛进之余，痛并快乐着。

貌似强大的电商，也需要克服外强中干的先天疾病，时刻提醒自己，我们是电商，我们还没盈利……

可是在刘强东看来，这又如何？

## 我不赚钱，但我有钱

很多风头正健的电商，虽然不赚钱，但是不差钱，有投资人在背后杵着，放心花钱就好了。

但偏偏有些电商不老实，非说自己盈利了——2009年5月3日，当当网宣布率先实现盈利，平均毛利率达20%，成为目前国内首家实现全面盈利的网上购物企业——你爱信不信，反正我不怎么信。

一看当当如此牛，卓越不甘人后，需要拍马赶上啊，咋办啊？2009年9月，卓越亚马逊推出全场免运费，十年来，这一对冤家首次同时免运费，标志着“免运费”开始成为B2C行业标准规则。

那边杀得眼红，这边，今日资本、雄牛资本等向京东商城联合注资2100万美元，刘强东大概笑了，你们杀呗，你们盈利呗，我没盈利呢，但我有钱花。

刘强东的人缘是有多好呢？为啥投资人都愿意大笔大笔砸钱给他？

此事要从三年前说起。

2006年，京东第一次碰到严重的资金链紧张。年底，刘强东和今日资本的徐新见了面，这位女中豪杰，被刘强东的傻劲儿给拿下了。

没做过一分钱的广告投入，但商城的月增长率达10%；京东是个小公司，会计是临时聘请的，企业的ERP系统是刘强东动手做的。但徐新却在一番抽查后，发现京东的存货和现金管理得很有序。

当然，关键还是在于京东有商业潜力——此时京东只有区区20万注册会员，但销售额已近3亿元。刘强东的大学专业是社会学，他最喜欢做客户调查，尤其是通过网上聊天，他在和客户网聊过程中琢磨他们的消费心理和购物规律，后来他发现，做生意就像一门艺术，艺术是最追求规律的东西，必须花心思读懂客户。

徐新一看，这兄弟靠谱，天天趴在网上给客户回帖——人，就怕认真；电商，就怕傻疯。

徐新注意到了这个细节，她以前投资过一些企业，比如娃哈哈宗庆后，也是看中宗一年365天有200天在一线考察销售——徐新觉得这些不闲着的企业家，值得信赖。

刘强东显然也是这么一个闲不住的创业者。

有消息称，徐新和刘强东谈得差不多了，徐问刘强东此时需要多少钱，刘强东嗫嚅着说200万美元。徐新则莞尔一笑，看来这兄弟还不知道钱的威力，我就给你1000万好了。

在拿到1000万美金之后，刘强东确实尝到了到资本的威力，他有足够的钱砸下去做物流、做管理，而不是把企业做上市，这个傻疯派知道，上市圈钱不是他的目标。

2007年，京东商城发足狂奔。此时的中国网民经过淘宝、当当、卓越多年的训练，已经初步接受了网络购物，但此时3C电器却没有说得过去的电商。

具体到操作层面，刘强东的战略是，赔本也要赚吆喝。

“杀头的生意有人做，赔本的买卖没人做，但京东当时就能做到进货价2000元/台的冰箱，1980元/台卖出去。”[①]好乐买总裁李树斌，时任京东竞争对手搜易得的技术总监，对刘强东当年的扩张手段记忆犹新。当时中关村有很多家小快递公司，都说，刘强东是个疯子，京东那家公司早晚完蛋。

几年后，京东还在烧钱，但那些小快递公司，果然全部完蛋了……

“刘强东的战略很简单，就是正品、低价、规模第一、渠道为王，同时他有魄力坚持到底，既不封闭试听，也不受任何外界因素干扰，只做自己认为对的事情。”

“老刘很有本事，平时不爱说话，关键时刻很有煽动力。”徐新回忆说，比起缺钱，刘强东更缺的是人才。京东当时老员工的工资是五六千元，这个价格很难招到出色的人才，但刘强东不管，他很有江湖气，就算新员工再厉害，也不能超过老员工的工资——抠门的另一种解释，“比如陈胜强，我们给小陈画了张大饼，他去跟老刘谈。老刘谈了很长时间，把工资砍了一半还多，现在小陈是京东的财务总监。我先后给他引荐了几个人，他都有本事把工资降低50%~70%，但大家真的愿意相信他，也相信他承诺的期权。”[②]

原来如此。

“当他发现1万元的人确实比2000元的人好用，就会立刻去市场

---

①② 刘强东：我为电商狂[J].东方企业家，2011（7）.

找人才；他不喜欢公关，但当他发现品牌的威力和营销的影响后，他能迅速调整自己，不因个人好恶耽误公司发展；而且他比较喜欢用户体验，经常看用户体验、回信。”[①]徐新简直是刘强东的黄金搭档了。

“过去造就一个10亿美元级的公司，需要三代人，中国是把这段历程浓缩在几年之内。刘强东的压力很大，头发都白了，苏宁做到100亿元规模用了多久？京东的发展对刘强东的意志力、心胸和管理水平都是极大的考验。京东的成长超过我们预期，我们给过他四五次过桥贷款[②]，2008年金融危机，很多已经谈好要投京东的基金纷纷反悔，他压力大到睡不着觉。但我们还是相信他，又给了800万美元。我以前投过网易，也遇到过困难的时期，所以我相信坚持的力量。”

刘强东的坚持换来的是投资人的坚持，虽然这是个烧钱的循环，但至少它表面看起来价值连城了。

## 闯入羊群的猛兽

徐新等天使投资人给刘强东投了2100万美元，从这以后，刘强东可谓万事俱备，他拥有了一个电子商务人士所需的全部资源：资金、人员、知名度、技术……但万事俱备之下，“只欠东风”，原来他还缺乏一个完美的商业模式。这意味着短期内很难获利，源源不断的资金投入却不能停，所以只能不断融资。

为什么商业模式如此重要？

---

① 刘强东：我为电商狂[J]. 东方企业家，2011（7）.

② 过桥贷款又称搭桥贷款，是指金融机构A拿到贷款项目之后，本身由于暂时缺乏资金，没有能力运作，于是找金融机构B帮忙发放资金，等A金融机构资金到位后，B则退出。这笔贷款对于金融机构B来说，就是过桥贷款。

这得从京东的发展说起。最开始的时候，厂家与经销商欺负弱小的京东，大家合力打压、断货，搞得刘强东非常恼火。厂家和经销商为何如此？因为京东的模式本质上就是圈内所说的“串货”。[①]

好比一家电器经销商，这个区域只有少数几家竞争对手，但他们的底价和成本相差无几，生意好坏取决于双方提供的服务和门店的位置。此时，京东出现了，顾客完全可以选择网上购物，可是京东要发货，也得从这个区域调货然后配送，价格还比门店低。这明显是抢了别人的饭碗。

即使京东刚开始的串货是区域性的，经销商和厂家也无法容忍。因为这会打乱大家的盈利计划。

如果你非要说刘强东明目张胆的“串货”就是他的模式，那也可以，只是这个模式太粗暴，刘强东就像一只闯入羊群的野兽，疯狂地撕咬着旧规则，却无法建立新规则。

时间来到2008年年底，有电子产品大佬坐不住了。这就是台资IT巨头明基，其发表声明：反对“个别企业以3099元的非正常低价销售BenQ投影机产品”。话说得委婉，可是地球人都知道，这是针对京东商城的。

明基如此愤怒，其来有自：在市面上，一台明基投影机要卖4000元，就算商家搞促销，也基本在3800元左右。可是京东商城一上来就报出“3099”的超低价，这也太粗暴了，让别人怎么做生意……

刘强东却不在意，明基发出谴责声明之后，京东商城做出了回应——这款投影机再降100块。

---

① 一般发生在各个地区之间，主要是指，某一区域代理商将自己的产品销售到了其他同一品牌代理商的代理区域。通俗上来说，对于区域限制的产品拿到非本销售区去销售的行为称为串货行为。

这就是“赔本赚吆喝”的电子商务极致版本。

受益者是消费者，大家发现，京东商城的东西都是正品，但就是便宜，彩电比国美、苏宁等一线门店要便宜几百块钱，有什么理由拒绝呢？

京东这头闯入羊群的猛兽，正在成为圈子里口诛笔伐的对象。然而，刘强东显得很有男子汉气概：“辱骂、排挤、排斥都是解决不了问题的，要想活命，就只能想办法比京东做得更好。”[①]

这话潜台词就是，你要有实力就卖得比我更低呗，没实力就靠边站吧……

事实上，刘强东是一个典型的中国商人，他没有完美的商业模式，但他懂得如何在中国做生意。中国商人最擅长的其实是利益博弈，相比于创造一种新价值，他们发现将聪明劲儿放在人与人的斗争中能更快地获得资源。马云是个例外，他创造的阿里巴巴，无可匹敌，但是刘强东则是正统的中国商业大鳄的缩影——血腥的价格战和异于常人的勇气，他同样可以获得成功。

我们常说，只有价值才能创造恒久。可是中国人同样相信，通过粗野激进的扩张，也能达到顶峰。这当然也是真的。

就像美国汽车大王亨利·福特的经历，在T型车打开市场之前，汽车是一种奢侈品。福特改变了这种情形，他将所有资源投入到汽车生产线上，打造一种普通人都买得起的商品——家用汽车。

所谓薄利多销，先入先得。福特并未创造新的东西，但他改变了一种观念，于是他获得了成功。

同样道理，刘强东通过改变消费者的购物习惯，也可以获得巨大成功。与马云的模式之王相比，刘强东的“炒货”逻辑似乎更容易获得理解。

① 孙力.创城记[M].太原：北岳文艺出版社，2012.

另外还有一个因素无法忽视，刘强东是那头闯入羊群的猛兽，他生性倔强，认准的生意一定会坚持到底。京东商城也带着这种个人特色："我们是只看成本，不看毛利的一家公司，我很少会看我的毛利率，我对我的成本，就是费用率，是非常关注的。我每次开董事会，都会分析我们成本哪块儿变高了，哪块儿该降没降下去。我们内部分析怎么获利、怎么赚钱不如分析怎么降低成本。我们内部很少会开会讨论如何提升毛利率"。[①]

"一切事情都是很简单的。在我大脑里面没有复杂两个字。我看任何事情都很简单。"

没错，这种所谓的简单，其实很好理解——就算赔个精光，我也要坚持到最后。

## 大佬恩怨

2012年3月，刘强东在微博上爆料："三年前，某业界大佬想白菜价控股我们，并温柔地威胁说：'如果你不和我合作，我拿5亿美金难道打不死你？'我说：我创业之日几乎没钱都没有害怕，何惧今日？并且年轻气盛地反击：'和我合作是你一生进入零售业的最后一次机会。[②]'"

圈子里的人一看便知，刘强东所说的大佬便是富士康老板郭台铭。

与刘强东不欢而散，郭台铭紧接着在互联网领域扔下一颗棋子，这颗棋子叫飞虎乐购，主打3C产品——看一看郭老板怎么用5亿美金打死刘强东……

郭台铭对于互联网，或者电子商务的兴趣，和马云不无关系。

---

① 孙力. 创城记[M]. 太原：北岳文艺出版社，2012.

② 详见刘强东个人微博。

我们前面也说了，阿里巴巴最早的一批投资者就包括郭台铭。

当时，阿里巴巴赴港上市，郭台铭旗下富士康以每股13.5港元收购了1754.9万股阿里巴巴普通股，涉资2亿多港元；这之后，郭台铭和马云更是联合投资了百世物流科技有限公司，据说，百世物流又与汇通快递有密切联系。

到了2009年，郭台铭准备直接进场，做电商。这就出现了上面的那个情节，具体是否如刘强东所言那般戏剧化，不得而知，但是他们肯定接触过。

合作未果，郭台铭只能自己拉队伍。当时在3C领域，已经有京东商城、新蛋网等诸侯，老郭的优势在哪里？

第一，资金充裕。这个不必多说，当初郭台铭决定在3C电商江湖上打开一条血路，他必然要准备足够的钞票来一场消耗战。“5亿美金”不是胡编的，他真有这个实力。

第二，富士康是世界最大的电子产品代工厂，而且老郭旗下的3C终端渠道赛博数码早已运作多年。这些现成的供货渠道，都是其他电商不可企及的。

第三，老郭早就布局物流行业了。百世物流已经初见规模，汇通快递也自成一家，马云在物流方面也会鼎力相助。

很快，飞虎乐购上线了。具体操作人是头发花白、体态发福的杜家滨，此人已经从思科中国区总裁的位置上退役好几年，在IT行业是老前辈。再度出山之前一直做投资，此次被郭台铭请出江湖，就是来打硬仗的。

杜家滨和郭台铭是好朋友，此人也对电商很感兴趣，他做飞虎乐购，卖点不是低价，而是服务：“中国消费者其实从来没有享受过优质的购物服务，仅仅依靠低价和目前的物流配送，其实并不能让消费者满意。”

尽管京东商城气势汹汹，但杜家滨同样野心勃勃：“我们的最大核心竞争力在于售后服务，因为我们的创始人都很懂技术，年轻的员工们也都有很丰富的售后服务经验。”

杜是中国最早、最著名的职业经理人之一，1994年3月，他担任美国微软公司驻北京办事处负责人，后又升迁担任微软（中国）总裁。

1998年，杜家滨从微软辞职离开，进入思科中国担任总裁。8年后的夏天，杜家滨又做起了天使投资人，并创立诚实科技。

该公司也是一家电子公司，主要从事面对欧美市场的手机设计、制造和销售，在卖掉诚实科技之后，杜家滨专心投资。

飞虎乐购网是3C电商，主要产品包括诺基亚、索尼、戴尔以及部分国内厂商的笔记本、手机、数码相机产品，还有部分生活用品。刚创立，飞虎乐购全国员工有200人，在北京、上海及深圳都有办公室以及仓储物流平台。

三年过去了，我们再回到开头，2012年3月，刘强东在微博上爆料：三年前，某业界大佬想白菜价控股我们，并温柔的威胁说如果你不和我合作，我拿5亿美金难道打不死你……

这个微博的最后一句是“今日闻该B2C网站停运。光脚别怕穿鞋的。”

刘强东完胜，这个什么都不怕，甚至有时候显得很“二”的企业家，是个硬骨头。

## 火影忍者

2009年，京东拿到徐新等人的2100万元美金之后，圈内都等着看戏，这似乎又是投资人与创业者的那个老命题——投资越大，创业者出局的风险越大。

刘强东却依旧强硬，我拥有京东超过50%的投票权以及董事会超半数席位，只要我在京东一天，就是我说了算，至少5年之内我还是一把手。

在大张旗鼓地烧钱降价时，刘强东免不了被贴上互联网“坏孩子”的标签，事实上，他也确实符合坏孩子的形象：手握巨额投资，在网上热衷于与人吵架，是新一代价格屠夫，所过之处，竞争对手呻吟连连……

2010年12月8日，当当网在美国上市，刘强东受刺激了，他当即宣布，京东图书以同比便宜20%的低价进行促销。其实一个月之前，京东图书商品上线，在进入一个新品类之后，刘强东的第一步必然是血腥杀价，卓越、当当在图书在线零售市场已经感受到巨大压力，毕竟，这两家企业是靠卖书起家的，现在，一个野蛮的金元大佬狠狠地闯了进来，不顾一切，看上去就是为了打破平衡。

进军零售也是不得已，毕竟大家电的重复购买率低，用户不可能一个月买一台电冰箱，但是书籍和其他商品就存在这种可能，用户对书和零食等商品的需求频率更高，这意味着薄利多销。

“本想低头默声不再公开谈论江湖之事，避免成为攻击靶子！无奈垄断和潜规则横行的行业令人窒息，与其被闷死不如挣扎呐喊！这是人之本能而已！我只是一个四处呼喊公平竞争的市场主义者！我不是个坏孩子！真的！”①

在被贴上坏孩子标签之后，刘强东开始装可怜了，“如果你想创业的话，真的不建议大家选择商业零售行业！你的销售额不增长等死！你的销售额快速增长必然会得罪很多人，因为都是从别人篮子里争取过来的！这是一个漩涡，不停地转，你无法置身事外……真想有一天也能放下一切私奔去。”②

“商业竞争是很惨烈的，到最后能活下来的可能就是一两家。

① 详见刘强东2011年5月4日微博。

② 此事暗指当年王功权于微博上发表“私奔”内容而引发的“私奔”热。

对我们来讲，我所做的一切并没有损害消费者利益，尊重商业规则，也不违法。那么在这个基本的条件下，所有激烈的手法我们都会采用。”①

野蛮的价格竞争只是表象，京东烧钱更多的地方在物流，他曾经读过沃尔玛创始人的自传，他发现全流程业务的公司做到最后都是物流公司，沃尔玛就是全球最大的物流公司。

于是，除了价格竞争，刘强东这头闯入瓷器店的大象，开始布局物流体系，并做好了一个蓝图：“未来每隔600千米有一座京东仓储配送中心，3年之内实现500~800个城市自行配送，到时京东的物流覆盖能力将超过订单数的95%。”

不可否认，刘强东拥有雄心壮志，并且用一种近乎偏执的方式来实现自己的计划。在这家公司内部，会议室以各国首都来命名，听起来有点滑稽，但也可以堂而皇之地说，刘强东有全球视野。听到这样的评价，他显然要比听到价格屠夫的评价高兴一百倍，他竟然笑了，然后顺水推舟——没错，一个企业家看得远，这是非常正常的，像京东这样的企业，如果要为用户创造价值，这样做是必然的。

这个霸气井喷的人，爱好是钓鱼和越野，据说很爱开越野车，尤其喜欢在山地上腾空跃起的飞翔感，还曾因此被撞过一下腰。

显然，刘强东其实是一个有点土的老板，这一点当然从他的外表也能看出来，更重要的是他的这种行事风格，非常的“土老财”。

在招收员工这一点上，刘强东也很“迷信”——管培生候选人要做家庭背景调查，父母是普通工人或农民的，才能顺利通过——好变态啊。

刘强东说得很直接：“那种家里可以三五年不工作都还能吃

① 详见刘强东微博。

好喝好的，我们不敢要。”他有点走入另一个极端了，谁说富家子弟就一定不能吃苦，一定不如穷孩子有担当呢？

但在刘强东看来，这都是一定的。

他喜欢跟别人高谈阔论什么是“价值”。他认为京东从中关村的小柜台做到今天的大公司，这就是一种价值。与此相反，炒股和赌博、彩票都是没有价值的，因为不是一步步积累起来的财富。

然后有人就很居心叵测地说，那为什么京东一直在烧钱，这不是一种浪费吗，这不是在赌博吗？刘强东对此提出反驳：“大家确实都在烧钱，但钱有两种烧法：一种是烧在市场上，砸广告，烧了就再也回不来了；另一种则像京东一样，把钱烧在仓储、物流、信息系统方面，变成了有价值的固定资产。实际上，我们现在只要停止投资，马上就能盈利。但我们选择不停地追加投资，只有这样才能将消费体验做到最好。”①

嗯，这是果敢，或者是勇气，反正你不是刘强东，你永远不懂他。反正，人家火了——并且一直火着，影响着电商和消费者，忍耐着，不着急盈利，是新电商烧钱玩法的开路者——简称，火影忍者……

## 年度语录与段子

投资人给我拉来三车钱，我把一车给了搬运工和仓库，一车给了媒体，一车换成钢镚直接发给了全国人民。给完之后，我感觉好极了，觉得自己特别有价值，于是我高声吆喝：再来十车！对外还得说是二十车。我不是陈光标，我是中国的一些电子商务公司。

——易凯资本CEO 王冉微博评论中国电商模式。

---

① 详见刘强东微博。

# 混战：团购与3C（2010）

中国内地的房地产价格在这一年冲到了史上最高，简直逆风飞扬。后来很多人才回想起两年前的四万亿刺激计划，大家一拍脑门，嗨，又被忽悠了。

火热的场景下，电子商务也热火异常，陈年说："从2010年下半年开始，电子商务太热了。热到什么程度？凡客市场推广部的主管出来创业，都会有很多VC找，就更别说总监、总裁级别的人出来创业了。"①

电商圈，似乎又迎来了全新的非理性繁荣，关于圈子的段子层出不穷，其中有一个是这样的——盖茨夫人接受采访时说："我们家从来不用苹果的产品，甚至连苹果都不吃。"坐在一旁的乔布斯不屑一顾："切——那有什么了不起的，我们家连窗户都没有！"扎克伯格听了，淡定回道："你们敢不要Face吗？"

电商的竞争，正是如此，你死我活，分开卖萌。

## 团购：分开卖萌

2008年11月，Groupon在美国成立。其独特之处在于：每天只推一款折扣产品、每人每天限拍一次、折扣品一定是服务类型的、服务有地域性、线下销售团队规模远超线上团队。

不久之后，Groupon上市，募得资金7.5亿美元。在进入中国之后称为"高朋网"，其后传出"诈骗门"——网友通过高朋网团购的天梭表未得到天梭官方认可。

① 凡客诚品CEO陈年：挺住意味着一切[J].商界评论，2012（3）.

此事一方面表明团购网站资金实力雄厚，模式精巧；另一方面表明，团购网站，处处是陷阱。

如此精妙的模式，中国内地的电商岂肯放过？在2010年，国内团购网站忽然风生水起，用“雨后春笋”来形容一点都不为过，然而金玉其外败絮其中，也是其一大特点。

根据有关统计，仅仅发展一年之后，2011年7月份，中国已有团购网站4871家，从业者超过10万人；12家一线网站全国销售额之和约10.2亿元；从4月底开始，仅大众点评网、窝窝团、满座网、F团、美团网五家团购网站就已经圈钱近5亿美元。①

**窝窝团：**这是最具有寓言意义的团购网，创始人徐茂栋，山东人，曾创办齐鲁超市、凯威点击——后者就是著名的分众无线，因为被央视点名为垃圾短信后台，折戟沉沙。徐茂栋在投资人眼里，是一个剽悍的执行者，他创业的唯一目的就是上市。之前的齐鲁超市未能如愿成为国内最大民营超市，后来的分众无线则在上市前夕阴沟里翻船，现在，轮到窝窝团了。对于团购，徐茂栋自认为窝窝网是国内最早的践行者，虽然2010年才成立，但早在一年前他就组织团队进行市场调研，这当然没错，然而徐茂栋的行事方式以及团购网站烧钱的模式，都将他推到风口浪尖，甚至有次微博上票选谁最可能成为携款出逃的团购网老板，徐茂栋名列第一。搞笑的是，窝窝团官方微博竟然也将这一票投给了自己的老板……徐茂栋在窝窝团内部的地位其实颇为高调，据内幕人士爆料，窝窝团的目标就是上市，并且要成为最快上市的中国企业，策略很简单，就是做大盘子，通过收购地方网站，将销售数据做上去，同时火速圈钱。在内部誓师大会上，每个地区的销售人员都会领到一面

① 团购导航网站“团800”在2011年7月份的统计数据。

“军令状”，并跟着站在座椅上的徐茂栋大喊十声“窝窝必胜”，其状，颇似传销。

**主要投资人：鼎晖创投、清科、紫荆资本、嘉石投资。**

**团宝网：**“最可能携款出逃的团购老板”排行榜第二的任春雷“不负众望”，在2010年创立团宝网之后，迅速做大，仅仅一年之后，陷入破产传闻。网友遭遇申请退款被拒绝，打客服无法接通，邮件、私信任春雷皆无下文的惨状，最后无奈呼喊——简直是如假包换的骗子啊，这叫做金蝉脱壳，申请破产转而注册团宝（中国）开业，真是阴险至极。

网友痛骂只是隔靴搔痒，债主讨债、员工讨薪才是要命的，任春雷和几乎90%的团购网站面临同样的问题：投资人的钱烧光了，但是未能上市，盈利更不可能，投资人不肯继续追加，于是企业资金链断裂，只得倒闭。

另外，任春雷在处理危机时未能第一时间站出来澄清传闻或采取积极措施——没钱，一切都白搭。只能说，他尽力了，但他真的无能为力。闹到最后，投资人和他发短信互相嘲讽，语气强烈令人感到商战残酷。投资人说，你要认清现实，裁员人数以及未来投入削减达到要求后，会给你一笔钱，要感受钱的魅力，现在死和三个月之后死是一样的；任春雷反唇相讥，请你也尊重创业者，兴许机会就在明天……

**主要投资人：不明，据推测为国外机构，以及国内天使投资人组成的投资团队。**

**拉手网：**紧随前面两位，在票选中名列第三的吴波，做过视频网站，建立过焦点房地产网，创业经历可谓辉煌。拉手网成立于2009年9月，一年之后就成为中国内地最大的团购网站：注册用户数量300万，每月平均访问量3000万，2010年总销售额10亿元，而且仍然在成倍增长。

观察者对此的评论是，和美团等竞争对手比起来，拉手网的制胜点在于融资、推广和扩张方面。成立3年时间内，拉手网累计完成了三轮融资，总共融资达到1.66亿美元。2011年最大的一笔金额达到1.11亿美元，这是其他同行在同期融资的总和。

拥有如此骄人的业绩，为什么吴波会被选为“最有可能卷款出逃的团购老板”？IT评论人谢文，也就是那位在雅虎中国奋斗过的人如此评论：“吴波浮华虚荣，在做生意而不是互联网。”

这个评论本身是有点问题的，难道互联网不是“生意”吗？可能谢文的意思是，互联网首先得是一种信仰，其次才是一门生意，如果一上来就抡开大锤，像徐茂栋那样一心只想着迅速做一个产品然后卖钱，反而无法得逞……难怪雷军在卖掉卓越网之后要大醉三天，敢情这互联网上的生意，卖掉还赚了钱的，简直要谢天谢地了。

**主要投资人：麦顿投资、金沙江创投、Norwest Venture Partners、泰山天使、Tenaya Capital、瑞士奢侈品公司Compagnie Financiere Richemont SA旗下基金。**

**美团网：**媒体对其评价是“少数没有陷入裁员风波的团购网站之一，业务增长稳定。”这家同样创立于2010年的公司，创始人大名鼎鼎，王兴，曾创立过校内网、饭否网，清华帮成员，互联网圈子里少有的模式玩家。

最难得的是，他不激进，对于这个圈子而言，不激进的人，是最有可能活到最后的人。

刚创立的时候，对手们纷纷砸钱做广告，美团没动。看到写字楼的分众终端里，对手们的广告都播了一圈，王兴更不敢轻举妄动了。过了不久，有朋友打电话说，你们美团做得挺大啊，到处是广告。王兴纳闷，公司没投广告啊。后来得知，是朋友搞混了，那么多团购网站的广告，张冠李戴是正常的。王兴和他的团队都认可一个准则：真正牛的互联网公司，没有一家是靠砸广告做起来的。

所以，对美团而言，将最有可能成为硕果仅存的团购网站。

**主要投资人：红杉资本、阿里巴巴。**

**其他团购网站：**

F团、高朋网、24券、糯米网、大众点评团、嘀嗒团、满座网、QQ团、58团购、淘宝聚划算……

**团购后记：**

在2010年我们还无法预知一时火爆的团购网站路在何方，对于这些网站，有喜有忧，总体而言，各有各的痛苦，只能自求多福。两年之后，死去与活着的各有其主，是为后记。

到2012年底，窝窝团宣布盈利，成为团购类网站中唯一一家实现规模盈利的公司。怎么个盈利法呢？商城模式引领的专卖店业务占据总收入七成，全国近10万家优质生活服务商与窝窝商城结为合作关系。这可以视为生活服务的“淘宝商城”模式。

与此同时，F团和高朋网进行合并；24券资金链断裂……剩下的大部分团购网站只是苟延残喘，更夸张的是，网站上团购的货物甚至“雄踞”团单一年之久。要知道，团购这个概念最初可是“每天都有新鲜货”。

## 3C的权谋

除了团购网的“百团大战”，这一年的3C混战也颇为热闹。

先说说3C是个啥？3C认证实际上是英文名称“China Compulsory Certification”（中国强制性产品认证制度）的英文缩写，也是国家对强制性产品认证使用的统一标志。然而，3C标志并不是质量标志，而只是一种最基础的安全认证，它的某些指标代表了产品的安全质量合格，但并不意味着产品的使用性能也同样优异[①]，呵呵。

3C认证产品有很多门类，我们要说的，主要是家电产品、电子产品。

经销3C家电与电子产品的商家有很多，互联网圈子里，以京东商城、当当网、国美电器等为主。

现在懂我意思了吧？这年的3C混战，其实就是京东与当当等3C电商之间的对决，非常精彩，不要走开。

先了解一下这个产业链的盈利环节吧：

以某电子产品为例，出厂价为100元，一级经销商通常加价后达到115元，所谓一级经销商，事实上目前在全国分布也相当广，甚至已经进入县级市。然后再经二级经销商进入更基层的乡镇，通常会加5%~8%。零售终端一般还要加价30%，因此这台电子产品出厂价100元，最后消费者买到的时候要多花近50元。

如此层层剥茧，且竞争相当剧烈，如何保持价格体系持续运转呢？

首先，分区管理。中国是一个庞大的市场，按照不同的标准，比如行业、区域、渠道等又被划割成很多小块，每一个小块都有不同的经销商。

其次，这个圈子里的最大特点就是信息封闭。所有的价格，包括出厂价、一二级经销价等，只有圈内人知道，外行难以想象。

正因如此，电子产品的价格体系才始终维持着正常运转，除非

① 详见百度百科：www.baike.baidu.com/view/168.htm.

你深入这个圈子，否则根本摸不清商家的底线到底在哪里。

这就是行业的潜规则。表面看来，很多经销商大打价格战，但是促销再疯狂，也不能突破上述两个底线，然而，电子商务却百无禁忌，它打破的恰恰是传统经销商的这些潜规则。

可想而知，传统经销商与电商简直深仇大恨。有经销商就直言：“京东的模式对销售家电肯定是有问题的，因为经销商和厂家都感到自己受到压榨，受压榨的一方肯定不愿意好好配合。”①言下之意，京东这样的大型电商平台，实际上就是不交租金的国美和苏宁，之所以价格低，并不是京东商城真的把资金都砸进去，让消费者占便宜，而是通过巨大影响力，不断压缩实体供货商的利润空间。

以经销商们的对话为例：“怪不得网上有人在讨论，京东是不是全民公敌呢？”“对，这和家电业的潜规则有关，其实有时厂家还是暗中支持串货的。”②

所谓的厂家支持串货，是因为串货表面上是扰乱市场，实际上却是搞活市场，加剧竞争。

比如某品牌电冰箱的安徽总代理，在没有串货时，他当然可以集中力量先做最好做的区域，相对不发达的市场可以放一放。这是厂家不愿意看到的。出于扩大市场占有率的考虑，厂家就会暗中鼓励别的区域经销商串货，抢市场。如此一来，安徽总代理也不得不全力投入新市场开拓。

当然，权谋在3C圈子里的运用，和其他商业圈子并无不同。本质上而言，厂家要维持一个相对中立的态度。

比如淘宝上卖假货、仿货的店不少，如果造成了大规模的不良影响，淘宝就要出面整治。但是不能斩草除根，因为淘宝不仅要吸

①② 孙力.创城记[M].太原：北岳文艺出版社，2012.

引消费者，也要吸引中小卖家，大家彼此心知肚明，都留着后路。

这就是3C的权谋。

事实上，商业交易离不开博弈，买卖双方要互相砍价，这个谈判的过程就是一种商业博弈。商业模式就是将这种博弈给双方带来的利益平衡点找得更准确。

## 老板促销

刘强东是京东的老板，按说老板是坐办公室，或者在高尔夫球场上打球的，但刘强东作为草根老板，在进入电商圈子时无数次说过转型，也始终刻意维护自己“草根老板”的形象。

所谓的转型，是现在商界的流行词，包括各种转型，什么战略、架构、流程等，都在转型，刘强东说的转型，则是模式转型。

模式的重要性，我们在前面已经有所提及。以京东商城为例，这是一家在发展前期并不注重模式的公司，当影响力达到临界值，模式的重要性就显现出来了。

为什么？因为商业环境在不断变化，诸如市场、技术、竞争对手的成长等因素，刘强东在每次获得巨额投资之际，都在考虑转型，每次转型当然也都是成功的，只不过一直没有找到相对固定的商业模式而已。

到了2010年，中国互联网圈子里的市场发生了巨大变革，原先快速增长的产品，诸如网游，都出现疲态，但B2C电商却迎来新的增长契机。

从宏观层面看来，电商的疯狂与混战有一定的“疯投”色彩。但每次投资决策，投资人当然也不是全无禁忌，只能说大家在此刻达成了共识，认为电商已经达到了一个开花结果的临界值。

于是，各大电商平台开始直面交锋，以京东和当当的竞争最为突出。

刘强东为了突出自己草根老板的形象，这一年年底，亲自到一线进行促销，还充当起京东快递员，如果客户认出自己，还能享受半价折扣。

另一招更绝，就是令人闻风丧胆的江湖夺命索——降价。

降价风潮，首先从图书开始。

2010年12月12~16日，刘强东忙得不亦乐乎。他亲手发动了降价大战，尔后利用自己的网络影响力，在微博上给大战造势。

见此情形，当当网的李国庆也按捺不住了，他发了一条微博："他们才10多万种书，而当当网已经60多万种图书，我们八成顾客能次日达，剩下两成是第三天达。"

李国庆一开口，刘强东的机关就被打开了："国庆，我们的图书品种已经22万种了，你的抓取系统需要改进了。至于配送速度，客户说了算。我们就别评论了。"

接着又说，"今天凌晨，我们兑现了承诺，已经在京东价基础上再给会员打八折……如果网友们发现任何一本书的会员价没有便宜20%以上可以举报。我们会在24小时内继续降价，确保便宜20%以上!直至价格降到零!!"

数小时后，显然是High（兴奋）了起来的刘强东直接发出挑衅："如果国庆依然保持沉默抑或明日当当股价继续跌，我会考虑提价的。我只希望国庆明白：上市不代表无可匹敌，这场价格战你是打不起的。"

李国庆大概快气死了，他还是强忍怒火，在自己的微博中回应说："价格战是个假命题，大家都有比价工具，都降价了，谁也不会得到好处。"

李国庆似乎道出了圈子里的一个秘密，什么是比价工具？原来，当当网、京东商城、卓越亚马逊，这三家最大的图书销售网站，都有一个很重要的日常运营环节，就是对竞争对手的产品价格自动抓取。一旦有人先降价，另外两家立刻报警，并且紧随其后，自动降价。

刘强东宣布京东商城全面降价次日，当当网接招，噱头是庆祝成功上市，全场图书音像“满119返30、满199返50、满999返300”。同时，卓越亚马逊不动声色也加入进来，宣布针对即将到来的圣诞、元旦双节，“全场图书降价20%、全场免运费”。

刘强东要打一场“你们打不起的价格战”，当当网和卓越偏不信——随后一天，当当网继续发招，声称将斥资4000万元推出大幅降价促销活动，促销活动将涵盖图书、数码3C、美妆、母婴用品等众多产品。

卓越亚马逊也发动新的攻势，宣布旗下经营的数十万种畅销书以最低价再降20%后，还要在此基础上再参与满100返15元券活动。

战火熊熊燃烧啊。

虽然号称让利幅度巨大，大家都亏本赚吆喝，实际上他们都是赢家。三家企业联手推动了一场前所未有的B2C圈子大促销，清理了大批库存，抢在年底前成功完成了“大冲关”，这样就能从供应商处获得海量的返点。

圈内人评论，京东这是“田忌赛马”啊，图书是新上线的业务，用这个尚不擅长的业务去挑逗他人的传统领地，不仅可以让对手蠢蠢欲动，欲火焚身，而且还能顺便把自己推入这场战斗的中心阵地，多好的推广策略啊。

## 李国庆爆粗

一边和刘强东打嘴仗，一边，是刚刚上市的喜悦。还有第三边，李国庆发现自己的公司被上市投资机构严重做低了，于是，他要发飙了。

成功上市后，李国庆发了若干微博，爆料他与投资人的龃龉："当当网上市了，老股东们很爽，价值涨了10多倍。投资银行也将个人高升。美国人实际，你骂他们是孙子，只要赚了大钱还舔你屁股"。

不过，李国庆在微博上发飙这件事儿，圈子里的人一看便知："李国庆现在还在发微博说这事，那说明应该不会影响关系。如果真的有什么深仇大恨，那根本不会说话了。"

就在李国庆抱怨投资机构不仗义之后，另一关键人物出面迎战，此人被称作"大摩女"，中文名李蓓，英文名Renee，1980年生，据说是官二代，而且不是一般的官，而是军队首长，应该与某前中央领导同辈，两家关系密切。又据说这位女豪杰的上面有9个哥哥，她排行第十，所以小名叫十丫，还有个17岁的表妹在国外留学，整天和一帮圈子的同门师兄妹厮混……

此女是当当项目上市的大摩负责人，李国庆对大摩的怒火直接起源于她。其一，大摩在当当上市过程中做了一些看起来很苛刻的限制，比如在婚姻和家庭保障方面的限制协议，潜台词是：上市了，身价倍增，不许和俞渝离婚娶小三，就算离婚，也要付出高额代价。其二，当当上市之后仅几天，李蓓即启动了备用方案，连续打击李国庆，导致李国庆相当不爽。

可是李国庆也没脾气，因为就当他骂骂咧咧找唐越申诉时，唐越让他找Paul，李国庆说我何苦来，这不是自己找难堪嘛?

唐越是谁？Paul又是谁?

唐越，江湖外号是"天生的Deal Maker"，曾经创办e龙网，赚钱之后转型投资，但之前做投资不顺利，亏了8000万美元。其时在蓝山资本任职，蓝山是老虎基金的分支，老虎基金是当当的股东。这关系，七拐八绕，都是一家人。唐越据说也是官二代们的座上宾，和李蓓在业务上往来密切，和当当上市也有股权或其他关系。

Paul中文名李天凡，是摩根士丹利的全球合伙人，是李蓓的老板也是其丈夫，号称新的索罗斯。当当李国庆和李蓓的骂战升级，意欲投诉，可是投诉到高层就是Paul……

呃，所以无果。

接着八卦李蓓，这位名门女毕业于上海交通大学，职业生涯早期从事汽车行业，曾在北汽控股工作，据说北汽董事长对此女有深厚感情，李蓓在北汽的办公室原封不动，董事长时不时进去睹物思人……貌似离开北汽后，还在住友干过，之后加盟摩根士丹利，部门为资产管理部，2010年又调任企业融资部，直接负责当当、软通等项目，当当上市，她是敲钟人，尔后荣升为大摩最年轻的合伙人。

李蓓作风很强悍，豪门幺女嘛，大摩投资的某公司，负责人姓崔，该公司请了个财经记者出身的女士做高管，某次开董事会，讨论业绩不佳的问题，该媒体出身人士不知深浅，挥斥方遒，结果被李蓓痛骂，紧跟着在微博上骂崔连个Master Plan（总体规划）都不会做，让手下转告崔，再也不想见到那个记者，还说自己马上会派人过去接任。

这场口水战中，李蓓这边兵强马壮，李蓓的一干好友纷纷出战，她的闺蜜上海人，外号“菜皮”的陈唯怡也是此次骂战的大将。陈在美国呆了12年，人称哥伦比亚大学才女，在美国某银行工作过，此前归国，成为李蓓的心腹干将。

另外一员大将名叫江一萍，也是李蓓的闺蜜，高盛员工，负责二级市场操作，和大摩有密切的合作关系。此女有过5年婚史，其时已经离婚，育有一子；其丈夫也是这个小圈子中人，与北汽控股的某高管是发小，由于江一萍身在圈中，估计他的前夫至少也是个高干子弟，但此人人品有问题，而且家道中落，打着老婆的名号向她的一帮好姐妹借了好多钱……

你也知道，这种混战没什么结局，只能不了了之，李国庆也是发发牢骚，一方面IPO已成定局无法更改，另一方面，人家投资银行的背景有多深，区区李国庆无可奈何。

电商，说白了只是前台的戏子而已。

## 年度语录与段子

我一直认为对于企业内部来说，能成事最重要。在卓越网我也就3%左右的股份，但是这有什么呢，我把卓越网一手做成，这件事情比那3%价值大很多啊。我走到哪儿都敢说，卓越是我做成的，谁都不敢跟我抢，这不就完了呗。而且当时卓越的核心骨干都跟我到了凡客，这就是价值。

——陈年，电商圈子，就是一个大佬带着一大波屌丝的圈子。

爷爷告诉我，说他娶奶奶的时候只用了“半斗米”；爸爸告诉我，说他娶妈妈时总共用了“半头猪”；等我要结婚的时候，用了我爹妈“半条命”……

——时代已经变了，各种成本急剧上升，电商运营也费力不堪，但人家就愿意给消费者分红，还有比这更好的事情吗？

# 生活大爆炸（2011）

## 2011年中国网络电商TOP20

| 排名 | 网站名称 | 创始人/CEO | 主营品类 | 2011年交易额（亿元） | 交易额年增长率（%） |
|---|---|---|---|---|---|
| 1 | 天猫* | 张勇 | 综合百货 | 920 | 206.6 |
| 2 | 京东商城 | 刘强东 | 综合百货 | 309 | 202.9 |
| 3 | 亚马逊中国 | 王汉华 | 综合百货 | 60 | 100.0 |
| 4 | QQ商城 | 吴宵光 | 综合百货 | 53 | 165.0 |
| 5 | 当当网* | 李国庆&俞渝 | 综合百货 | 35.5 | 57.1 |
| 6 | 凡客诚品 | 陈年 | 服装服饰 | 35 | 89.2 |
| 7 | 一号店* | 于刚 | 综合百货 | 27.2 | 235.8 |
| 8 | 易迅网 | 卜广齐 | 数码家电 | 23.7 | 196.3 |
| 9 | 库马网 | 王治全/丁东华 | 数码家电 | 21 | 320.0 |
| 10 | 新蛋网 | 池勇信 | 数码家电 | 15 | -16.7 |
| 10 | 红孩子* | 徐沛欣 | 母婴用品 | 15 | 0.0 |
| 12 | 唯品会* | 沈亚&洪晓波 | 服装服饰 | 14.3 | 377.1 |
| 13 | 梦芭莎 | 李曙东&余欣承 | 服装服饰 | 12 | 380.0 |
| 14 | 趣天麦网* | 顾备春 | 服装服饰 | 7.5 | 9.6 |
| 15 | 乐蜂网 | 王立成 | 美容保健 | 6.3 | 384.6 |
| 16 | 好乐买 | 李树斌&鲁明 | 鞋类 | 6 | 200.0 |
| 17 | 麦包包* | 叶海峰 | 箱包 | 5 | 233.3 |
| 17 | 走秀网 | 纪文泓 | 服装服饰 | 5 | 150.0 |
| 19 | 乐淘网 | 毕胜 | 鞋类 | 4.5 | N/A |
| 20 | 聚美优品 | 陈欧 | 美容保健 | 4 | N/A |

注：加*企业交易额口径补充说明：
1. 天猫，2010年名为淘宝商城，不包括机票、酒店等旅游类产品交易额；
2. 当当网，数据来自财报，为扣除退货、税收后的数值；
3. 一号店，包括企业客户部分；红孩子，包括缤购（Binggo）部分及电话渠道销售部分；
4. 唯品会，数据来自IPO文件，为税后值，按照1美元=6.3009元人民币汇率计算；
5. 趣天麦网，只统计网上渠道部分，不包括目录销售部分，数据来自公司财报，为税后值，按照1美元=6.3009元人民币汇率计算；
6. 麦包包，只统计其官网销售额，不包括天猫、淘宝网的销售部分。

Source：综合企业财报及专家访谈，根据艾瑞统计模型核算。

©2012.4iReseorch in. www.jreseorch.com.cn

此表信息量很大，除了几家巨头，其他网站似乎是打酱油的。虽然圈子里早已分封王侯，但是这个领域最大的特点就是：明天会以超越想象的速度发生新变化。小舢板没准哪天就超过大轮船了，当然，更大的可能是小舢板被一个大浪掀翻。

此外，在这个排行榜中，几乎每个电商都不是初次创业。电商嘛，常态就是一直在创业，创业成功需要的平均数是两次……

以下大致对再次创业方可成功的电商劳模们做个概述吧：

凡客的陈年就算其中的一位杰出代表，第一批电子商务网站卓越网的四大创始人之一，在卓越被亚马逊收购后，紧接着创业做了游戏道具交易平台，取名我有网，一年时间，项目宣告结束。再次创业，成立凡客诚品，一战成名。

类似二次创业的牛人还有若干，敦煌网的王树彤曾是卓越的创始人，宝宝树的邵亦波则创办过易趣，王怀南早先曾任Google亚太区市场总监，一拍网总经理等，他们前赴后继，死而不已，方有今天的电商格局。

如今圈子里大致分为两派：华南派电商、京派电商。不可能每个人都是大佬，于是在细分垂直品类中，小战役不断，交锋激烈。

鞋类B2C，乐淘网、好乐买正为抢占垂直品类电商品牌奋力抗争，到底结局如何，战果未明。

母婴品类，红孩子、乐友正在激战，难分高下。

内衣领域，兰缪、梦芭莎齐头并进，你找代言我就精耕细作。

团购品类战场最为惨烈，拉手、糯米、高朋、美团、满座、嘀嗒团等正惨烈交锋，战争结束后估计没几个活口。

……

2011年，电商市场在历经萌芽、阵痛，之后以从未有过的速度在信息高速路上一路狂奔。关于泡沫、开花结果、放慢脚步回归理性、商业本质的所有评论都指向终极目标：赢利。

无论如何，他们的名字已经写下，不会白活一回了。

## 美国人被打败了?

很多年过去了，中国人似乎在生意场上重新输出“激进的革命观”，所以，只有汉语里有“江湖”、“圈子”这样带着鲁莽与忧伤的词汇。

在混迹于电商江湖的岁月里，人们总是能发现一个很怪诞的现象——号称“自由多元”的美国，电商巨头不过亚马逊、ebay；但是在中国，我们的“巨头”很容易出现，而且各领风骚三两年。大到整个互联网圈子，美国也就那几家屈指可数，Google、Facebook、Groupon，其他的就名不见经传了。但是在我们伟大的中国，每年奔赴纳斯达克上市的互联网企业不在少数。

孰优孰劣，仁者见仁。表面上能得出一个结论，似乎美国人被中国人打败了。

为什么会这样？美国人靠什么吃饭，中国人又是靠什么？借用中国新蛋网总裁周昭武的观点，是两种不同的生意模式，或者说，思维模式：“中国电商惯常采用‘赔钱赚吆喝’的模式，但是拉来的流量，并没有忠诚度可言，这也是中国电商最悲哀的地方。现在中国电商面临的问题，是不正确的经营心态，也就是拼命烧钱、圈地占有市场份额。如果要说，我们跟同行的最大区别，应该是我们一直保持着‘外资’的理性思维，但欠缺内资电商的激进思维。”①

在开头看到的2011年中国TOP20电商排行榜上，新蛋网跌倒了第10位，并且是圈子里唯一一家负增长①的公司。

---

① 解开新蛋中国衰落之谜[N].中国经营报，2012-05-18.

② “负增长”，统计学术语，指某项数据的增长量为负数，大白话来讲，就是减少、降低。

美国新蛋网成立于10年前，同年，新蛋网在中国正式上线，可算得上是中国3C数码B2C的老大哥。

优势不可谓不明显，其时，京东商城的创始人刘强东还不知道互联网为何物，更多的电商后辈也都不着调地打着酱油。世易时移，10年的沧海桑田，一切都变了。

电商如婴儿喝奶，不吞则吐。

可是新蛋网的负责人不承认他们的衰落，口风仍然很硬："新蛋网的销售额并没有如外界所言出现下滑，2011年的销售额实际同比增长30%，是23.5亿元。网站流量较之前也在增长，目前UV[①]有40多万。在中国内地正在运作的电商中，只有新蛋和亚马逊是赚钱的。所以，我们能够尽快在中国找到赚钱的模式。"[②]

最后一句似乎自相矛盾，既然是赚钱的，还找什么赚钱的模式？

新蛋网是美国电商，他们不远万里来到中国，打上10年的酱油，损耗无数的金钱，最后悻悻而去，若果真如此，便配得上"毫不利己专门利人"的国际主义精神了；可人家很冤枉，我们明明是来赚钱的，好吗？

如果将2008年看作中国B2C电商的元年，那么从2008年到现在，新蛋至少错失了两次机会。

看来，新蛋网不是不懂电商，而是有点不懂中国。

2008年前，新蛋中国的主打产品是3C数码产品，但是在用户看来，该电商是"新、奇、特"产品的根据地——新蛋，新蛋，新奇的蛋嘛。当时新蛋有很多边缘产品，在别人家买不到的东西，只能

① UV是Unique Visitor的缩写，指不同的，通过互联网访问、浏览这个网页的自然人。

② 解开新蛋中国衰落之谜[N].中国经营报，2012-5-18.

来新蛋寻觅。

这种稀缺性由于独此一家，其实利润不菲。比如，一个相对不知名的高端耳机，售价1000元，新蛋网的利润是300元。唔，新蛋就靠这一招，过着没有压力的日子，吃着火锅唱着歌儿，又有美女儿又有驴……

就在这一年，京东商城获得了风险投资，开始体验钱的威力，将产品线从3C数码扩充到百货、家电，综合性商城雏形已现。

新蛋网呵呵一笑，不就是砸钱嘛，我们也会，准备了8000万人民币撸起袖子准备干一场，花掉一半之后，不敢花了，为啥？因为公司准备在美国上市，怕这样砸钱只亏不赚，业绩太惨。

就这样，新蛋网打了一半价格战，鸣金收兵了。回想起来，总是千万个如果——“如果新蛋网在市场推广上多花一些钱，能够带来大量的流量，现在的市场规模会完全不同。况且，当时花上1000万元做市场推广，拉流量的效果和现在用几个亿差不多……新蛋集团的想法是：做电商，在美国能够盈利，在中国为什么不能？但是，最近这两三年，大家都在拼命向第一集团挤。因为在未来，只有第一集团的电商能够赚到钱。在这种前提下，过分地控制成本是不明智的。”①

没错，中国不是美国，中国有特殊国情，有独特的电商文化，用户的各种消费习惯都需要从头培育，赚钱不是一朝一夕的事情。

“新蛋网的市场推广费用，不到销售额的1%，如果你给我2%~3%，肯定不是现在这个流量。新蛋如果在这两三年，允许承受的亏损再大一些，它的流量和收入会有大幅度提升。然而，不进则退，新蛋如今已经被逼到悬崖边上。”②新蛋的负责人是本土经理人，他当然懂行，可惜，他做不了主。

---

①② 解开新蛋中国衰落之谜[N]. 中国经营报，2012-5-18.

美国人的考虑是什么？他们觉得，俺们美国才是全球主要市场，中国的市场和物流都很幼稚，所以要做培养客户的工作，这个工作越深入，亏损越多——嗯，所以，就让京东商城去做吧，我们新蛋先一边凉快去。

如果真的这么想也就罢了，但他又不能完全撒手，眼瞅着京东商城销售过百亿元，身边还有30亿元规模的当当、卓越亚马逊、凡客诚品，新蛋网不能无动于衷啊！

2010年，公司请来了中国本土职业经理人，就是这位懂行的顾建兴，野心勃勃，他将2011年当作新蛋跨越式发展的重要契机。他不明就里向总部提出：2011年的销售额可以从2010年的18亿元增长到40亿元，从而超越当当和凡客，唯一需要的条件是，总部要允许中国新蛋网亏损1000万美元以上……

很快，美国总部发来贺电，哎呀，超越好呀超越妙呀，大家一起来欢笑呀……啥？亏损？1000万美元以上？别闹了，好吗？乖……

这就是2008年之后，第二次扩张的机会。与上一次打了一半价格战如出一辙，这次还是赔钱的工作，美国人坚决不干——在顾建兴看来，你这不是坑爹吗？又想马儿跑得快，又不给马儿喂草，算了，我走了，你们自己玩吧。

顾建兴回忆当初那种进退维谷的窘境：中国新蛋网全体员工，加起来也不过600多人。

想要跟上京东商城，也上线百货，人手不足是第一难题，咋办啊？进人呗，但是那不得发工资啊，总部不同意增加这部分成本，只是说可以增加100人，然后就没有然后了……

继续坑爹！苦闷的顾建兴只能退而求其次：从公司相对较好的团队里抽调人员，凑数。

看起来，新蛋网的问题和之前的亚马逊一样，那种美国式的官僚主义与充满活力和江湖气息的中国电商圈子不对路，比如，亚马逊早就应该大刀阔斧了，可是价格战整整晚来了两年。中国电商，真的比美国人豪气，但是，这场战役并不能称作胜利——毕竟，现在只是在培育用户，保不齐美国人将来坐收渔利，吃现成的。

## 苏宁易购：本质与犹疑

2011年是生活大爆炸的年份，家电产品商家继续火拼，这其中，苏宁易购的表现令人意外。

虽然我们在电商排名榜上见不到苏宁易购，事实上，仅仅在上半年的B2C电商交易量上，苏宁易购就挤掉当当，成为仅次于淘宝、京东、卓越亚马逊的B2C电商。只不过因为其不是纯粹的互联网电商，并未出现在排名中。

在第一季度中，易购份额仅1%；3个月之后，则翻倍至2.2%，距第三位的卓越亚马逊仅差0.1%。①

苏宁电器的半年报显示，易购营收近27亿元。而且作为一家传统企业，上线销售之后迅速打开了局面，易购活跃用户在当年已近800万。

张近东打倒了李国庆吗？至少从当时的数据来看，是这样的。可是人们实在想不通，苏宁只是用了一些常规手段，如何能取得骄人战绩？

比如2011年5月以来，苏宁易购在全国100个城市推出送货“半日达”服务，同时在1500家实体店推出线上购物、线下自提服务，这些手段，并不是什么奇招异术。

于是，可以轻易得出一个结论——不是电商胜了，而是苏宁电器这块牌子胜了。如果没有苏宁电器长久以来积累的物流平台与实

---

① 苏宁易购超越当当：苏宁转型侧翼[N].第一财经日报，2011-08-11.

体门店，易购不至于如此风光。

借着东风，易购也开始扩大品类，包括图书、运动品牌等3C之外的货物。其中图书商品种类将达到40多万种，未来，3C品类所占份额将下降至50%。

这一布局，估计李国庆心里又不爽了。为啥你们都来做图书生意呢？好好卖你的电器不行吗？别忘了，李国庆虽然靠卖图书起家，但当当网也有3C产品嘛，这个圈子，是开放的，有饭大家一起吃……

为了减少一个直接对手，李国庆的爱人俞渝，曾经去南京面见苏宁的大佬张近东，主动示好，要合作运营，但对方不给面子，声称我们的地盘自己做主。

易购独立运营，除了不想受人牵制之外，还在于这是张近东的一个电商梦，张近东不傻，他当然知道未来的电商渠道会成为传统企业的标配。

苏宁发布的战略规划也证明了这种推断：2020年，苏宁电器的营业收入将达到6800亿元人民币，其中一半将会来自苏宁易购。

这是啥意思？苏宁的营业收入在将来10年会翻番，而那多出来的一半，就是在线的虚拟苏宁。

紧接着，苏宁对外公告，将投入2.3亿元，在北京、广州、成都、沈阳、武汉5地建设自动化物流基地。

物流，是大佬们未来一较高下的根据地。

至于电商，苏宁易购的做法更接近其本质——作为传统企业的渠道配置，电商将成为行业通行的一种手段。10年之后，所有企业都会成为电商。

有的天使投资人却显得不明就里，他们表示一半实体一半线上的模式，真是前所未有。事实上，实体与线上结合，正是未来电商的趋势。

张近东显得很有远见，他预测10年之后，实体店不可能继续扩张，因为势必达到饱和，相反，实体店会面临精简和调整，未来的竞争，实际上是供应链的竞争，因此互联网的价值更大。

与其他涉足电商的传统零售企业相同，苏宁的电商策略无疑也是革命。对此，老百姓最清楚了——不革命，所有门店都要关闭了呗。

事实上，号称中国最大电器零售商的苏宁电器，实体店的业务自从2009年开始就不温不火。苏宁面临两难，一面要稳住实体店，另一面也不能无视互联网。苏宁易购上线之后，结果有点出人意料，苏宁也似乎找到了虚拟与现实的完美结合点。

在创始人张近东脑海里，“电器”已经不足以涵盖苏宁了，在一个“云”时代，要做一家“云商”，囊括线上与线下，生意才会好做。

这是一个看得见的构想：通过实体店，消费者几乎可以买到需要的一切。在线上，网购者也可以选择更便捷的购买方式，甚至在路过任意连锁店时，可自行提取已经付款的货物。实际上，这是将沃尔玛与亚马逊合二为一了，是一种“扩大化零售”模式。

互联网颠覆了一切，只有变革，才会不死。当然，这只是事情的一方面，另一方面则在于整体经济的停滞不前——电器补贴戛然而止、房地产陷入僵局，这些都令主营电器的苏宁苦不堪言。近来的坏消息则是，竞争对手国美电器老总入狱、业绩下滑、关店裁员……

这些都是征兆，不能等所有条件都具备，或者都缺失的时候再改变。与国美相比，苏宁的状况实际上也谈不上皆大欢喜，门店也关闭了不少。因此，张近东提出全面向电商迈进，实则破釜沉舟。

入主电商，苏宁要面对的不再是国美，但并不意味着压力降低，反而增大了——阿里巴巴、腾讯、京东商城，这些企业运营稳定、资金充沛、理念超前，同时他们很懂得中国消费者的习惯，并且将这种消费习惯引向更有利于自己的方向。

苏宁的做法，谈不上翻天覆地的转型，却也是许多传统企业必须面临的问题——当电商站在你的面前，要么示好要么接受被顾客冷落的命运。苏宁选择示好，因为电商有三好：面广、钱多、成本少。后来，苏宁收购了母婴用品电商红孩子，这估计只是布局的第一步。为了达成“沃尔玛+亚马逊”的全线营销模式，苏宁必须在转型中合理膨胀。

当然，对于转型，企业会经历阵痛，而且那种彻底转型成功的企业，少之又少。

比如诺基亚，你知道在做手机以前，这家芬兰企业是做啥的吗？嗯，我也是刚知道，是做木材加工的……

成立于1865年的诺基亚，57年之后进入通信业生产电缆，又过了38年，进入半导体行业。其后又是漫长的摸索，最终成为通信设备制造商。当然，与企业主导者的手段也不无关系，1992年之后，诺基亚的新掌门决心让公司一条道走到黑，于是大刀阔斧，砍掉了造纸、轮胎、电缆、家用电子等业务，还把当时已经拥有欧洲最大电视机生产厂之一的电视生产业务也抛弃掉，如此断腕之举，方可集中所有资金和人力，进军手机业务，最终，这场赌博获得了成功。

可是，赌博并不总是一直能赢的，辉煌了不过20年，诺基亚迎来了互联网时代，又到了豪赌的时间点了，这次它的动作很慢。于是，到了2010年，Google的Android（安卓）智能手机打败了诺基亚Symbian（塞班）智能手机，诺基亚不得不低下高贵的头颅，这个一度成为行业标准制订者的企业，现在面临巨额亏损。

再拿国内企业为例，海尔张瑞敏和富士康郭台铭，都意识到了未来属于电子商务时代，可是他们不可能放弃掉现有业务，全力开展电子商务，所以这些企业的转型甚至都谈不上转型，其网上商城也可有可无，全无价值可言。

为什么这些传统企业无法像苏宁那样迅速转型呢？因为它们骨子里缺乏互联网这个圈子的基因。

以联想为例，这家硬件制造商，早在10年前就尝试过电子商务，但是FM365灰飞烟灭，后来又联合金山创办卓越网，成功卖给亚马逊，几年后卓越市值远超过当初的7500万美金，这是把牛肉当牛粪给卖了。

归根结底，联想是个制造企业，习惯于成天敲打小算盘，什么成本、毛利、销售额啊，卖出一台电脑能赚多少钱啊，它很难、也不愿意去观察一个公司的整体与未来。像当当网这样的电商网站，成立之后一直要烧10年钱，账面利润始终是负数，直到2009年宣布盈利，也不知道真假——一个制造企业怎么能够容忍这样无厘头的事情。

再来看三星，同样是一家硬件制造企业，它的在线渠道也乏善可陈，倒不是没做，而是三星不好好做，压根就没重视。

通常认为，韩国文化其实就是一种未经改革过的中国文化，本质是因循守旧。三星作为韩国最好的企业，在本国取得成功的秘密是大量的电视广告，以此形成极高的品牌影响力和市场占有率，后来到了中国，韩国人没有结合实际情况，还想照方抓药，认为应该在电视上海量投放广告，他们根本没调查过，中国的年轻人很少看电视。按中国电视剧行业的研究结果，中国看电视的人群，可称为“二低一高”：学历低、收入低、年龄高。这显然不是高端范儿的三星受众。倒不如从淘宝或者京东挖几个在线商城的能人，砸一笔钱做一做互联网商城呢。

毕竟，电商的本质，是为传统企业与未来的“云端生活”[①]牵线搭桥的。

## 优酷：疯狂的广告

古永锵并不认为优酷的40秒视频前贴片广告有多疯狂，相反，他说这和国外视频网站的广告比起来，算是很温柔的。

在中国互联网不长的历史上，古永锵留下的印记有两个——搜狐财务总监、总裁，在搜狐上市过程中，古永锵可谓劳苦功高，仅次于张朝阳；在与搜狐分手后，他花了4年时间，做成中国最大的视频分享网站优酷，2011年底，优酷在美国成功上市。

其实古永锵是个很理想主义的人，这样的人一般都十分偏执，非常专注。他说过，与视频无关的，优酷一定不做，只要是视频，优酷什么都做。

当然，在专注之外，他是个偏执的赌徒，不过，他赌的是未来——眼熟吧，这个圈子里的兄弟姐妹们，都是未来派。

在传统行业看来，做互联网的都是大忽悠，但在互联网圈子里，这是常态。

在互联网历史上，这是一个明显的规律。1999年的美国，流行一句话：“在互联网领域，你确实很难看得清。这个领域新到连价值规律、商业规律都是全新的甚至反传统的。”[②]

《时代》周刊的主编沃尔特对亚马逊老板杰夫·贝佐斯的评价，与此非常类似：“他试图依靠增长速度，而不是用利润来建构

① 云，是近年来兴起的互联网概念，通俗而言，就是移动互联。当电信、广电、互联这三网合一之后，所有硬件终端设备都成为虚拟网络的一个节点，现实生活也将变得虚拟化、便捷化，此即云端生活。

② 中国第一批休学创业者今何在[J].南方人物周刊，2012（3）.

一个公司。”

这个逻辑，延续到视频网站这些创业者身上同样适用，尽管行业里有点模样的公司都已经上市，却都还没盈利，它们和10年前的美国电商鼻祖一样，也是依靠增长速度构建的公司，也是圈子里最烧钱的公司。

话说回来，这种数十年如一日，百折不回地烧钱的执着，真的是难能可贵呢。

优酷的未来，其实比其他电商的未来更难以预测，而且很微妙，因为除了内容监管、版权问题外，还有一个“带宽”[①]问题要解决——面对电信大佬，优酷是完全受制于人的，它不像京东商城那样，对供货商有足够的讨伐权，优酷在电信老大跟前，就是个小字辈，完全看人脸色，一旦带宽供应商提高租赁价格，或是因其他原因不能取得足够带宽，在线视频网站都会面临风险。

当然，古永锵本人是个心里非常有数的创业者。并且一开始就目标明确：“我做的是一门生意，而且是很大的生意。”

两年前，张朝阳，这个曾经的老板，拿起版权武器，向曾经的手下、现在的对手古永锵发难。

2009年9月，他们在同一家法院互相提起诉讼，都说对方侵权。这个乌龙官司，将双方都很傲娇的一面暴露无遗。那一年的9月14日晚，古永锵给搜狐网董事局主席张朝阳发信询问此事，张朝阳没回复，两个曾经“情投意合”的伙伴，如今冷面相对。

对此，古永锵自称“不是神仙”，当然也会不爽，但生意就是生意，恩怨则只属于江湖。此前的故事是美好而值得回忆的，1998

① 带宽（Band Width）又叫频宽，是指在固定的时间可传输的资料数量，亦即在传输管道中可以传递数据的能力。在数字设备中，频宽通常以bps表示，即每秒可传输之位数。

年，当时身为富国风投资金管理者的古永锵初次见到张朝阳，本来是宾主身份，结果两人一见如故，古永锵竟接受了张朝阳邀请，不做主了，加盟搜狐做了宾。后来古永锵离开时，搜狐股价大跌。

熟悉他的人谈及古永锵，都会说，这人很nice（友好），很“温和”，据说古永锵说的最狠的话是“我要是脾气不好的话，一定当场让你们走人!”

古永锵是香港人，1966年生。他的父亲是广州人，母亲祖籍天津，古永锵还有一个妹妹。身为土木工程师的父亲，对孩子的管教相当严格，但是对他们成长与受教育的方式却颇有见解，古永锵12岁的时候，父亲问他愿不愿意出国，古永锵说，当然愿意，父亲说，那你想去哪儿就去哪儿吧。

古永锵选了澳大利亚，地广人稀的环境，是在弹丸香港成长的古永锵最喜欢的。这年他14岁，作为少年留学生，远赴澳洲，他忆及当年青葱岁月，“悉尼坐火车往西3个小时的一个小镇，两三百人的一个学校，周围没有一个中国人，亚洲人就3个。”①

小古同学很快就克服了生活和文化上的差异，课业不是最大的问题，他甚至跳了一级，考入悉尼的新南威尔士大学，专业是化工。

两年之后，父母移民美国。父亲问他，是毕业后再去美国，还是直接到美国学习?他当然选了后者。

美国比澳大利亚难混，古永锵选的是加州大学伯克利分校。连考三次才被录取，“通过这次考试，我的很多心态和想法都变了。”

嗨，敢情这哥复读几年就毁了“三观”啊，这让我们大陆那些“抗战八年”的“四大名补”②们情何以堪?

---

① 古永锵：在路上[J].南方人物周刊，2011（3）.

② 对高三复读补习生的戏谑称呼，据说有考生复读八年最终考上理想的大学；在有些中学，学生把补习班里的那些补习了若干年仍然未能考上大学的同学戏称为“名补”。

他在伯克利把专业换成了经济学，毕业之后，他去一家投资公司任职。工作3年，古永锵在公司安排下进入斯坦福大学商学院念MBA。在斯坦福，他的导师说："你们是千里挑一，智商不是问题，我要锻炼你们的情商，每个人不要执着于自己的思路，而是要成就别人。"

当然，这有可能是古永锵为了美化自己的学历，故意这么说的，事实上，一个人在学校里究竟能学到什么东西，或者改变什么观念，很难讲，绝大多数人都是在进入社会之后，遇到了一个行业或者圈子，然后再回头说，啊，这就是我一直设计好的哦。

1994年5月斯坦福MBA毕业，7月份古永锵就作为富国集团的投资人飞到中国。他的同学茅道临、李世默都在他后面，这些人共同经历了中国互联网最初的那些岁月。

在圈子里混了十年，2004年，古永锵终于升任搜狐公司总裁兼首席运营官。短短一年之后，因为爱人要去美国进修，古永锵只好向张朝阳递交了辞职信，离开了这家供职五年的公司。

在美国待了一年，古永锵看到了YouTube从无到有的奇迹，到了2006年，他决定回国山寨这个视频网站。

他不知道，此时中国有类似想法的人不下200个。中国的互联网一直走的是山寨路。百度就是山寨谷歌，当当就是山寨亚马逊，三大门户就是山寨雅虎……

在视频这个圈子里，美国人已建立了hulu和YouTube，按说中国人山寨起来不难，可是因为带宽成本与版权成本，以古永锵为首的中国山寨者无法解决这个问题。

在美国，视频圈子只有两种模式，一种是YouTube，主要是视频分享，内容皆为原创，网站与用户分享广告收入；另外一种是"正版+免费+广告"模式，代表网站是hulu。

但在中国，似乎都不那么可行——美国人用DV记录日常生活已经几十年，中国刚刚开始普及手机，很难形成可以让广告商动心的高质量原创产品；正版与免费模式，版权问题在中国是大问题，而且中国的媒体资源更分散，版权保护不完善，要谈判版权，似乎无从谈起。

总而言之，如果真的要玩这个游戏，无论是原创还是正版，都必须免费对观众开放，无疑，这是个烧钱的行当。

优酷网从2005年11月上线，5年后上市，其间共6轮融资，资金总额达到1.6亿美元，此外还有技术设备贷款1000万美元。①

虽然融资频繁，古永锵竟然神奇地保住了自己的控股地位，这在互联网圈子里很少见。这就是此人牛的地方——他既需要资金，又能严格控制股权。这大概与其在投资界的工作履历不无关系。

要知道，古永锵凭借自己的江湖人脉，独当一面，完成了搜狐上市前的一共4轮融资，这种刚刚好的融资节奏，帮助搜狐成功熬到了上市。

更早些时候，古永锵负责给搜狐招人，马云还来面试，马云说，我听说过你，就是过来和你聊聊，我肯定不来搜狐。

一个连马云都想聊聊的人，肯定是个有故事的人。

优酷为什么能在众多视频网站中做到第一，古永锵的解释是："从一开始，可能因为有做门户（搜狐）的经历，我们就知道，如果在中国采用Youtube的方式来做一个视频网站肯定做不大。所以我们开始从短视频、微视频和很多电视台、媒体寻求合作。他们更愿意做媒体平台，实现三网合一（网络、电视、手机之间的视频互动）。"②

可是，盈利终究是个大难题。

细心的网民可以发现，到了2011年，原来在电视剧长视频前

---

①② 古永锵，在路上[J].南方人物周刊，2011（3）.

仅15秒左右的广告时间，悄然翻倍达到40多秒，逐渐成为优酷、奇艺、搜狐视频等网站的标准配置，很显然，烧钱不赚钱的滋味不好受，广告收入必须加码了。

很多用户发脾气了，优酷怎么不能像Youtube那样，广告播放5秒后出现跳过广告选项，或者干脆在视频结束后再播放后贴片广告？

古永锵笑了，“如果大家每人给我们优酷一毛钱，我们就不放广告。”——已经说得很明白了，我们是做生意的，也要赚钱啊，亲。

40秒以上的广告时间用户是否能接受？根据美国2011年上半年的一段数据称，一段30秒的广告在长视频、中视频、短视频的完成率分别是90%、73%和63%。也就是说，如果视频本身的内容超过20分钟，那用户就愿意接受长达40秒的片头广告。

中国的视频用户已经看了很多年电视，对于影视剧插播广告以及在广告中插播影视剧的现象见惯不怪了，视频网站的这几十秒广告，大家也理解。只是，大家选择去网上看视频不就是因为腻歪了电视上没完没了的广告吗……

古永锵说，YouTube主要播放的是短视频，所以采用的是后贴片广告，“长视频用前贴片广告是国际标准，YouTube现在也有这种前贴片的出现。而且相对于国外视频网站来说，中国视频网站的广告已经很温柔。”①

## 电商与快递：谁对谁逆袭？

当年，在收购卓越网后，亚马逊惊奇地发现，卓越居然在中国自营物流体系，这可是亚马逊在美国从来想不到去做的事，于是大刀阔斧地把卓越的物流体系给裁撤掉；但没过三年，亚马逊就发现

① 古永锵，在路上[J].南方人物周刊，2011（3）.

问题了，倘若没有自己的物流，就很难自如运作，于是又开始重新自建物流。

快递，电商，唇齿之间。

刘强东对此深有感触，客户说京东的服务态度不好，经常打电话：你能不能下楼取?

京东自建物流之后发现，上楼会牺牲大量的客户价值。因为不是一对一，每个配送员一天都要配送很多，如果每个快递都上楼，时效性就牺牲了——我们京东的配送人员平均每天要送46~70件货，每天早上送货员出去一次，下午一点钟再出去一次，每次要背20~35个包裹，刚出来的时候左边一个包，右边一个包，后边背一个，再夹一个包，四个包。送货的时候，让他把四个大包都背到楼上几乎不大可能，你唯一选择就是放弃一个包放在楼下，但是放在楼下，被偷的概率超过50%。

那你少装点可以吗?那就牵扯一个问题，就是成本问题，羊毛出在羊身上，这句话绝对正确。如果一个配送员一天能送46~70件，变成一天只送20件，意味着配送成本要加大4.8元，那就每单要赚你4.8元钱，实际上某种程度就损害了更多网友的利益。

根据调查，能够接受下楼取货的超过98%，也就是2%的人接受不了，说我是上帝。怎么办呢?[①]

京东就只好放弃这2%的用户了，没错，是放弃。在刘强东看来，京东不能把所有用户的生意都做了，只能着眼于主要的消费群体，他能够接受什么样的服务，什么样的产品。剩下不能接受的2%客户，就不要了，因为你只是2%。

就算是那98%的客户，最不满意的环节也在物流环节。

京东这样的巨头，面对的最大难题是物流，那么，如果是纯物

---

① 孙力.创城记[M].太原：北岳文艺出版社，2012.

流企业来一个“屌丝大逆袭”进军电商行业呢？情况又会如何？

顺丰快递，正在做这件事。

圈子里的人这样形容顺丰：快递业的异类。至少，这家公司在快递业做出了“快”的名堂——普通快递要3天送到的，顺丰在36个小时之内送到。

顺丰的牛皮不是吹的，2003年，非典肆虐，成就了马云，也成就了顺丰。当年，顺丰抓住航空低谷与扬子江签订了航空运输协议。

6年之后，顺丰获得了民航局发布的公共航空运输企业经营许可证，接着，顺丰获得深圳市政府批准，有了深圳航空的“正式编制”，也有了正式的航空运输资格。

2011年，在许多城市的机场停机坪上，有一家公司的飞机很显眼，这种飞机全身黑色，上面印着“顺丰航空”。

顺丰也因此成为国内第一家拥有航空公司的民营快递企业。

这大概就是顺丰被称作“异类”的原因。在物流圈子里，顺丰老板王卫是个像赌神一样神秘的人，以至于他的照片都成为圈内人的收藏品。

1971年出生的王卫，有着南方人的俊秀和温和。2011年起，这个温婉的人却开始“发狂”——王卫看上的是电子商务。

快递行业试水电商，顺丰不是第一家，早在2010年中国邮政就与TOM集团合作开发“邮乐网”。紧随其后，顺丰在2010年7月开通了购物网站“E商圈”。

这个电商网站不大，主营业务仅仅是售卖新鲜有机蔬菜和小型日常生活用品。在电商圈子里，这样的小网站微不足道。但在其背后，就因为顺丰E商圈，顺丰无锡机场运送快件总量爆棚，占了整个无锡机场货邮总量的一半。

2012年初，华强北在线副总裁龚文祥发了一条微博：顺丰快递已于日前获得了央行频发的第三方支付牌照，顺丰开始布局第三方支付项目，目前项目团队已近200人。

很快，好事者就找出了一份《支付业务许可证》审批情况文件：一家名为“深圳市泰海网络科技服务有限公司”的企业批准成立，主要业务就是“互联网支付”。该公司由“深圳市泰海投资有限公司”全资控股，这家公司的注册地与“深圳顺丰航空货代有限公司”相同，且99%的股权属于顺丰董事长王卫。

线索都指向一个终点，顺丰，真的要上演快递企业对电商圈子的“屌丝逆袭”了。

这事儿说起来也不邪乎，圈内人说了：“飞机买了那么多架，干线已经丰满起来了，零售网点打算在全国推广，末端的标准体系也在推动，内部信息化又在不断升级，政策上也不断配合国家邮政局的工作，拿下了支付牌照，做的就是更大的供应链服务平台。路都铺好了，为什么不自己开开车呢？”①

但也有反对派大放厥词：“顺丰现在做电子商务是个死，顺丰现在不做电商物流，将来可能也是个死。”②

最讨厌这种故弄玄虚的话了，什么年代了，还咒人家死，十有八九这是某快递公司放出的烟幕弹。

事实上，电商与快递之间的关系，从最初的合作，到后来的矛盾日益爆发，一切都是宿命。

连马云这种模式之王，也明里暗里自建物流，眼瞅着是要断了快递行业的活路。

2011年，中国电子商务协会副理事长陈震说过一句话：“目前国内电商的发展速度是200%~300%，但物流增速只有40%。”③

这是事实，除了刘强东不堪忍受快递环节的诸多客户投诉，马云也表示不爽：“我们发现，现阶段所有的抱怨、投诉都是来自物

---

①②③ 异类顺丰：布局电商将成马云劲敌[N].时代周刊，2012-02-16.

流”，紧接着他说，“10年以后最成功的物流企业一定不是今天的前十名，一定会诞生新的物流行业领军者。”①

电商一贯疯狂，碰到问题，就砸钱解决问题。现在，哪个电商不自建物流，都不好意思说自己是电商。物流圈呢，也发飙了，“我本将心向明月，奈何明月要‘逆袭’”啊……

2011年，圆通速递董事长喻渭蛟怒了，韵达货运董事长聂腾云生气了，大佬申通市场总监夏祖彬也表态了，公司正在马云的地盘，杭州，筹划搭建电商公司……

王卫呢，没说什么话，他早就开干了。马云对王卫倒是很客气，他说自己佩服的人中，就有手控7万员工的顺丰老板王卫。

怎奈，示好没啥用，顺丰还是动手了。圈子里看热闹的人们激动了：马云啊马云，将来的竞争对手不是QQ，不是当当，而是京东商城，还有顺丰。

一个刘强东，一个王卫，都是圈子里做到极致的主儿。

## 大骗局?

毫无意外，2011年国内B2C电子商务销售排名应为：天猫、京东商城、苏宁易购、卓越亚马逊、当当、凡客诚品……

在中国，电商被认为是个新兴产业，美国的服务业却认为电商是一种“标配服务”。从这个定义从发，凡客诚品其实是一家服装企业，而小米则是手机设备厂家。

上述排名明显有两个特点，除凡客之外，几乎都是以渠道为核心竞争力的公司；除苏宁易购外，都是没有传统零售经验的纯粹“电商公司”。

① 2013年5月，马云宣布退出阿里巴巴的管理层，不久之后，他亲自创立了物流公司，取名菜鸟，承诺全国物流24小时送达。

而美国电子商务2010年的前五名，分别是亚马逊、史泰博、戴尔、苹果、欧迪办公。除亚马逊之外，其他的都是传统公司。

那么，电子商务，真的是一个泡沫一样的永远都无法赚钱的骗局吗？

**正方观点：是骗局，无疑。**[①]

在毕胜看来，电子商务就是个骗局。

他说："从亚马逊开始到国内所有的电子商务公司，都没有规模化盈利。马云赚钱了，因为他只做电子（部分）；在互联网上卖货的赚钱了，因为他只做商务（部分）。所以电子商务是个骗局，但是电子和商务拆开却是一个生意，而且两盘生意都很大。"

能够在资本盛宴中混到投资的电商，固然是得胜回朝，但是就算新浪、搜狐、网易这些名门正派，如果不是都找到了自己的盈利点，恐怕也早就不在了。

如果找不到稳定的模式，一切辉煌都会变成过眼云烟。

2005年左右那一批企业，如百度和盛大，都处于泡沫破了、百废待兴的恢复期，但是这些企业有造血能力，此间的幸存者，有一个是靠概念活下来的吗？

没有。

造血能力不强，但是阴差阳错上了市的幸运儿，你能说它是好公司吗？这样的公司，目的只有一个，忽悠投资者，转手套现，这不是骗局又是什么？

不幸的是，电商网站都是这么个玩法。

做线上生意，肯定是烧钱的，可是正如优衣库的老板所说："不赚钱还做什么，比线下赚得少还做什么线上。"

继续说毕胜的故事。在进入电商行业之前，毕胜是百度的市场

① 电商骗局[N].中国经济和信息化，2011-12-08.

总监和总经理助理。这位长袖善舞的市场营销高手，曾经帮助百度不断壮大。

2008年创办乐淘网，毕胜也过得不错。只用了两年，他就把乐淘网做成中国最大的网上鞋城，营业额在电商领域排名前十。

但是，他自认为入错了行。用毕胜的话说："所有电子商务公司都是手底下在割肉，脸上在微笑地欢迎大家。"

说到底，还是企业的造血能力。资本狂热的时候，只要融资够快，够狠，这个游戏就可以玩下去。但是只要资本市场遇冷，这种模式只有死路一条。

另外，这个圈子在国内算是新生事物，体系还不完善。毕胜算了一笔细账：乐淘网毛利30%，在整个电商圈子里算是很高的，即便如此，去掉物流成本、退货成本、营业成本、包装成本之后，利润竟然屈指可数。这还不算大批同业竞争者的疯狂杀入。

这样一个圈子，就是一个骗局。

**反方观点：不是骗局，别闹。**

"不赚钱的生意就是泡沫"，话虽如此，但还要一个定语，就是"长期"两字。电子商务公司的确大部分不赚钱，甚至大部分一直亏损，这却还是不足以说明这个圈子是骗局。

电商的核心是零售，也要遵循零售生意的基本逻辑。虽然说白了，生意就是低买高卖，但这只是一小部分，是个表象。不能用这一个部分涵盖整个生意。

生意，是一个持续的过程。通俗点说，亚马逊也是经历数年之后，才开始盈利，对于电商而言，这就是题中应有之义。

因此，电商的可持续发展，并不能单凭是否有钱赚来判断，而是要着眼于是否能够不断地以低成本获得客户积累并获取毛利。

电商要做到这一点，需要做很多工作，要培育市场，要积累客户，要自建物流，这些都是需要投入，并且需要时间的。

电商是不是“骗局”？这要看是不是能等到产生规模效益那天——到时，你的生意可能是“规模经济”，也可能是“规模不经济”。

前者是经过长期培育，终于像亚马逊一样建立了完善的良性循环；后者则是投入巨资之后，循环链上仍旧有需要修补、甚至完全不合理的东西。

亚马逊是全球最为成功的电商案例，其成立之后经过八年亏损，最终盈利。虽然亚马逊的商品在价格上有优势，但这不是唯一优势。相反，亚马逊获得成功的秘诀似乎是所有企业都不能忘记的那个简单的逻辑——服务。

只不过亚马逊的服务包括了线上线下，只是完善了这个传统概念而已。电商，并非价格取胜，而是服务取胜——这个服务，将会改变一个社会。

## 一个得到真传的年轻人

电商圈子真假难辨，其实与其他商业圈没有太大不同，只不过这圈子太过招摇，也太过年轻。

要是说到本质，通过这圈子是不是能更快更体面地圈钱，这大概才道出了看客们心头的那个隐秘又不好意思说出口的疑虑。但凡关注商业八卦的看客，难道真的只是八卦一下吗？错了，在成功学如此盛行的今天，谁都想从别人的成功里复制点什么，关注电商，也不例外。

那么，就电商而言，本书真的有义务给大家献上这么一段或许可以复制的成功案例——一个得到真传的年轻人，他是如何发家致富、扬名立万的？

这个年轻人叫陈欧，2013年初他将会达到自己声誉和质疑的顶点，一句“我是陈欧，我为自己代言”已成为曾经风靡一时的凡客体那样的句式，而 带盐”也在网络上火过一阵子。

2011年底，不到30岁的陈欧已经拥有一家超过10亿元营业额的电商网站——聚美优品。而之所以如此，皆因他得到了中关村三位传奇前辈的言传身教。

第一位前辈是投资界明星徐小平。2006年，陈欧还是个初入江湖的小青年，在国内寻找投资人的创业者就像满大街的小学徒找饭店收留自己一样。萍水相逢，徐小平看了陈欧的项目，那是一个在线游戏平台，不过不是在国内，而是进军东南亚。

彼时的陈欧是新加坡大学的学生，之所以选择自己创业，是因为看到来自祖国的盛大浩方对战平台做得不尽如人意，他就想着自己做。而找投资人，是因为“天使投资人投笔钱会显得更加光鲜，用自己的钱创业，别人会觉得你可能是找不到工作，也没啥家底，拿天使投资人的钱是一个放大器，后面找A轮[①]会容易一点。”[②]

徐小平接受了这个理由。两年后，陈欧卖掉公司股份，拿到近千万元人民币。又过了一年，这个名为Garena的在线游戏平台获得腾讯千万元美金注资，时至今日，Garena已经成为新加坡最优秀的在线游戏平台。

与徐小平的偶遇，对陈欧产生的影响不亚于一个遍寻名师的小沙弥得到了少林方丈的真传。2006年，徐小平刚从新东方离开，从一位英语老师转业为天使投资人。5年之后，在美国读完MBA的陈欧选择回国创业，同样得益于徐小平的影响，众所周知，徐小平也是海归派。

话说陈欧回国创业时，徐小平投资的总金额不过18万美金，当时陈欧的项目是游戏公司。然而当他信心满满之际，国内的游戏生

① 通俗地讲，就是第一轮风险投资。

② 聚美优品陈欧背后的3个中关村男人[J]. 中关村，2012（6）.

态令其痛不欲生，短短数月，公司账面资金已经所剩无几。

此时，他碰到了第二位前辈，雷军。这次偶遇并不是直接融资，而是陈欧在参加一个名为“亚杰商会摇篮计划”时的事情，该计划“是一个紧密联结商业界资深人士和创业家，促成双方在较长时期内进行有效交流和沟通，以帮助和推动创业家最终成功的项目。摇篮计划将充分整合科技商业界资深人士的经验和资源，由他们担任导师，以一对一辅导的方式，帮助、引领进入摇篮计划的创业家，增大这些创业家未来成功的可能性。”①

雷军就是导师之一，他在面试陈欧时，觉得陈欧的项目不靠谱，但这个小伙子挺靠谱，于是勉为一试。

雷军对陈欧的教诲就三点：①要做市场需求大的东西；②选对时机；③创业早期一定要降低成本，提升速率。

正好赶上团购网站大爆炸之年，陈欧觉得团购符合雷军所说的所有因素，于是试水团购化妆品。刚开始还有点不适应，毕竟几个大男人做女人的生意，后来却发现，从业者皆为男性。

2011年，陈欧创办在线团购网站聚美优品，董事会想让陈欧给企业代言。本来陈欧不愿意，但在徐小平劝说下，陈欧同意了。徐小平的理由是，你看看张朝阳，他就是典型的通过塑造个人形象大幅提升企业形象的例子。

就在年底，聚美优品拿到了来自红杉资本的650万美金A轮投资。

前面说到了张朝阳，此人是陈欧得到真传的第三位前辈。搜狐在早期发展过程中，正是通过打造张朝阳个人品牌，以相对较低的成本提高了搜狐知名度。

陈欧对此极为信服。虽则他自称是低调之人，但董事会的要求

① 聚美优品陈欧背后的3个中关村男人[J].中关村，2012（6）.

以及自己思想斗争之后，一拍桌子："死就死吧"，便"从"了董事会的要求。

此后，陈欧就像娱乐明星一样频繁出镜，他的"我为自己代言"的广告成为互联网上的话题，无论被人调侃也好，挤兑也罢，总之目的达到了，那就是，他火了。接着，他和张朝阳一起参加湖南卫视王牌综艺栏目《天天向上》，主持人介绍他是"80后创业新贵"。

为自己代言，在主持人调侃下，成为一种"自嘲文化"。事实上，此举为聚美优品节省了近1亿元的推广费用，并且，聚美优品的销售额翻了近20倍。

得到真传的年轻人，在创业两年之后，公司营业额突破10亿元，陈欧在这个圈子里，算是站稳了脚跟。

## 年度语录与段子

非要用一句话总结2011年国内电子商务的发展，那就是"大幕已经拉开"，2012年属于服务电子商务的一场大戏就要上演，这场戏会涉及人们生活的方方面面。这个舞台上的主角很多，其中就包括美团、大众点评、有啊等具有代表性的服务电子商务企业。在我看来，这场戏要演上至少10年，但也不会曲终人散，新的故事还会接下去。

——美团网创始人王兴，颇为忧伤的年度总结，苦命的娃啊！

普通大学：一个男生骑车，后座带着一个女生，旁边一个男生幽怨地看着；文艺大学：一个女生骑车，后座带着一个男生，旁边一个女生幽怨地看着；"二逼"大学：一个男生骑车，后座带着一个男生，旁边一个男生幽怨地看着。

——普通圈子，买卖赚钱；文艺圈子，关系赚钱；"二逼"圈子，电商不赚钱。

老方在街上拉住一个人喊：这人是小偷！马上就会有人来诮骂。甲说："你抓小偷还不是为了出名？不然就你尖嘴猴腮的样子，能上电视？"乙说："有人闲得蛋疼啊。"丙说："抓小偷……抢劫的你怎么不抓？人家手里有刀是吧？呵呵。"丁说："开复，别理他，咱们走！"

——微博名人押沙龙，辣评方舟子打假亚文化。亮点是最后一句，涉及关键词青年创业导师李开复、小偷……段子有点冷，得仔细琢磨

## 巨头天下（2012）

芒鞋竹杖轻胜马的时代已经过去，现在，该是雷霆万钧大佬横行的时候了。可惜，这看上去绝对是又一个轮回的开始——电商是洪流中的新鲜树叶，永远不要忘记洪流的走向，那就是我们的历史。

### 腾讯的真相

这是一个段子，也是一个真相——创业者找VC时，VC最爱问的问题是：你这个创业项目，如果刚上线就被腾讯看中了，而且几乎是一模一样地把你复制了，你该做什么？

确实很难回答，腾讯嘛，人无我无，人有我必须有……

这话说得夸张，却说明了腾讯的发展脉络。没错，腾讯靠QQ积累了海量用户，然后不断裂变，结果就是，它做什么都能成，因为它有别的互联网企业无法企及的用户——于是，就像张惠妹的那首歌：我只能不停地要，要到你想逃。

腾讯觉得很冤枉，我们也不是什么都要，你看QQ，我们就这一个，但是BBS论坛，就可以有很多个。

废话，这就是做得早的好处，QQ之所以一个就够，是因为你们早早霸占了这个市场，后来也有人想用你们的老办法，做出了诸多版本的QQ，你们不是疯了一样上法院起诉，以及通过各种手段把人家搞死了嘛。

腾讯知道自己的命门在哪里，也知道该复制什么样的东西。

小公司如果做一个好玩的东西，比如开心农场，腾讯就要过来和你抢，做了个QQ农场，并且还后来居上，本来不知道开心网的那些QQ用户，也爱上了“偷菜”游戏。从这个角度而言，腾讯倒是扩大了这个市场。

程炳皓当时应该像周鸿祎一样，站出来和腾讯打仗的，吵着吵着，开心网没准就更火了。

在过去十年中，真正被腾讯吃掉的有点名望的公司，无外乎联众。但是别人看不到的许多公司，还没做到联众那个级别，就或者被腾讯山寨，或者被腾讯购并了。

不知道是悲哀还是喜悦，整个互联网都在为腾讯打工。

但是这也不能都怪腾讯，人家兜里有钱，店里有客，法律又没禁止模仿别人的生意。更多的公司揶揄腾讯，其实归根结底还是自己不够强。

比如联众，如果有个好的掌舵人，它应该是有活路的，不至于被逼入绝境。你看周鸿祎，一个360，就把腾讯搞得着急上火，还拿人家没办法，这就是创业者的个人能力。

再说开心农场，这就好比赌场，一开始都只是打扑克，后来有了麻将，于是赌客纷纷跑来玩麻将，大赌场一看，这怎么行，我们也要有麻将，再把客人拉回来。你也不能说这是非法竞争——程炳皓咋没给自己的开心农场注册专利呢？

看来，在这个大佬林立的时代，小公司要想单凭创意终究没法做大。神人如乔布斯，也不是靠创意做大的，众所周知，苹果的技术不是首创，但它就是把所有顶尖技术都运用到苹果产品上，进而整合出最完美的用户体验，拿Iphone来说，硬件方面完全没有什么新技术，但是综合了诸如屏幕显示效果、运行速度、待机时间等因素，它就是最好用的手机。

这终归是一门生意，作为赚钱的工具，腾讯已经进入一个境界——不标榜技术创新，只看重用户体验。

你想啊，已经是一家非常成熟稳定的公司了，基本上拿来主义就是它的创新，小公司的点子不错，玩法很好，腾讯就可以拿过来进行放大，这样，当小公司还在为挣钱发愁时，QQ用户已经为这个新产品神魂颠倒，且QQ固有的增值服务和付费模式在新产品中也可以很自然地发挥作用。

这就是腾讯无敌之处。你恨它，但你拿它一点办法都没有。除非时代变了，每个技术都能申请专利，版权保护特别严格，腾讯要这个产品，只能找发明者买，可惜，我们这代人也许看不到那一天……

腾讯的生意逻辑，很适合这个圈子。

在这只邪恶的企鹅看来：创业只需要会做生意，而不是会创新，这也解释了那些没什么高学历的人，最后在生意场上比学术精英更成功的现象——生意与创新有关联，却不是必然关联，其实，只要会模仿，就行了。

毕竟，创新是创新，生意是生意，创新可以神秘，生意不行，俗话说打开门做生意，如果神神秘秘，就不叫生意，那叫技术宅男。

尘世间完全让别人看不懂也无从山寨的生意，没有。

不断创新的神人有没有？有，乔布斯，只此一个，而且他已经死了。

如果想做生意，想商业化，就别把技术创新和不断涌现的点子当作核心，生意就是山寨，对于初创的小公司，模仿永远比费力不讨好的不断创新更有助于成长。

微软在IBM之后获得成功，Google也并非搜索引擎首创，Facebook之前已经有Myspace闪耀，QQ是模仿ICQ而来——你看，创新，其实没那么重要。

今天的腾讯，除非发生特别大的变故，否则仍将是独占鳌头的霸主。

第一，它有钱，并且核心产品近乎完美，可以源源不断地赚钱。如果小公司有一个创意需要烧钱，肯定烧不过腾讯。

第二，腾讯并非没有技术创新。相反，建立在强大资金实力基础上的人才团队，也是一个山寨的过程，你的技术不是好吗？我买过来，那就是腾讯的技术。

第三，腾讯的产业链很完整，小公司做一个产品出来，要砸钱做推广，还没推广到位呢，腾讯拿过来，用QQ空间就顺手给推广了，腾讯开始赚钱的时候，你的产品可能已经饿死了。

巨头中的巨头，不死鸟中的不死鸟，就是这只企鹅，很邪恶，很霸道，很完美。它已经站在了食物链的顶端，再多的毒奶粉和地沟油，也奈何不得它了。

## 百度：百足之虫

百度乐天合资公司乐酷天发布公告，乐酷天商城于2012年4月27日零时开始停止服务——该死的，还是死了。

圈子里也不震惊，仿佛那个外资入华做网站只有死路一条的规律再次应验了。

对于百度来讲，乐酷天的倒掉，是其第二次电商尝试，之前的拍拍网，没了，后来的乐酷天，死了。

## 圈子·段子4——电商那些事儿

此前，ebay、AOL、Myspace、Groupon等国际互联网高手都想在中国试一下，无一例外，它们都狂喜而来，扫兴而去。

中国，永远是中国人的丛林，借用电影《疯狂的赛车》那句台词而言："本地帮会太没有礼貌了"……话说回来，其实是外来的帮会太讲礼貌了。

两年前，日本电商巨头乐天与百度合作，成立了乐酷天在线商城。上线之后，这家公司却一直处于亏损状态，这本来没什么大不了，电商还想赚钱？哈哈哈。

可惜的是，日本人和美国人一样，又想马儿跑得快，又舍不得给马儿吃草，那怎么行呢。

当年4月，乐天宣布任命中村晃一出任乐酷天负责人，并同时担任中国乐天的负责人。中村晃一信誓旦旦："我们会从日本带专业的管理团队过来。"

两个月后，中方的负责人任旭阳赴美国脱产学习一年，实际上等于百度已经不怎么看好这个项目了。之前，百度内部鼓吹电商的就是任旭阳。负责人都被调走了，还玩啥？日本方面呢，也有点打退堂鼓，中村晃一离职，江尻裕一接替，刚刚创立两个月，中日两方都换了人，多微妙啊。

可想而知，乐酷天业绩能好吗？

2010年，京东、淘宝、凡客飞速壮大，乐酷天基本没什么大动作。一家电商网站，而且是没什么新玩法的B2C平台网站，不做推广，怎么能活下去呢？

此时，中日之间的合作也出了问题，除CMO[①]是百度的员工，其

① 市场总监（CMO，Chief Marketing Officer）是指企业中负责市场运营工作的高级管理人员。

余高层管理人员，什么CEO、COO[1]、CTO都是日本人。百度真的尝试过做出改变，可是管理层清一色的日本人，内耗已经严重拉低了平台的质量。

日本人在这门生意上，太偏执了。由于股权方面，乐天占主导，所以日本人理所当然认为这是他们的公司，管理层基本上都是日本人，甚至一口气从日本叫了十个总监过来。

这些人，在日本国内是成功的管理者，但来到陌生的中国市场，当然玩不转。

他们一看，哎呀，你们中国人就是土老帽，一个劲儿用钱砸，不行，电商不是这么玩的，看哥的吧。

结果是，百度的人基本上都靠边站了，眼瞅着日本人在自作孽，说出来还要被对方揶揄。

一年之后，双方都已经厌倦了，百度撤了。

改版之后的乐酷天，与百度一点关系都没有了。页面上方原来的“百度乐天”变成“乐酷天商城-日本NO.1的网购商城”，LOGO（标识）也没有“百度”二字了，而是强调“东京时尚生活”——一不小心就看成了“京东”时尚生活。

没过多久，乐酷天宣告关闭。此时，资深评论家们又跳出来喊话了：淘宝和雅虎合作的淘日本关了，百度和乐天合资的乐酷天也关了。日本公司的“不灵活、太死板”是有年头的事了。百度是否更有必要投资京东了？倒不是针对流量。百度对互联网生态和联盟有积累、有资源，京东需要这种能力来升级，成为有开放能力的互联网公司。在合纵连横的江湖，年轻气盛的京东需要伙伴。[2]

---

① 首席运营官（COO，Chief Operating Officer）又常称为运营官、营运总监，是公司团体里负责监督管理每日活动的高阶官员。

② 详见腾讯科技2012年4月20日文章《乐酷天倒闭内幕：2年亏损超亿元 失败因管理》。

还有人说：电商行业正经历一个从VC资本推动的发展高峰向市场和业务推动的发展高峰过渡。这个时期，一些电商网站裁员、消失、调整等都很正常。估计“剩者为王”将会是下个阶段行业的共识。[①]

在告别演出上，日本CEO江尻裕一说：“经过董事会的讨论，我们决定4月27日关闭乐酷天商城。”他依然保持微笑，“乐酷天业绩无法达到预期，需要给股东有所交代”[②]，他倒是个诚实的人，实话实说，我们在中国失败了。

这个中文流利但是带着台湾腔的日本人初次现身，就是身为“救火队员”。

高层换人，很显然是政治斗争的结果，一个项目的草创者离开，基本上意味着这个项目已经没活路了，所有原来的资源和想法都要变。

一个现实情况是，乐酷天上线之后，一直不受中国人喜欢，一个很简单的例子，虽然启动lekutian.com域名，但跳转网站和LOGO标识依然是rakuten.cn。而且页面布局也很让中国消费者不爽——“你们来中国做生意，还端着日本人的臭架子，趁早死一边去吧”。

唉，造化弄人啊。当初淘宝模仿的就是乐天，可是多年后，乐天想重新夺回这个属于自己的市场，却面临着物是人非的局面。

乐天在日本行之有效的商业模式，包括一整套银行支付、物流、产品忠诚度等环节，在中国统统被无视，他们也气坏了，真理为什么在此处行不通？

江尻裕一接手之后，意识到要入乡随俗，但是看一看他做出的改变是什么：让参与创建乐酷天的日籍员工返回日本，大部分经理

①② 详见腾讯科技2012年4月20日文章《乐酷天倒闭内幕：2年亏损超亿元 失败因管理》。

级以上职位安排中国人。

这确实是明智之举，可惜还是不够。最根本的入乡随俗说白了还是砸钱做推广，了解中国消费者的习惯，生意嘛，无外乎追逐消费者或者笼络消费者。

中国的消费者最不习惯被笼络，对新的模式处处挑剔，那就追逐他们呗。但是日本人不干，他们固执地认为，中国人也是人，为什么不能接受我们日本成熟合理的模式，我们已经做出了让步，为什么还是不来买我的东西？

笑死人了，欧吉-桑[①]，您也太幼稚了，我们本地帮会是不讲礼貌的，好吗？

就拿最好理解的例子就可以看出日本人的“天真”——在日本，电商很少做实体广告，互联网公司的广告效率太低，想一下吧，户外广告印一串网址，可是谁会回到电脑前还记得住这串字符呢？

看来还是中国人更懂得广告，广告其实不是让你照着做，而是告诉你有这个东西，能达到这一点，就够了，等到这个广告做得足够多，消费引爆点自然会出现。别说互联网了，任何广告，都是这个道理。

百度为乐酷天也带来过不小的流量，可是实际转换成购买行为的流量并不多，加上购物体验很差，消费者很多是点击进来就匆匆关掉了。

嗨，百度嘛，竞价排名给它们留下的内伤太多了，这家企业，总有一天要付出代价的，这就是其中之一。

不过，目前来看，一家独大的百度，依靠搜索引擎带来的流量和巨额广告费，还是一只茁壮成长的百足之虫，电商圈子的两次失败尝试，并不影响它继续活着。

---

① 日语おじさん，欧吉-桑，发长音，是“爷爷”、“老头儿”的意思。

## 京东：平凡永生（一）

2012年7月16日，刘强东发了一条微博：今天早会上和全国经理们说：今年第三、四季度会掀起中国电商史上规模最大、最惨烈、最全面的价格战！而且京东要继续引领这场价格战！从今天起，谁的价格不是最低，谁走人！同时，用户体验再上一个台阶！[①]

同一天，马云说：很多人杀价，天天杀价，这是最愚蠢的商战。我教一个傻子也会干，这不是企业家。比价算什么英雄？竞争最高境界是什么？竞争的乐趣就像下棋一样，你输了，我们再来过，两个棋手不能打架。真正做企业是没仇人的，心中无敌，天下无敌。你竞争的时候不要带仇恨，带仇恨一定失败。

刘强东，能不能成为那个带着仇恨最终成功的人？又或者，他的仇恨，只是假象而已？

无论如何，京东商城的进步是明显的，哪怕是用钱砸出来的，至少刘强东自己，信心满满，在他看来，京东是个“平凡永生”的电商——不花哨，不做企业家，不当英雄，只要客户认可就行了。

至于赚钱，不着急，现在赚的是微利。过去百年以来，每一种新的商业模式无外乎改变了两个因素：供应链效率和成本。

只要能够提升效率，压低成本，就可以称为新模式。

就拿沃尔玛举例，大商场的毛利高达50%，沃尔玛不到20%，但沃尔玛的品牌价值要高太多了，这就是新模式；沃尔玛的成本更低，效率更高，就是薄利多销的道理。

刘强东选择了网上零售。相对于实体连锁店，网上零售的成本显然更低。国美等家电在上线销售之前，连锁店铺的费用率[②]在

---

① 详见刘强东的微博。

② 全称为成本费用率，计算公式为：费用率=成本费用（主营业务成本、三项期间费用、营业税金及附加）/主营业务收入×100%。

11%~12%，而京东的在线费用率从以前实体店的10%降到了个位数。

当然，京东做得更狠，它甚至不求利，只求持平或者亏本——从京东的网上业务上线第一天开始，毛利率就与费用率持平，不以赚钱为目的。按照刘强东的说法，京东商城的价格相对于传统渠道来说至少要便宜10%，如果想赢利，只要把价格提高一个点，就可以做到，但“京东现在赢利没有什么价值，规模才是第一位的”。[①]

对此，电商圈看法不一，有的说，卖书至少有20%~30%的毛利，京东的毛利率太低，几乎是平进平出。你可以亏钱投入市场，培养客户，你可以亏钱建物流，但亏钱的生意谁都能做。

也有人说，京东不能一直不赚钱，如果它还坚持低价模式，不让公司有正向利润的话，后面融资的钱是很难进来的。其实京东的问题在于：第一，它不能很准确地说出自己的赢利模式，只是便宜。第二，它没有很核心的门槛来防止别人复制它，互联网上的忠诚度很低，只要出现价格比京东还低的，京东立刻就失去了优势。[②]

刘强东一听，嗯，说得都有道理，但这就是我。我认为高毛利率对零售来说是没有意义的，做零售比拼的是运营效率和运营成本。如果每个人都在追求40%~50%的毛利率，商业模式就不会进化，也不会给消费者带来价值。一个产品交给你，你要加上30%的价卖出去才能赚钱，损耗这么多，你还有什么价值可言？[③]

国际商业大师们似乎也认可这一点，亚马逊创始人贝佐斯说，亚马逊最大的价值不是源自它有差额利润，而是源自供应链效率提高带来的巨额现金流；2008年，沃尔玛40%的利润来自它现金流的再投资。

这时，我国传统零售圈的专家又跳出来喷了：从百货到连锁，

①②③ 孙力.创城记[M].太原：北岳文艺出版社，2012.

再到电子商务，电子商务的费用最低，因此它的毛利率可以相对低一点，但是这并不意味着毛利率不重要。比如你的费用率是4%，毛利率得达到 7%~8%才能赚钱，毛利率永远要比费用率高，这是一个规律。不提高毛利率，净利润也提高不了。毛利率可以通过提升效率，降低费用，或者大量采购，降低成本来实现。现在，线下的连锁渠道销售额已经超过1000亿元了，京东要到很大的规模才能实现更高的毛利率。这个挑战不小。

另一位专家说，电子商务因为没有线下成本就拥有绝对优势？这是个谬论。连锁零售的店面确实是成本，但是要综合来看。比如在1000块的商品中，这个成本只有10块，但是由于规模优势，在物流等其他方面节省下来的成本可能有30块。所以，不可能有了这个10块的店面成本就影响了连锁零售的竞争力。

刘强东才不管别人说什么，他用行动去反驳他们。就算所有质疑都有道理，但你架不住刘强东有一个强大的投资团队啊，人家徐新就是愿意给京东投钱，就算它一百年不盈利，我也愿意给它钱花——他们最看重京东的价值是，它在进行一场渠道变革，它对传统的消费渠道是一种颠覆。

咋个颠覆法呢？2005年，京东的库存周转期为18天，2008年降低到12天，国美、苏宁则在40~60天之间。

这在客观上提高了利润率，比如一台笔记本电脑，上市第一天我就卖给客户，可以赚40%的利润，如果一个月之后才到客户手里，利润就剩一半了，因为“刚出锅的热馒头”最好卖，前提是，你得在刚出锅时就送到客户手上。

京东就能做到这一点。2008年，京东全年因降价而产生的损失只有4.2万元。都说IT业利润越来越薄，其实是供应链效率低。细节管理做不好，你会发现没有20%的毛利，你就无法赢利，而这样意味着你在产业链上没有价值。

在配送方面，京东刚开始是走邮政速递，在用户的要求和提醒下，京东才开始和更便宜的快递公司合作，大大提高了配送效率，降低了成本。到了2007年6月，京东的日订单量超过3000单，月销售额达到3000万元，第三方快递公司也扛不住了，客户骂声一片。

两个月后，京东在北京、上海、广州三地建立自己的配送队伍，其余地方继续采用第三方快递。2009年初，徐新等投资人砸给京东的2100万美元，大部分用于成立控股物流子公司，物流公司将其用于购买新的仓储设备，配备手持RF（条码）扫描器，建设自有的配送队伍。

这些都是花钱的地方，也是刘强东愿意花大钱打造的东西。

2009年初，京东上线百货商品。刘强东说："京东已经有200万注册用户，他们希望所有的东西都在京东上买，推出百货产品是为了满足这些用户的需求。我可能3~5年都不会在百货上花多少精力，99%的时间和精力还是放在3C和家电，直到销售额稳稳地超过100亿元。但是如果10年之后来看的话，我可以告诉你，京东一定是大而全的。"①

啥叫大而全？亚马逊那样就叫大而全。亚马逊的商品超过3000万种，一年销售额几百亿美元，但库存周转天数控制在10天内。相比之下，京东的商品种类不过几万，销售额也只有十几亿元，周转天数还控制不到十天之内。

如果一两年内，京东的产品种类超过几十万种，销售额达到几百亿元，它能否更快捷、更高效？

现在，你能理解刘强东说的了吧：我拿着投资人的钱，确实在烧钱，但我烧在了该烧的地方。

---

① 详见刘强东微博。

## 京东：平凡永生（二）

圈内流传着这样一个段子：腾讯年会，马化腾演讲完，一大帮工程师留下来和他继续狂欢；百度年会，李彦宏讲完，一大帮女生留下来了；京东年会，刘强东讲完，一帮农民工全留下来了，和他继续对话——农民工想在京东找到送货的工作。[①]

刘强东是个平凡人，平凡到和农民工一样……

看看此前的中国企业家，老一辈是柳传志、任正非、张瑞敏为代表的“40”后、“50”后，新一代是马云、李彦宏、马化腾、张朝阳等为代表的“60”后、“75”前。

他们做的生意各不相同，但都和IT或多或少有关联——科学技术就是第一生产力嘛。

现在，刘强东加入进来了，并且有全新的气质：勇敢、大胆、粗中有细、朴实、肯干。

他目标明确，绝不因为个人喜恶而拒绝他并不喜欢的东西，只要利于京东的事业，他什么都愿意。

他在微博上和李国庆吵架，和全部对手为敌，遭到出版行业联合抵制时，他恶狠狠地说：“请图书部门同事把这些出版社记下来，他们的图书永远4折！”。[②]因为使用支付宝的费用很高，京东商城一度不支持支付宝付款；就连投资人，也不能和刘强东砍价，他就一口价，爱投不投，不投拉倒。百度的李彦宏也投过京东，据说有1亿美金，但刘强东多次说百度的竞价排名是“作恶”。

这么看来，刘强东竟然有点可爱了。

他就是这样一个人，你以为他很土，其实他很潮；你以为他很激进，其实他很保守；你以为他很鲁莽，其实他很温和。对于曾经

---

① 引自互联网流传的段子。

② 详见刘强东微博。

流行的“军事化管理”，刘强东直说，很反感：“京东很少谈什么军事化，企业就是企业，跟军队是完全不同的价值诉求。我们激励员工，在精神上注重的是关怀和培训，同时重视员工的物质需求，没那么多忽悠。京东员工的收入分两种——现金+股票，现金收入在行业内是中上水平，如果算上股票，京东待遇最好！”[①]

他知道物极必反，别人都在忽悠的时候，他就做点实际工作。说实话，看起来五大三粗的刘强东，真的是个聪明的老板，而且，他的聪明，可能远远不止于此。

## 此路我开，“天猫”平台

2008年，天猫前身淘宝商城正式上线。这年也被称为国内B2C元年。

天猫上线之前一直叫淘宝商城，是淘宝网独立的一个业务支系，当时淘宝网已经占据国内80%的网购份额。尤其是经过5年的培育，国内网购人群依赖的基础设施与环境基本成型，诚信体系及网络支付体系也大功告成。

2011年，天猫在国内B2C市场份额超过50%；而在2011年“双11”[②]当天，天猫的单日交易额达到恐怖的33.6亿元。到2012年年底，天猫商城约有超过100个商家年销售额超过1亿元，年销售额过千万的商家将达到2000家。[③]

但是无论怎么变，天猫，始终是一个平台，它不生产商品，只提供一个场地。非常像浙江的义乌小商品市场：义乌小商品市场

---

① 详见刘强东微博。

② 双11，指2011年11月11日，没有任何特定含义，2011年11月11日不过是商家抓住这个日期巧遇三个“11”所做的商业噱头而已。

③ 天猫：一个全新商业模式“制造”中国零售传奇[N]. 经理日报，2012-04-03.

有十多万个密密麻麻的小摊位，除了军火和毒品不卖，其他应有尽有；淘宝上也有千百万个小网店，东西也像义乌小商品市场一样，一是很便宜，二是真假难辨。

天猫的区别在于，不再是小商品市场了，而是一个大商场，管理更严格，产品也都是正规品牌。

看看它的模式，就知道这种生意也是“巨头的盛宴”。

天猫靠什么来挣钱？

首先是扣点，按品类不同百分之十几到百分之二十几，平均算20%；第二是使用支付宝等支付工具的费用；另外就是进场费，一个品牌大约两万元。

按说，这个成本其实和京东商城的也差不多，但是为什么天猫仍然有吸引力？

一是在天猫上成交的客户归经销商，如果把他们服务好了，很可能成为回头客，而在京东客户和经销商没有交流。

二是很多经销商会亲历亲为当客服，这可以帮天猫节省客服成本，也可以了解消费者的购买行为和习惯，他们对产品的意见——对一些聪明的经销商来说，这些零散的资料收集起来，也能成为与厂家套近乎、讨价还价的砝码。

三是在天猫上，经销商可以更自主地控制产品的销售，对好卖的产品可以把价格“绷住”，不好卖的则随时低价甩货。

四是在天猫上卖货，经销商能直接收到货款，而在京东则有账期和延期。

因此从长期来看，天猫的模式优于京东。因为天猫是一个开放体系，不管是买方还是卖方，都需要用更多的脑筋，更多的智慧；而在京东上，买卖相对简单得多，消费者无法讨价还价，京东也不能随时对个别客户、个别产品调价。

所以天猫的模式会让最能干的经销商做到最大，而京东这种挟客户以控制经销商的模式，则会遵循“劣币驱逐良币”的法则，能干的经销商逐渐离开京东，代之以较弱的经销商，这些经销商不管是在主流产品的品类、拿货的规模和价格方面都比较弱势，这会使得京东的商城里受追捧的主流机型越来越少，售价越来越缺乏竞争性。

这样，两个商业模式竞争的结果就会逐渐呈现出来。

天猫商城不直接参与商品买卖，但是商家在这里做生意，就要遵守天猫的规则，这就是“此路我开，天猫平台”。

如果违规，天猫有权罚你，比如加你的租金，你不愿意交，那就把你请出去，去淘宝上摆地摊去。

天猫最牛的地方是，这个平台很大，种类不限制，基本上想卖什么就卖什么。商城负责维护平台的稳定运行，进驻的商户只管把自己家的生意做好，自负盈亏。

想在商城里打广告？没问题，交钱，参加商城统一组织的活动。天猫要做的就是不断完善这个商城的品牌形象，给客户更可靠、更便宜、更优越的购物环境。

关于马云，可以说的东西其实并不多，他是模式之王，在阿里巴巴上线的那段时间，他就想好了一整套模式，随后又赶上了好时候，电商的三座大山，信用、支付、物流，他都解决了，所以，他很快就成了巨头。剩下的工作，很简单，见招拆招，不断巩固这个模式，让信用度更高、支付更便捷、物流更迅速。

基本上，这是一个完美的模式，只此一家。

## 网民网购爱花钱，电商天天像过年

每逢年关，要账的、躲债的、发奖金的、荣归故里的，不一而足，对于电商而言，时代变了，尤其是2012年的年关将至之际，可以毫无后顾之忧地说一句，这短短两个月内，电商天天像过年。为什么？因为网民们的信用卡通过网购不断刷新消费记录，电商则数钱数到手抽筋。网民苦笑之间痛陈：“再网购就剁手。”刚说完回头又打开了几大电商巨头的页面……

大家忽然爱在网上买东西了，而且都是大手笔，基本上你能想到的商品都能去网上购得。电商当然乐见其成。以几大电商巨头而言，它们在2012年末的几次巨大的促销，令人发指又引人深思。

后半年促销中，最令人感到莫名其妙的是所谓的“双11”，仅仅因为“光棍节”这个略带牵强的节日，淘宝商城等一干电商纷纷选择这一天发动价格大战。大概是因为整个下半年，对于年轻一代消费者而言，没有比这个节日能引发更多话题了。

2012年11月11日：天猫统计数据显示，支付宝交易总额超过100亿元，这个数字相当于大型商场两年的销售额，参与此次促销活动的商家也受益匪浅，以杰克·琼斯为例，单日成交额超过1亿元。

天猫几乎凭借一己之力完成了对“双11”这个平淡节日的重新定义，令其成为电商与消费者的集体狂欢日。

无论是实体商家还是线上网店，都无法忽视这种引人入胜的商业狂欢。当然，这样的狂欢必须选对节点。毕竟，所谓促销，不是常态。即便如此，单日百亿元的销售额也足以改变整个零售行业的历史，这就是电商的力量。

这也是传统零售商纷纷进军电商的原因。在可见的未来，实体经济将继续萎靡，实体零售业的价格优势将进一步被电商蚕食，电商的售后服务与物流也不再是不可挽回的弱势，传统商家要好好想一想，怎么做一个活下去的后来者。

马云说：“游戏已经开始了”。他所谓的游戏，应该是依靠互联网开展的全新商业模式，甚至经济模式。

国美一方面在关店裁员，另一方面在扩军电商。国美在线将成为后黄光裕时代是否能活下去的重要筹码。实体零售商进军电商最大的优势在于已经培育多年的供应链，但问题也在于此，成本是否能进一步缩减，同时保证服务进一步提升。

在这一点上，苏宁已经在积极应对。

除了国内电商发足狂奔，曾经败北的国外电商对这个神奇的国度依然显得不甘心。2012年冬天，ebay迈步从头越，它吸取了往日败走中国内地的经验教训，此次重来，并未单兵作战，而是与国内已经成熟的时尚电商“走秀网”联手，推出“ebay STYLE秀”的网站频道，换一种方式，再战金山。回想昨日，全资控股易趣网，试图与国内电商全品类模式硬碰硬，结果输得精光，现如今，不走寻常路而另辟蹊径似乎才可分得一杯羹。

事实上，国外巨头完全走平台化路线并非不可，只不过需要“借鸡生蛋”。回顾2012年，聪明如沃尔玛，就凭借收购1号店实现了对中国内地电商圈的渗透。此外，沃尔玛在世界零售业界的里程碑地位将深刻影响国内电商圈，从此以后，单一的价格战或许不再是吸引消费者的唯一招牌了。

在这个圈子里，2012年还有一个挺有意思的现象，那就是“单一品牌、单一渠道”电商，与小米手机的模式有点类似。但这次，卖家的身份和产品又有了几份特殊性——这就是原云南红塔集团董事长褚时健老先生开发的橙子，号称“褚橙”。首先是这位褚时健的身份，当年一手缔造了红塔山香烟的销售奇迹，被称为“烟王”，后因颇有争议的“贪污”罪名锒铛入狱，几年之后，身体不适取保候审，在老家承包了山地种植橙子，不曾想种出的橙子口味极佳。2012年，老先生与食品电商“本来生活网”合作，将远在云南的新鲜褚橙运到北京销售，大获成功。

不难看出，电商确实能改变这个世界，前提是，你愿意做出改变。

2012年底，一淘网发布了全年消费者网购价格指数。观察数据得知，这一年网购价格在全网电商合力促销之下，比2011年下降了近5个百分点。

这意味着，消费者通过电商购买商品的成本更低了，同时，品种更多了，生活就这样改变了。重要的是，这种改变还将继续。

服装、食品、母婴、电器、日用等，几乎无所不包。总是如此，电商的路还很长，圈子依旧会扩大，想一想还有什么东西可以在网上买，那就是电商的明日，也是我们的未来。

### 年度语录与段子

宿舍有一个腐女，她的愿望是大一找一个男朋友，大二再找一个。等到大三的时候，让这两个男人幸福快乐地在一起……

——这一年，喜欢幻想男同性恋的女生被称为腐女，事实上，她们要进了电商圈才知道，什么叫真正的腐：一大波梦想创造商业帝国的男人，聚集在一起，干得热火朝天，却道“我们不赚钱”。

## 题外话：严肃点儿，我们正“电商”呢

别笑了，我们真的是电商，另外，不要说我们苦，不要说我们累，更不要说我们是悲剧，充其量，我们只是暂时有一点悲催罢了。

为什么是悲催，而不是悲剧、悲惨世界？

如果一个人出生就是个乞丐，一辈子也没吃过什么好的，那他不叫悲催，叫苦难；如果一个人生下来就有火眼金睛，就有特异功能，这哥们儿偏偏跑到医院去，央求医生把他的特异功能给去掉，还说，我只是想做个普通人……这就叫悲催。

电商圈子，每个从业者都曾有过特异功能，他们上学时，智

商超群，每天打打网游，看看电影，到了期末考试照样拿高分。他们看不上学校给的那点奖学金，随便做个小程序拿到外面就能赚一笔钱。

等到他们毕业了，进了社会，却不得不从最底层的工作干起，拼得头破血流，终有一日，发现身边的人都是他这样的高手，而且一个比一个点子多，就是工资没多少。而且给美国人、日本人、韩国人打工，心里一百个不爽。当年的清瘦少年，如今已经脑满肠肥，最可悲的是，连个对象都没有……

妈的，我不干了，我要去创业。

到这一步，他才发现自己有特异功能，不就是做网站嘛，不就是写程序嘛，太简单了，随便一个程序也能让我过得更快乐。

等等，什么？电商，你给我讲讲呗。

一小时后，他恍然大悟，这就是电商啊，这不是忽悠嘛。嗨，行，只要有钱拿，咱也做电商。

到此，他就被电商圈子给阉割了，技术不再重要，点子才是王道，模式就是块敲门砖，风投的巨额资金才是好东西。

来钱真快啊。

旁白：你个缺心眼的货，那是你的钱吗？好好的程序天才你不做，非要做电商，本来你随随便便写几个软件就能发家致富，至少衣食无忧，你非要跑到电商圈子，去兜售概念，还觉得那才是真正的人生，唉，你啊你，悲催。

再不济，你从微软出来，辞职去养猪也成啊，第一，你的光环会让自己受到养殖圈的高度敬仰；第二，多年的IT训练，让你养成了高效工作的方式与逻辑能力，养猪行业就要因你而改变啦。

你不愿意，一门心思要把自己的智商浪费在电商这个圈子里。

开始苦干吧，比比谁加班更厉害。三年后，终于做了点成就出来，你一心喜悦，觉得在技术上登峰造极了，无人匹敌；再一看用户量，很鲜艳，几百万挂着，都是金灿灿的VIP。

于是你去了公司门口的沙县小吃，点了一笼蒸饺、一碗扁肉，开始津津有味地吃起来。此时，老板走了过来，看你一眼，说了一句话：“你是电商吧？高唱一曲忠诚的赞歌，深藏功与名……”

你疯了，电商，原来是深藏功与名？

不对啊，我的钱呢？对不起，烧光了。我去找投资人，对不起，人家等不及你把技术做到最牛了，人家让你去上市套现，你不干啊。

等会儿，电商不是做技术吗？我一直在做技术啊，你不是说做技术就是我的特异功能吗？你错了，在别的地方做技术，是你的特异功能，在电商圈子里做技术，就是阉割特异功能。概念、概念，忘了吗？

杯盘落地，扁肉碗的残片在飞溅到空中的那一刻流出一滴香油的眼泪。你想了想，前辈刘强东说了：“迄今为止，世界上还没有发现任何一个模式，或者任何一家公司，在为消费者创造非常大的价值，却永远赚不了钱。”①

好吧，我会继续努力的，我不信讨好了所有的用户，还会赚不到钱。

等着瞧吧，说完，你拾起破损的汤匙，振作起来，走向那闪着红光的未来。

---

① 详见刘强东个人微博。

# 参考文献

[1] 迈克尔·曼德尔.即将到来的互联网大萧条［M］.北京：光明日报出版社，2001.

[2] 杰弗里·雷波特，伯纳德·杰沃斯基.电子商务导论［M］.北京：中国财政经济出版社，2004.

[3] 罗杰·弗罗克.联邦快递的生意经：伟大的企业是这样诞生的［M］.北京：机械工业出版社，2008.

[4] 弗莱肯·施泰因，希恩.格林斯潘的泡沫：美国经济灾难的真相［M］.北京：中国人民大学出版社，2008.

[5] 阿瓦德.电子商务：从愿景到实现［M］.北京：人民邮电出版社，2009.

[6] 克莱·舍基.未来是湿的：无组织的组织力量［M］.北京：中国人民大学出版社，2009.

[7] 吉姆·柯林斯，杰里·波勒斯.基业长青［M］.北京：中信出版社，2009.

[8] 本·麦兹里奇.Facebook：关于性、金钱、天才和背叛［M］.北京：中信出版社，2010.

[9] 尼古拉斯·卡尔.浅薄：互联网如何毒化了我们的大脑［M］.北京：中信出版社，2010.

[10] 埃弗瑞姆·特伯恩，戴维·金，朱迪·兰.电子商务导论

［M］.北京：中国人民大学出版社，2011.

［11］凌志军.联想风云［M］.北京：中信出版社，2005.

［12］阿里巴巴（中国）网络技术有限公司.中小企业电子商务之路［M］.北京：清华大学出版社，2007.

［13］沈威风.淘宝网：倒立者赢［M］.杭州：浙江人民出版社，2007.

［14］凌志军.中国的新革命［M］.北京：新华出版社，2007.

［15］林军.沸腾十五年（中国互联网：1995-2009）［M］.北京：中信出版社，2009.

［16］薛芳.企鹅凶猛：马化腾的中国功夫［M］.北京：华文出版社，2009.

［17］郭亮.微博将带来什么［M］.北京：中华工商联合出版社，2010.

［18］林军，唐宏梅.十亿美金的教训（中国互联网的十个教训）［M］.杭州：浙江大学出版社，2011.

［19］程志云.妖股［M］.南京：江苏文艺出版社，2011.

［20］武帅.中国互联网风云16年［M］.北京：机械工业出版社，2011.

［21］十三叔.圈子段子：京城富人那些事儿［M］.天津：天津社会科学院出版社，2011.

［22］陈一舟.情系人人（一个互联网人的成长）［M］.北京：中信出版社，2012.

［23］艾瑞学院.蜕变：传统企业如何向电子商务转型［M］.北京：清华大学出版社，2012.

［24］吴比.绝对民牌：真维斯品牌20年［M］.北京：中信出版社，2012.

［25］徐刚.谁生谁死：中国网络诸侯乱战的未来［M］.南京：

江苏人民出版社，2012.

［26］王德禄，等.硅谷中关村人脉网络［M］.北京：清华大学出版社，2012.

［27］杜大可.1000亿：玩出来的Facebook效应［M］.北京：中国友谊出版公司，2012.

［28］纪永英，李红.马云说：生意就该这么干［M］.太原：山西人民出版社，2012.